U0153432

編劇的藝術

從創意的觀點出發，詮釋人性之動機

Lajos Egri 著

沈若薇 譯

五南圖書出版公司 印行

引 言

　　對於《編劇的藝術》這本書，我要迫不及待但公正客觀地對艾格里先生（Mr. Egri）和他在本書中所認定無效的編劇規則表示我的看法：他的著作絕對不只是一本編劇手冊而已。

　　用一句話將這本書歸類很困難。下面列舉的這些書初上市時，用寥寥數語加以評斷同樣困難：范伯倫（Veblen）的「有閒階級論」（Theory of the Leisure Class）之於社會學、派林頓（Parrington）「美國思想的主流」（Main Currents in American Thought）之於美國文學。這些鉅作不但像探照燈般打亮它們範疇內那些原本黑暗的角落，也照亮許多周邊的相鄰地帶，更在人的生命裡開了好多扇窗。因為如此，評論它們的價值要花上一段時間。我確定時間的洪流一定也會如此對待《編劇的藝術》這本書。

　　身為一位戲劇製作人，我自然對艾格里先生以專家的身分會想親自對我說些什麼極感興趣。劇院的規則多如天上的繁星，其中最嚴格也始終無法爭辯的一條是：除非劇本被製作好後上演，否則沒有人會知道什麼是好劇本。這當然是一個非常昂貴的過程。通常最後的結果很糟糕，讓大家失望。因為如此，對於《編劇的藝術》這本書，我要說出我非常特別的感受。它是我讀過的書中，第一本告訴你如何判斷劇本的品質夠不夠好。早早知道了，你就不用和高價的演員簽約，也不須付仲介費給七個工會的眾多會員，然後用買一幢長島豪宅的價格開始製作的大工程。

　　我還沒有機會認識艾格里先生，但是我認為他對科學和戲劇同樣瞭如指掌。他的文章極其扎實，既權威又流暢無比，只有具備不只一樣專業的人才寫得出來。他的立論清楚明確，能夠在人生所有的縫隙和角落、高山和低谷安全穩妥地為人指引方向，使你不致失腳。從文章中，你可以感覺出他的知識淵博、閱歷豐富，是少見的人才。艾格里先生是個偉大的智者。

　　《編劇的藝術》這本書有許多值得讚揚之處，它最大的優點是從現在起，包括我在內的一般人再也無法為自己的文意不清找到藉口。只要你讀過艾格里

先生的書，就能瞭解為何任何小說、電影、戲劇或是短篇故事如此無趣，或是
更重要的：如此膾炙人口。

　　我相信這本書會對美國的戲劇界和一般大眾產生極其深遠的影響。

　　　　　　　　　　　　　　　　吉伯特・米勒（Gilbert Miller）

身為重要人士的重要性

希臘古典時代的一個深夜，某個廟宇發生了一起可怕的事件——有人偷偷摸摸地砸碎宙斯的雕像，並且加以褻瀆。

城裡的居民騷動不安，他們害怕神明會施以報復。

負責傳布公告者走遍大街小巷，要求這名罪犯來到長老前自首，接受應得的懲罰。

想當然耳，犯罪者不打算自首。更糟糕的，一星期後第二座雕像也被毀。

大家開始懷疑罪犯是一名在逃的瘋子，於是派出守衛站崗。警戒措施終於發生作用，罪魁禍首被逮。

問話開始：

「你知道自己未來會如何嗎？」

「知道，」他面帶喜色地回答：「被判死刑。」

「你不怕死？」

「我怕。」

「既然如此，為何要犯下如此的死罪呢？」

男子用力吞了一口口水，回答道：「我是個無名小卒，我一輩子就是個無名小卒，從來沒有做過一件揚名立萬的事。我知道這一輩子我就只能這樣，所以決定做一件大事，讓大家注意到我的存在，而且記得我這個人。」

他停頓了一下，接著說：「不被記得的人死了就死了。如果能夠不朽，我認為死亡只是一個小小的代價。」

***

不朽！

的確，每個人都想出名。我們都想成為重要的人，不朽的人。我們想做出一些事情，讓別人驚嘆：「他真是了不起！」

如果不能創造出有用或美麗的事物⋯⋯當然我們就要創造些別的，例如：麻煩。

想想看你們家族有名的三姑六婆海倫阿姨。（每家都有一號這類人物。）她老是讓人不爽，讓大家產生嫌隙，爭吵不休。她為什麼老是要如此？原因當然是她想成為重要的人士。假使說閒話或說謊是唯一的方法，她會直接去做，一分鐘也不浪費。

想要出類拔萃是人類生命中的基本需要。我們每一個人，在生命的任何時刻都盼望受人注目。自覺，甚至隱遁，兩者皆源於想要成為重要人士的欲望。欲望得不到滿足，便產生同情或自憐情緒，最終認定自己是失敗者。

以你的姐夫喬為例。他總是在追逐女人。為什麼？他照顧家庭，是好父親。很奇怪的，他也是個好丈夫。但他的生命有個缺憾，對自己、對家庭和世界而言，他不夠重要。於是習慣性的出軌就成為他存在的焦點。每一次的新斬獲都增加他的重要性，因為感覺自己又有新的成就。如果喬得知他更換女人的渴望其實就是要讓自己變得更重要，他應該會很驚訝。

母親生育小孩是一種創造，也是生命不朽的起源。也許這是女人不像男人那樣愛四處留情的其中一個原因。

如果一個母親的成年孩子們完全是基於愛和體貼，而選擇不告訴她自己有什麼煩惱，然而對母親而言，這種行為卻是極端剝奪她的權利，因為孩子們讓她覺得自己不重要。

每個人天生就有創造的能力，因此每個人也都應該有表達的機會。如果巴爾札克（Balzac）、莫泊桑（De Maupassant）或是歐‧亨利（O. Henry）等人沒能學會寫作，他們應該會成為積習難改的說謊家。

每個人的創作天分都需要出口。如果你有寫作的欲望，動筆吧！也許你害怕自己學歷不高，不會有真正的成就。不用擔心！許多大文豪，例如：莎士比亞（Shakespeare）、易卜生（Ibsen）、蕭伯納（George Bernard Shaw），都沒踏進過大學一步。

就算你永遠不能搖身變成天才，你仍舊可以好好享受人生。

假如寫作絲毫不能誘惑你，你也可以學習唱歌、跳舞、或是學會某種樂器來娛樂你的賓客。這些也都算是「藝術」。

沒錯，我們期待成為眾人注目的對象，希望有人會記得自己，冀望成為重要人士。藉由最適合自己天分的媒介來表達自我，我們的重要性就會上升。說不定，你的副業會帶來很大的成功呢！

就算不能靠副業賺錢，光是憑著經驗，也可能在這個你知之甚詳的項目上成為專家。你的經驗會愈來愈豐富，因為有這個興趣，你也不會因為無聊去做壞事。單單這一點，就是一項偉大的成就。

因為如此，想成為重要人士的強烈欲望終於得到滿足，其他人也不會受傷。

本書不僅是為作者和劇作家而寫，也是為了一般大眾。倘若讀者知道寫作的方法，倘若一般大眾瞭解任何文學作品背後的嘔心瀝血，他們會更自然地接受並欣賞這些作品。

讀者在本書的最後，可找到根據辯證法分析之劇本摘要。我們希望這些能讓讀者更加瞭解一般的小說和短篇故事，尤其是戲劇和電影。

本書會觸及許多劇本，但不會對其中任一劇本完全加以褒揚，或是認為它一無是處。引述其中某些段落來證明某個論點時，也不代表我們對整個劇本全然認同。

本書討論現代和古典的戲劇，重點在古典戲劇上，因為大部分的現代戲劇都很快被遺忘。大部分聰明人對古典作品挺熟悉，因為它們容易取得。

我們的立論基礎是永遠不停改變的「角色」。面對經常變化的內在和外在刺激，角色幾乎永遠有激烈的反應。

人的基本構造是什麼？包括正在讀這些文字的你？在真正開始討論「行動的時刻」、「角色刻劃」和其他議題之前，必須先回答這個問題。在「變化」這一節裡，我們會瞭解到更多這個主題。

一開始，我們逐次分析「前提」、「角色」和「衝突」，目的是讓讀者開始感受到一股力量的存在。它能提升角色的層次，或是使它走向毀滅。

蓋房子的人若是不瞭解手上有哪些建材，災禍必來臨。我們手上的材料是「前提」、「角色」和「衝突」。一定要對它們的細節知之甚詳，否則談論如何編劇毫無意義。希望這個方法對讀者有幫助。

本書提出一個針對一般性的寫作，尤其是編劇的新方法，架構在辯證學的自然法則上。

不朽作家的偉大作品從古流傳至今。然而就算是天才，也常寫出非常劣質的劇本。

為什麼？因為他們憑藉本能寫作，而非精確的知識。本能也許能一次或數次創作出卓越的作品，然而純粹靠本能也非常容易失敗。

許多權威人士列出統管編劇的法則。二千五百年前，第一位也是對戲劇最具影響力的大師亞里斯多德（Aristotle）這樣說：

「最重要的是事件的架構，不是人，而是行動和生活。」

亞里斯多德「否認」角色的重要性，其影響力一直持續至今日。但是別的學者卻宣稱角色是任何寫作型態中最重要的因素。十六世紀的西班牙劇作家洛佩‧德‧維加（Lope de Vega）寫出下面的大綱：

「在第一幕揭開序幕，在第二幕將各種事件結合起來，讓觀眾在第三幕中間之前都無法猜到結局。永遠使他們抱著預期心態，因此他們會猜測結局可能跟他們心想的大大不同。」

德國劇評家兼劇作家萊辛（Lessing）寫道：

「再怎麼嚴格遵守規則，都可以被角色所犯的最小錯誤打敗。」

法國劇作家柯奈（Corneille）寫道：

「戲劇肯定有規則，因為它是一種藝術，但是這些規則是什麼卻不肯定。」

這些說法彼此牴觸。有人竟然宣稱根本沒有規則存在，這種說法最奇怪。我們知道吃飯、走路、呼吸、畫畫、音樂、舞蹈、飛行、造橋都有規則，也知道生命和大自然的所有呈現都有規則。那麼，寫作怎能是唯一的例外呢？當然不是如此。

某些作家列出規則，戲劇是由不同的部分構成的：主題、情節、事件、衝突、變化、強制性場景、氛圍、對話、高潮。許多書籍專門討論各個部分，為學生詳加解釋和分析。

這些作家非常認真地分析，也研究其他同行的作品，從自身經驗出發編寫劇本。讀者卻從來不滿意，似乎缺少了某樣東西。學生無法理解變化、張力、衝突、情緒，或是其他類似題材跟他想要寫的好劇本有何關係。他知道「主題」的意義，但是卻無法加以應用。畢竟，威廉‧亞契（William Archer）說不需要主題。魏爾德（Percival Wilde）說在「開始」時必要，但是要非常隱密，不讓任何人發覺到。到底哪一種說法是對的？

至於強制性場景，有些權威說不可或缺，其他人說它不存在。如果它不可或缺，「原因何在」？如果不是如此，又是為什麼？每個教科書作家有自己一套理論，卻不能解釋它和整體的關係來幫助學生。我們看不到「連結整體」的那股力量。

我們認為強制性場景、張力、氛圍和其他等都是多餘的。「它們是某樣極其重要的東西之效果。」告訴劇作家他需要強制性場景或是他的劇本缺乏張力或變化沒有用處，除非你能告訴他如何做到。給他定義不是解決之道。

一定有個東西可以「產生」張力，「創造」變化，不需要劇作家奮力去嘗試。一定有一股可以連結整體的力量，在這力量中它們自然孕育出來，就像四肢從身體長出一樣。我們知道這股力量是人類角色，它所衍生出來的東西和辯證學上的相互牴觸均是無窮盡的。

我們深知本書對編劇的論點絕對不是牢不可破。相反地，開闢新路時，人常常犯下許多錯誤，甚至有時語意不清。將來的人會更深入地研究，將寫作的辯證法應用的比我們盼望的更清楚。本書的立論是辯證法，因此必須遵守其規則。此處所提出的理論是論題，與它相反的是反論題，聯合這兩者的是合成論題。這就是通往真理的道路。

目　錄

引　言
前　言
序

Chapter 1	**前　提**	**001**
Chapter 2	**角　色**	**027**
1.	基本架構	027
2.	環境	036
3.	運用辯證法	041
4.	角色的成長	049
5.	角色的意志力	065
6.	情節或角色，孰輕孰重？	073
7.	為自己刻劃情節的角色	084
8.	關鍵角色	089
9.	反面角色	094
10.	角色刻劃	094
11.	對立的結合	098
Chapter 3	**衝　突**	**105**
1.	衝突的根源	105
2.	原因和結果	106
3.	靜止的衝突	114
4.	跳躍式的衝突	123
5.	緩慢上升的衝突	136
6.	變化	145
7.	伏筆式的衝突	151
8.	行動的時刻	154
9.	轉折──第一部分	161
10.	轉折──第二部分	180
11.	危機、高潮、結果	185

Chapter 4　一般性問題　　　　　　　　**197**

1.　強制性場景　　　　　　　197
2.　闡述　　　　　　　　　　200
3.　對白　　　　　　　　　　203
4.　實驗　　　　　　　　　　209
5.　符合時代潮流的劇本　　　212
6.　進場與退場　　　　　　　214
7.　為何某些糟糕的劇本卻很成功？　215
8.　鬧劇　　　　　　　　　　217
9.　談天才　　　　　　　　　218
10.　藝術是什麼？對話錄　　　221
11.　編寫劇本　　　　　　　　223
12.　找尋靈感　　　　　　　　225
13.　結論　　　　　　　　　　234

附錄　劇本分析　　　　　　　　　　　**235**

索引　　　　　　　　　　　　　　　　**249**

前 提

　　男人坐在自己的工作坊裡，忙著用輪子和彈簧完成他的發明。你問他在做什麼東西，用處何在。他看著你，用偷偷告訴你祕密的語氣耳語道：「其實，我也不知道。」

　　另一個男人沿著街道往前衝，上氣不接下氣。你攔住他，問他要去哪裡。他喘著氣說：「我哪裡知道！我正要往那裡去！」

　　你的，我們的和這世界的反應，都是這兩個傢伙精神不太正常。因爲說得出道理的發明一定有其用處，每一個計畫好的衝刺絕對是奔向預定的目的地。

　　然而，儘管表面上看起來冠冕堂皇，在劇院中大家卻絲毫沒有感受到這種單純有必要存在。雖然一卷又一卷的紙張載滿了文字，卻完全沒有重點。活動進行得無比熱烈，大家勇往直前，卻沒有人知道自己要去哪裡。

　　每一件事情都有其目的，或是前提。生命的每一秒鐘都有前提存在，不論在當下我們是否知曉。它可能就像呼吸一樣簡單，或是像下一個重要的情感決定那樣複雜難懂，但是它一定存在。

　　也許我們無法證明自己已經完成每個小小的前提，但是

這並不影響我們曾經想要完成某個前提的事實。走到房間另一端的嘗試也許會被沒注意到的腳凳絆倒而中斷，但我們的前提仍然存在。

每一秒鐘存在的前提對於它所構成的那一分鐘有其貢獻，同樣地，每一分鐘也將它生命的一部分貢獻給它所構成的那一小時，每一小時貢獻自己給每一天。所以，到最後，每個生命皆擁有自己的前提。

《韋氏大辭典》（*Webster's International Dictionary*）如此說：

前提：一個先前被認定或批准的主張；一個爭辯的基礎。一個經陳述出來或
　　　是被推斷為導向某個結論的主張。

其他人，尤其是劇院工作者，對此一名詞有不同的稱呼：主題、論點、根本觀念、核心想法、目標、標的、驅動力、主體、目的、計畫、情節、基本情感。

我們選用「前提」這個名詞，乃是因為它涵蓋所有其他字詞試圖表達出來的元素，而且它較不容易被錯誤解讀。

弗帝南·布魯耐特（Ferdinand Brunetiére）要求戲劇一開始就要有「目標」，等同前提。

羅森（John Howard Lawson）：「核心思想是過程的起始。」他說的是前提。

班德·馬修（Brander Matthews）教授說：「一齣戲一定要有主題。」他指的一定就是前提。

喬治·貝克（George Pierce Baker）教授引述戲劇家小仲馬（Dumas the Younger）的話：「除非你知道自己要去哪裡？否則怎麼曉得要走哪條路？」前提會領你走上那條路。

他們說的是同一件事：你的劇本一定要有前提。

我們來檢驗幾齣劇，看看它們是否有前提。

羅密歐與茱麗葉（Romeo and Juliet）

戲劇一開始凱普萊特（Capulets）和蒙塔古（Montagues）兩個家庭之間

不共戴天的仇恨。蒙塔古家族有個兒子羅密歐，凱普萊特家族有個女兒茱麗葉。兩個年輕人愛得火熱，完全忘記兩家是世仇。茱麗葉的父母想要強迫她嫁給派瑞斯公爵。不願聽命的女兒去找她的神父好朋友想辦法。神父叫她在婚禮前夕服下一劑強效安眠藥，讓她看起來就像真正死了一般。藥效可長達四十二小時之久。茱麗葉遵命照辦。每個人都以為她真的死了。兩個愛人的悲劇就此開啟。以為愛人真的已經喪命的羅密歐喝下毒藥，死在她身旁。茱麗葉醒來時發現羅密歐已死，於是毫不猶豫地隨他而去。

這個劇本顯然在談愛情，但是愛情有好多種。毫無疑問這是一種「偉大」的愛情，因為這對愛人不但挺而對抗家庭傳統和仇恨，而且不惜犧牲生命，共赴黃泉。因此，我們認為它的前提是「偉大的愛情比死更堅強」。

李爾王（King Lear）

國王原本很信任他的兩個女兒，最後卻帶來悲慘的結局。女兒們奪走他的權力，將他降為平民。在晚年時他發瘋，心靈破碎，受盡羞辱而死。

李爾王對他的兩個大女兒無比地信任。女兒們的花言巧語，最終帶他走向毀滅。

虛榮的人喜歡諂媚，信任那些對他說盡好話的人。然而他不應該相信他們。愛聽好話的人最終會自取滅亡。

因此，看起來「盲目的信任招致毀滅」就是本劇的前提。

馬克白（Macbeth）

馬克白和他的夫人為了實現他們的野心，決定毫不留情地殺掉鄧肯國王。之後為了鞏固權力，他又僱用刺客去殺害威脅到他的班科。到最後，為了徹底保住他藉由謀殺得來的地位，馬克白不得不謀殺更多人。貴族和臣民終於受不了他的倒行逆施，起而反抗。馬克白用刀劍得天下，最終死在刀劍之下。馬克白夫人因為恐懼，發瘋而死。

這齣劇的前提為何？問題應該是，其動機何在？答案毫無疑問就是野心。什麼樣的野心？是那種殘酷無情的野心，因為它浸泡在鮮血中。我們可以預

見馬克白邁向毀滅的方式，就是他實現野心的方式。所以我們認爲，「馬克白」的前提是「殘酷無情的野心最終將自取滅亡」。

奧塞羅（Othello）

奧塞羅在凱西奧的居所找到狄蒙娜的手帕。是伊阿古故意把它放在那裡，目的就是要他嫉妒。奧塞羅因此動手殺了狄蒙娜，然後用匕首刺向自己的心臟，自我了結。

這齣劇的首要動機是嫉妒。不論是什麼原因讓這隻綠眼睛怪獸抬起牠醜陋的頭，重點是嫉妒爲本劇的驅動力。既然奧塞羅殺了狄蒙娜後又自殺，那麼我們認爲該前提就是「嫉妒害人害己」。

易卜生（Ibsen）的「群鬼」（Ghosts）

基本論點是遺傳。劇本的前提乃是引述《聖經》中的一句話：「祖先的罪孽貽害子孫」。劇本中每一個說出來的字、每一個做出來的動作，還有每一個衝突，都圍繞著這個前提。

西德尼·金斯利（Sidney Kingsley）的「死路」（Dead End）

顯而易見的，作者要表達並且證明「貧窮使人鋌而走險」，的確如此。

維克多·烏弗生（Victor Wolfson）的「短程旅行」（Excursion）

幾個想要逃避現實的人找了一位船長，一起坐船去短程旅行。很不幸的，他們發現現實完全無法逃避，夢想也因此而破滅。所以，這齣劇的前提是「不願面對現實只會帶來失望」。

尚·歐凱西（Sean O'Casey）的「茱諾與孔雀」（Juno and the Paycock）

酗酒成性的波爾船長既懶惰又愛吹牛。有一天他接到消息，一位富有的親戚過世了，留給他一大筆遺產，很快就可以到手。波爾和太太茱諾立刻開始大

肆揮霍。藉著大筆遺產馬上要進帳的理由，他們向鄰居借錢買高檔家具，波爾更是花大錢喝好酒。不多久，他們得知遺產到不了手，因為遺囑寫的含糊不清。憤怒的債主們衝上門來將家當席捲一空。不幸事件接二連三發生，波爾的女兒遭人搞大了肚子，臨盆在即。兒子被殺害，太太和女兒離他而去。到最後，波爾一無所有，陷入人生的低谷。

前提：「懶惰者自取滅亡。」

保羅・樊尚・卡羅爾（Paul Vincent Carroll）的「影子和實體」（Shadow and Substance）

湯瑪斯・史葛利是一個愛爾蘭小社區的天主教教團團員。他拒絕相信傭人布莉姬真的看見她的守護聖人聖布莉姬向她顯現。史葛利認為傭人精神有問題，於是想假借放她假叫她走路。更離譜的是，他拒絕聽傭人的話去做一件聖布莉姬要他去做的神蹟。後來傭人為了幫忙一位小學校長不被憤怒的群眾毆打，自己反而被殺害。看到女孩單純虔敬的信仰，教團團員終於放下他的驕傲。

前提：「敬虔戰勝驕傲。」

我們不清楚「茱諾和孔雀」的作者，是否知道他的前提是「懶惰者自取滅亡」。舉例來說，兒子的死亡與戲劇的主要論點毫無關聯。儘管尚・歐凱西對角色研究得非常透澈，但是第二幕死氣沉沉是因為他不清楚這齣劇要如何開頭。因為如此，他沒能寫出一齣真正偉大的戲劇。

另一方面，「影子和實體」卻有兩個前提。第一、二幕和最後一幕前四分之三的前提是「智慧戰勝迷信」。接近結尾時，毫無警訊地，前提中的「智慧」變成「信仰」和「迷信」。主角教團團員像隻變色龍一樣，突然變了個人。結果是觀眾對劇情完全摸不著頭緒。

好劇本絕對要具備一個架構完整的前提。前提如何用字遣詞可能有好幾種方式，但是無論採取任何方式，中心思想不改變。

劇作家通常先有一個想法，或者是碰到一個不尋常的狀況，於是決定要根據這些寫出一齣戲劇。

問題是這個想法或狀況是否能夠為劇本提供足夠的基礎。我們認為答案是否定的，雖然我們知道一千個劇作家中有九百九十九個都如此開頭。

　　「沒有一個清清楚楚的前提」，任何想法或任何狀況都無法強而有力地帶領你到一個合乎邏輯的結尾。

　　倘若你缺乏這樣的前提，你可以修正、複雜化或改變你原本的想法或狀況，或許甚至進到另一個狀況中，但是你還是不知道要往哪個方向。你將會四處尋覓，絞盡腦汁想出一些新的狀況，到最後還是寫不成劇。

　　「你一定要有個前提」——一個絲毫不錯地帶領你達到你心中企盼目標的好前提。

　　摩西‧馬廉文斯基（Moses L. Malevinsky）在《劇本寫作的藝術》（*The Science of Playwrighting*）這本書中提到：「情感，或者是它所包含一切的或是組成它的成分，構成人生的基本要件。情感就是生命，生命就是情感。因此情感就是戲劇，戲劇就是情感。」

　　倘若我們不理解「那些力量」驅使情感，那麼沒有任何情感曾經或是可能會帶出一個好劇本。說得更明確一些，情感之於劇本就如同吠叫之於狗一般重要。

　　馬廉文斯基所持的論點是如果你接受他的基本法則——情感，你的問題就解決了。他給你一大列的基本情感：欲求、恐懼、憐憫、愛情、仇恨。他說其中任何一種，都可以是你所寫劇本的堅實基礎。也許是如此。但是它們沒辦法幫你寫出一個「好」劇本，因為目標不明確。愛情、仇恨或是任何基本情感，就僅僅是情感而已。它們可能繞著自己打轉，或拆毀，或建造，哪裡也去不了。

　　有可能某種情感找到自己的目標，甚至連作者都覺得訝異。但這純屬意外，不能把它當作一種方法呈現給年輕的劇作家採用。我們的目標是指出一條路，讓任何能寫作的人可以走上這條路，並且到最後認定它是劇本寫作的好方法。所以，你最先要具備的就是前提。同時，它的用字遣詞一定讓所有人都容易懂，因為作者原來就是如此計畫。前提不明確，還不如沒有。

　　用字遣詞很差、錯誤的或是架構有問題的前提，只是讓作者用漫無目的的對話——甚至動作——來填滿空間和時間，跟展現他的前提完全無關。為什

麼？因為他沒有方向。

假設我們要寫一個與節儉角色有關的劇本。是否要調侃他呢？是否要讓他看起來很可笑或是很悲哀？現在還不知道。再來想得深入一點。節儉是聰明的生活方式嗎？某種程度內是的。但是我們不想要描述一個懂得中庸之道的、謹慎的、因未雨綢繆而認真儲蓄的角色。這樣的人不是節儉，而是深謀遠慮。我們要尋找的是一個節儉到連基本需要都不願意被滿足的人。到頭來，他矯枉過正的節儉，反而使他得不償失。現在前提出現了：「節儉過度反致耗損」。

從這個前提，接著往下談。每個好的前提由三部分組成。對劇本來說，每一部分都不可或缺。我們來檢驗一下「節儉過度反致耗損」。它的第一個部分指的是角色 —— 一位節儉的角色，第二部分「反致」指出衝突，第三部分「耗損」指的是劇本的結局。

我們來確認一下是否如此。「節儉過度反致耗損」，此一前提講的是一個節儉成性的人為了省錢而拒絕繳稅。這種行為當然引發反效果，也就是衝突。節儉者被迫要繳納三倍的稅。

因此，「節儉」代表角色；「反致」代表衝突；「耗損」代表劇本的結局。

好前提是你的劇本的微型概要。

下面是一些不同的前提。

心懷不平帶來虛假的快樂。

愚蠢的慷慨導致貧窮。

誠實勝過表裡不一。

友誼毀於不用心。

壞脾氣的人沒有朋友。

神祕主義臣服於物質主義。

拘謹過度使人心生挫折。

愛吹噓者羞辱自己。

無法認清現實讓人心生挫折。

狡詐者自掘墳墓。

暗中所做的事必被發現。

縱欲者必自我毀滅。

驕傲自大者離群索居。

豪奢過度反致一貧如洗。

反覆無常者無法尊重自己。

　　儘管這些論點不含感情，但是卻符合一個結構完整前提的所有要件：角色、衝突、結論。那麼，它們錯在哪裡？少了些什麼？

　　這裡看不到作者的信念。他必須決定自己要站在哪一邊，否則劇本等於不存在。只有等他確認自己的立場後，前提才會活過來。驕傲自大者「真的」會離群索居嗎？你怎麼看？身為你劇本的讀者或觀眾，我們不見得同意你的看法。你必須經由劇本向我們證明，你的主張站得住腳。

問題 我被搞迷糊了。你的意思是若缺少一個結構清楚的前提，我就不能開始寫劇本？

回答 當然可以。有許多方法可以幫助你找到前提。下面就是一個。

　　舉例來說，假設你發現克拉拉阿姨或是約書亞叔叔舉止非常怪異，於是很想用這麼好的資料來寫劇本。但是，你可能無法立刻想到前提。他們是很有趣的題材，所以你研究他們的行為，仔細觀察他們的每一個動作。你的結論是克拉拉阿姨雖然對宗教十分狂熱，骨子裡卻愛背後道人長短兼多管閒事。她什麼事都要插手。也許你知道有好幾對夫妻離婚，都是因為克拉拉阿姨的惡意介入。但至今你仍然沒有前提。你不知道這個女人為何要做這些事？為什麼克拉拉阿姨這樣壞心，這樣熱衷擾亂無辜人的生活？

　　既然你打算寫個以她為主角的劇本，因為她是個大好題材，所以你要盡力去發掘她的過去和現在。一旦你踏上這尋找事實的旅程，不論你知不知道，你已經邁出尋找前提的第一步。「前提是在背後推動我們做一切事情的力量」。所以，你開始向爸媽和親戚詢問克拉拉阿姨的過去。很可能你會嚇一跳，原來這位虔誠信徒在年輕時並不怎麼聖潔，到處和男人上床。一個女人因為克拉拉阿姨搶走她的老公，兩人進而結婚被逼得走上絕路。想當然耳，從

此這位自殺女人的陰影一直籠罩著他們，一直到男人失蹤爲止。她深愛這個男人，認爲他的失蹤是上帝的懲罰。從此以後她變成宗教狂熱分子，決定盡力用餘生來贖罪。她開始試圖改變每一個和她有接觸的人，並且介入他們的生活。她監視那些躲在暗處情話綿綿的無辜戀人，認眞地叫他們遠離罪惡的思想和行爲。簡單地說，她變成鄰里間的討厭鬼。

想寫這個劇本的人，仍然沒有找到前提。不打緊，因爲克拉拉阿姨的人生故事逐漸成形。等劇作家找到他的前提之後，還會有許多工作等他去完成。現在要問的是：這個女人的結局會如何？她可能繼續用餘生來干擾和破壞別人的生活嗎？當然不是。既然克拉拉阿姨現在仍然活得很有勁，繼續堅持完成她認定的人生志業，作者就必須決定她在劇中——「而非現實中」——的結局爲何。事實上，克拉拉阿姨可能活到100歲，死於意外或是在床上壽終正寢。這對劇情有助益嗎？絕對沒有。意外是一個外加的因素，不符合劇本的原意。生病和壽終正寢也不例外。如果要寫到死亡，她死的方式必須源於她的行爲。某個生活被她破壞的男人或女人可能會復仇，送她去見她的造物主。她可能會對宗教火熱過頭，開始跟教會作對，最後被逐出教會。又或者環境會逼著她不得不低頭，最後只好走上自殺一途。

不論作者選擇上述三種可能結局中的哪一種，前提都會自然浮現。「極端的行爲必定帶來毀滅。」（不論是哪一種極端行爲。）現在你已經知道劇本的開始和結尾。她一開始就隨便跟男人上床，害得別人自殺，也因此失去她唯一的眞愛。這個悲劇讓她緩慢地但持續地轉變成宗教狂熱分子。她的狂熱毀掉許多人，到最後她也死於非命。

你不需要用前提來開啓你的劇本。你可以使用一個角色、一個事件或者甚至一個簡單的想法。當想法或是事件逐漸成熟，故事也會隨之開展。將來你會有時間從一大堆資料中找到你的前提，重要的是你必須找到它。

| 問題 | 我可不可以採用下面這個前提：「偉大的愛情比死更堅強」，而不用擔心別人會說我抄襲？ |
| 回答 | 你可以小心謹愼地採用。雖然它的核心思想跟「羅密歐與茱麗葉」一樣，但是劇本會不同。你從來沒有也絕對不會看見兩棵一模一樣的橡 |

樹。樹的形貌、高度和強度是由種子落在土中，並且生根發芽的地點和周遭環境來決定。沒有兩位劇作家會想得或寫得完全相似。從莎士比亞開始，一萬個劇作家可以採用相同的前提，但是劇本和劇本之間相似的部分也只會是它們的前提而已。你的知識、對人性的瞭解和想像力，構成劇本的其他部分。

問題 我有可能寫出一個有兩個前提的劇本嗎？

回答 有可能，但是它不會是個好劇本。你同時可以往兩個不同方向行進嗎？劇作家要證明一個前提已經夠累了，更何況兩個或三個。擁有一個以上前提的劇本，一定會讓人糊塗。

菲利浦・巴瑞（Philip Barry）的「費城故事」（The Philadelphia Story）就是如此。該劇的第一個前提是「雙方都願意犧牲方能造成成功的婚姻。」第二個前提是「人的品性高下並非僅僅肇因於他有錢與否。」

另一個類似的劇本是山姆森・雷佛森（Samson Raphaelson）的「雲雀」（Skylark）。它的雙前提分別是「富有的女人在生活中需要一個依靠」和「愛妻子的男人願意為她犧牲」。

這兩個劇本不但各有雙前提，而且論調消極，用字遣詞也很差。

演技出色、製作精良、對話有趣的戲劇有時候的確會成功，但是單單靠這些絕對不可能造就出一齣好戲劇。

不要以為每齣上演的戲劇都有一個清楚的前提，儘管每齣劇都有其核心思想。舉例來說，克利福德・奧狄斯（Clifford Odets）的「夜曲」（Night Music）的前提是「年輕人必須勇敢面對世界」。這是一種論調，不是一個積極的前提。

另一個有論調，但是論調卻模糊不清的劇本是威廉・薩若揚（William Saroyan）的「你的一生」（The Time of Your Life）。它的前提「生命多美好」既零亂又毫無內容，跟沒有前提沒兩樣。

問題 我很難決定一齣劇的基本情感為何。以「羅密歐與茱麗葉」為例。兩個家庭若不是世仇，這對愛人就能長相廝守。我覺得這齣戲的基本情

感是仇恨。

回答 仇恨使這對年輕戀人的愛火降溫了嗎？並沒有，反而讓他們更加努力去愛。每一個挫折都使他們愛得更熱烈。他們願意放棄家族的姓，挑戰已存在好幾個世代的仇恨，並且在最後為愛情犧牲生命。結尾時被消滅的是仇恨而非愛情。仇恨把愛情送上審判臺，但愛情大獲全勝。愛情並非由仇恨而來，儘管仇恨從中作梗，愛情卻愈燃愈烈。我們認為，「羅密歐與茱麗葉」的基本情感仍然是愛情。

問題 我還是不懂如何決定戲劇的基本走向或情感。

回答 我們用易卜生的「群鬼」，再來舉個例子。它的前提是「祖先犯罪禍延子孫」。我們來看看是否如此。艾爾文上尉不論婚前或婚後都隨便跟女人上床，最後因亂來而死於梅毒。他留下一個遺傳到梅毒的兒子奧茲華。兒子長大成了智障，最後，母親因不忍他受苦而幫助他了結生命。所有其他劇中討論到的議題都是從上面這個前提而來，與女傭人的戀情也包括在內。顯而易見的，該劇的前提就是罪的遺傳。

莉蓮・海爾曼（Lillian Hellman）開始架構一個想法。該想法來自威廉・羅夫海（William Roughead）對古時候蘇格蘭審判判決的一篇報告。1830年左右，一位印度小女孩成功地顛覆了一家英國學校。根據羅勃・凡・吉德（Robert van Gelder）在《紐約時報》的報導，莉蓮成名的第一個劇本「雙妹怨」（The Children's Hour）就是以這個事件為基本架構。這次訪談如下：

海爾曼小姐說：「守衛萊茵河」（Watch on the Rhine）這個劇本的由來挺複雜，而且恐怕不太有趣。在寫「小狐狸」（The Little Foxes）時，我突然有個想法：在美國中西部有個小城，很一般的小城或是比一般更荒涼一些。有一天，小城出現了一點歐洲氣息。一對有貴族頭銜的歐洲夫婦在前往西岸的路途中在此停留。當時我興奮不已，很想把「小狐狸」丟到櫃子裡，開始寫這個新劇本。但是一旦真的動筆卻無法往下走。一開始的確很不錯，然後就卡住了。

之後我又有一個新想法。如果一些生性敏感，大半輩子在歐洲過著吃不飽日子的人突然來到有錢美國人的家中作客，會有何種反應？他們會如何看待美

國人氣焰猖狂的忙碌生活，沒時間睡覺卻一定得吃的安眠藥，點來享用卻碰也不碰的豪華晚餐等？這個劇本也走不下去。我煩惱得很，那對有貴族頭銜的夫婦又回來了，不停地在我腦海中盤旋。如果要一步步回溯這兩個劇本融合「守衛萊茵河」的過程，我得花上整個下午和大半個明天才做得到。頗具身分的夫婦還存在，但已變成配角。美國人很親切等。情節大大改變，新劇本就是從這兩個舊的產生。

　　劇作家可能在一個故事花上好幾週的時間，才發現自己真的需要一個能夠展現劇本最終目標的前提。我們來循線追蹤一下，一個想法緩緩變成前提的過程。假設你想寫一個有關愛情的劇本。

　　哪一種愛情？你決定那是一種偉大的愛情，可以克服偏見、仇恨、困難，不能用金錢買賣，也不容許談條件的愛情。觀眾看到愛情勝利時，一定會被愛人為彼此的犧牲而感動流淚。這是個想法，不錯的想法。但是你沒有前提，沒有選到前提你就不能動筆寫你的好劇本。

　　你的想法「愛情克服一切」中，蘊含著一個明顯的前提。但這想法本身有矛盾。它想表達太多東西，等於什麼也沒說。什麼是「一切」？你的答案可能是各種困難，但我們還是要問：「什麼困難？」如果你說「愛能移山」，但我們自然要問那有什麼好處？

　　在你的前提中，你必須說清楚這種愛情究竟有多偉大，呈現出它的目標何在，還有它能夠走多遠。

　　讓我們一起走完全程，來呈現一種比死亡更堅強的愛情。我們的前提非常明確：「愛情能夠比死亡更堅強嗎？」在這裡的答案為「是的」。它指出愛人們將要踏上的道路。他們會為愛情犧牲生命。這是個主動積極的前提，所以你若問愛情比何物堅強，答案可以很肯定的是「死亡」。結果是你不但知道這對愛人們會願意走多遠，也會略微地曉得他們是什麼樣的角色，以及他們必須是什麼角色，才能使這個前提有個合乎邏輯的結尾。

　　這個女孩有可能是傻呼呼的、喜怒不形於色的、狡猾的嗎？不可能。男孩或男人有可能是膚淺的、輕浮的嗎？不可能，唯一的可能是，他們在結識前原本很淺薄。等到他們一認識，戰役就開始了。他們首先要和從前那種瑣碎的生活作戰，接下來是和雙方的家庭、宗教信仰和其他所有反對他們的因素

作戰。隨著時間過去，他們的能耐（stature）、力量、決心都愈發成熟。到最後，死亡也不能擊敗他們；在死亡中，他們合爲一體。若是你有個清楚明確的前提，劇本的概要幾乎會自動呈現出來。你可以開始鋪陳，再加上小小的細節和有你個人風味的文筆。

如果你選擇上面這個前提「愛情比死亡更堅強」，那麼理所當然的，你相信它。你應該相信它，因爲你要去證明它。你必須在結尾時證明失去了你所愛的人，生命就毫無意義。如果你並非眞心相信，那麼你想要證明「玩偶之家」（A Doll's House）中的諾拉（Nora）或「羅密歐與茱麗葉」中茱麗葉熾熱的愛情，就會碰到大麻煩。

莎士比亞、莫里哀和易卜生都相信他們的前提嗎？幾乎是肯定的。就算不是，他們的天分也大到可以感受到自己描述的東西，並且能夠強有力地重現劇中主角的生活，讓觀眾不得不相信作者的眞誠。

而你卻不應該寫任何你不相信的東西。前提應該是你個人的信念，你才能夠全心全意地證明它。從我眼中看來荒謬的前提，對你來說一定不是如此。

絕對不要在劇本的對白中提到你的前提，但是一定要讓觀眾知道前提是什麼。而且不論前提是什麼，你一定要證明它是對的。

我們已經瞭解一個想法任何時候都可能出現，通常它在劇本開始寫之前就存在。我們也瞭解爲什麼想法一定要變成前提。把想法變成前提的過程並不困難。你甚至可以隨意地開始寫劇本，只要在最後必要的部分都到位。

有可能你腦海中的故事已經很完整，但是你還是沒有找到前提。那麼你可以開始寫劇本嗎？最好不要，不論它對你來說是多麼的完整。倘若嫉妒代表結尾是個悲劇，那麼很顯然地你的劇本是以嫉妒爲主題。但是你有沒有考慮過嫉妒從哪裡來？這個女人很輕浮嗎？這個男人不中用嗎？是家裡的一個朋友強迫男人去注意自己的太太嗎？太太厭倦自己的先生嗎？先生有情婦嗎？太太犧牲自己來幫助生病的先生嗎？這全部都是誤會嗎？等。

每一個可能性都需要一個不同的前提。舉例來說，「婚姻中的出軌導致嫉妒和謀殺。」如果你選擇它做你的前提，你必須知道在這個特殊的例子中，什麼造成了嫉妒，接著也導致這個出軌者去殺人或是被殺。前提會告訴你，你唯一必須走的路是哪一條。許多前提都跟嫉妒有關，但是在你的情況下，「只有

一個」驅動力能夠帶領劇本走向它理所當然的結局。

　　出軌的人跟不出軌的人行爲舉止不一樣，也跟另一個犧牲自己來延續先生生命的女人不一樣。也許這個故事已經存在於你的腦海中或是在紙上，但是缺乏一個清楚明確的前提，你不一定能寫出好劇本。

　　到處去尋找前提是非常愚蠢的行爲，因爲我們前面已經指出前提必須是你的信念。你知道自己有哪些，好好檢核一下。也許你對一個人還有他奇怪的行爲感興趣，可以從其中找出一個作爲材料，從而發展出好幾個前提。

　　還記得那個難尋覓的青鳥的寓言嗎？有一個人爲了尋找到代表幸福的青鳥而走遍全世界，但是當他回到了家，卻發現青鳥一直都在那裡。不需要折磨你的腦袋，爲了要找前提把自己累得半死。有許多現成的前提就在你的手邊。擁有一些堅強信念的人，本身就是前提的寶藏。

　　假設你四處尋覓後的確找到了一個前提，就算它再好，你也會感覺它挺生疏。因爲它不來自於你，不是屬於你的一部分。一個好的前提，代表作者本人。

　　我們相信你想寫出一個能夠流傳千古的好劇本。奇怪的是，所有的劇本，「包括滑稽劇在內」，在作者覺得他要宣示一些重要的信念時，品質都是比較好的。

　　這項原則也適用於犯罪劇嗎？我們來看一下。你有一個很棒的點子，想要寫一個有關完美犯罪的劇本。你把最細的細節都想好了，很肯定任何觀眾看了都會覺得又刺激、又著迷。你把想法告訴朋友，但是他覺得很無趣。你嚇了一大跳。怎麼回事？也許你應該要問問別人的意見。你照做了，然而他們的回應只是一些客套的恭維。你內心深處感覺到他們並不喜歡你的想法。他們都是笨蛋嗎？你開始懷疑你的劇本不好，於是開始這裡修修，那裡改改，然後又拿回去給你的朋友看。他們已經聽過這個故事了，所以現在真的覺得好無聊，有些人甚至告訴你他們真正的想法。你的心下沉了。這次你還是不知道哪裡不對，但是你清楚知道這個劇本很糟。你很生氣，想要把它置諸腦後。

　　雖然沒有看到你的劇本，但是我們可以告訴你錯在哪裡：沒有清楚明確的前提。缺少一個明確積極的前提，角色非常有可能是死氣沉沉的。他們怎麼可能有生氣呢？舉例來說，他們不清楚自己爲什麼要完美地犯罪，唯一的原因就

是你命令他們去做，結果是所有的演出和對白都很假，沒有人相信他們所說的話或所做的事。

你可能並不相信，但是戲劇中的角色應該就是真人。他們所做的事情，都應該有自己的原因。如果一個人要完美地犯罪，他的背後一定要有一個很強烈的動機。

犯罪本身並不是結果。就算那些因為瘋狂而導致犯罪的人也有原因。他們為什麼會發瘋？這些虐待、情慾和仇恨後面的動機是什麼？事件背後的原因就是我們感興趣的部分。每天報紙上充斥著各種各樣謀殺、放火、強姦等的報導。過沒有多久，我們就真的感覺噁心不想看了。如果不是去瞭解「為什麼」，我們又何需去劇院呢？

一個年輕女孩謀害了她的母親。好可怕！但是為什麼？是什麼原因導致這件謀殺發生？劇作家揭示的愈多，劇本就愈精彩。對於環境、謀殺者的心理和生理狀態以及他或她個人的前提，你能夠揭示的愈多，就會愈成功。

存在的每一樣東西皆與其他東西息息相關。你不能夠把任何主題，從它周遭的環境抽離出來。

倘若讀者接受我們的推理，他就會放棄撰寫「如何」完美犯罪的劇本，轉而開始撰寫「為什麼」有完美犯罪的發生。我們來探討一下犯罪劇的策劃過程，看看不同的元素如何整合。

是什麼樣的犯罪？侵占、勒索、偷竊、謀殺？我們選擇謀殺，現在來討論犯罪者。他為什麼要殺人？為了情慾？金錢？復仇？野心？把錯的變成對的？謀殺有好多種，所以我們必須立刻回答這個問題。現在假設我們選擇野心作為謀殺的動機，一起來看看後面會有什麼發展。

殺人犯一定感覺有人擋了他的路。他要盡全力影響那個擋路的人，想盡辦法讓那個人喜歡他。也許這兩個人變成朋友，於是謀殺就不會發生。不對！這個潛在的受害者一定是個意志堅定的人，否則就不會有謀殺這件事，劇本也就不存在。但是為什麼他要是個意志堅定的人呢？我們不曉得，因為我們不知道前提是什麼。

現在我們得暫停一下，看看如果沒有前提仍舊往下走會帶來什麼結果。其實沒有必要這樣做，只要看看我們手上有什麼資料，就知道這個結構是多麼的

薄弱。一個男人想要殺掉另外一個男人，因為後者阻撓他的野心。這個想法曾經出現在幾百個劇本裡面，但是要把它拿來作為劇情概要的基礎實在過於薄弱。現在我們要更深入地探討一些元素，再來尋找一個積極的前提。

殺人犯靠殺人來達到目標。他絕對不是一個好人。為了野心殺人要付出昂貴的代價，只有天性殘忍的人——對了！我們的殺人犯是個天性殘忍的人，為達目的不擇手段。

他是個危險人物，對社會絲毫沒有益處。如果他犯罪卻不用接受懲罰，結果會如何？想想看，他會造成多麼大的傷害！他一定會繼續不斷地用殘忍的手法成功的危害社會。這是可能的嗎？一個天性殘忍又野心勃勃的人能凡事順心如意嗎？不可能。殘忍就像仇恨一樣，很容易自我毀滅。太棒了！我們的前提是「殘酷的野心自取滅亡」。

現在我們知道這個殺人者會竭盡所能犯下一件完美的謀殺案，但是到最後他反而會被自己的野心毀掉。數不清的可能性就此開啟。

我們認識這個殘忍無情的殺手，當然還有更多要瞭解的。對一個角色的瞭解並不如此簡單，在後面關於角色的章節，我們會再來討論。然而前提已經告訴我們，這個主角最突出的一些人格特質。

從前我們指出過，「殘酷的野心自取滅亡」。這是莎士比亞的「馬克白」的前提。找到前提的方法就像劇作家的數目一樣多，甚至更多，因為大部分的劇作家都採用一種以上的方法來尋找前提。

來看另一個例子。

假設有一個劇作家有天晚上在回家的路上，看到一群年輕人攻擊一位路人。他義憤填膺：16、17、20歲的年輕人居然是冷酷的罪犯！他忘不了這件事，於是決定寫一個關於青少年犯罪的劇本。但是他領悟到這個主題範圍實在太大。他的重心應該是什麼？他決定選擇搶劫。搶劫這件事一直在他腦海中打轉，因此他相信觀眾也會像他一樣留下深刻的印象。

劇作家想：這些小孩真是愚蠢，如果他們被警察抓了一輩子就完了。他們會因為搶劫被判終身監禁。真的是一群笨蛋！他又繼續這樣想：「我打賭，這個受害人身上只有一點點錢。這些年輕人賠上了自己的一生，卻什麼也都得不到。」沒錯，這個想法很適合用來寫劇本。所以他開始著手，但是故事卻停滯

不前。畢竟你不能夠花三幕的時間來描述一場搶劫。劇作家非常的生氣，不瞭解為什麼自己無法用這個好的想法寫出好的劇本。

　　搶劫只是一場搶劫，無奇之有。不尋常的地方可能是這些罪犯是青少年。但是他們為什麼要去偷竊？也許他們的父母親根本不關心他們。也許他們的爸爸是醉鬼，自己的問題多得數不清。但是為什麼他們是醉鬼呢？他們為什麼酗酒，不關心自己的小孩？有很多男孩都是這樣，不見得他們的爸爸都長期酗酒，都對孩子不聞不問。他們很可能已經管不動自己的孩子，他們有可能非常貧窮，無力養活自己的孩子。為什麼他們不去找工作呢？噢，對了！因為他們患有憂鬱症，找不到工作，所以這些小孩只好在街頭長大。他們熟悉的東西只有貧窮、不被關懷和沒有價值。這幾樣東西就是犯罪的強烈動機。

　　這些男孩不僅單單存在於這個貧民窟裡，整個國家有幾千名這樣的男孩，因為貧窮不得不犯罪，這是他們唯一的出路。貧窮鼓勵他們成為罪犯。這樣就對了！「貧窮使人鋌而走險！」我們找到了前提，劇作家也一樣。

　　劇作家開始尋找故事要發生的地方。他想起自己的童年，或者是他看過的某個地方，或是他曾讀過的一則報紙剪貼。無論是其中的哪一項，他想到好幾個犯罪容易發生的地方。他研究人、房子、影響力，那些讓貧窮猖狂的原因。他開始調查市政府對這些情況做過什麼努力。

　　接著他把注意力轉向這些男孩們。他們真的很笨嗎？還是不被關懷、疾病、飢餓讓他們鋌而走險呢？他決定集中在一個角色上，一個可以幫助他寫完故事的角色。這個角色是一個好男孩，16歲，有一個姐姐。爸爸失蹤了，留下兩個孩子和一個生病的太太。他找不到工作，開始厭倦生命，選擇離家出走。不久後太太就死了。18歲的女孩堅持她可以照顧弟弟。她愛弟弟，一定要跟弟弟在一起。她會去找工作，當然弟弟強尼可以住進孤兒院，但是如此一來，「貧窮使人鋌而走險」的前提就失去意義。所以當姐姐在工廠工作時，強尼就在街頭逞凶鬥狠。

　　強尼有自己的一套哲學。其他的小孩聽從老師和父母的教導：要聽話，要誠實。強尼從自己的經驗清楚知道，這些都是廢話。如果遵守法律，他可能要好多天都餓肚子。所以他的前提是「如果你夠聰明，你就永遠不會被抓到。」他一次又一次地確認這個前提很有效。他偷竊，沒有被抓到。強尼跟

法律對抗。而法律的前提是「法網恢恢，疏而不漏」或是「犯罪者得不償失」。

強尼也有他崇拜的英雄，就是那些不會被抓到的人。他很肯定這些英雄比警察更聰明。譬如說傑克・庫利，一個在這社區長大的男孩，全國的警察都想逮到他，但是他把他們耍得團團轉。他無人能及。

要瞭解強尼，你應該去研究他的背景、他所受的教育、他的野心、他所崇拜的人、什麼東西激勵他、他的朋友等。這樣一來，你的前提就能澈底地涵蓋他和幾百萬個跟他一樣的孩子。

假使在你眼中強尼只是個小混混，而且你不知道為什麼是如此，那麼你就需要去尋找另外一個前提。也許前提會是「警力不足導致犯罪猖獗」。當然我們會問：這是真的嗎？無知的人可能會說是真的。但是你需要解釋為什麼百萬富翁的兒子不會像強尼一樣出去偷麵包。如果警力充足，那麼貧窮和苦難就會按照比例下降嗎？經驗告訴我們不會。這樣來說，「貧窮使人鋌而走險」是一個比較真實又切合實際的前提。

悉尼・金士利（Sidney Kingsley）的「死路」（Dead End），用的就是這個前提。

你必須決定要如何對待這個前提。你想要指控社會嗎？你想要演繹貧窮以及脫離貧窮的方法嗎？金士利決定演繹貧窮，然後讓觀眾自己去下結論。如果你想要在金士利的想法上外加一些東西，請寫出一個小前提，作為擴展原本的前提之用。如果有必要，可以將它再擴展一些，以便完全契合你的故事。如果在過程中，你發現無法為你的前提辯護，「因為你對於自己想表達什麼改變了主意」，那麼請架構一個新的前提，丟棄舊的。

「社會應該為貧窮負責嗎」？不論你站在哪一邊，都要證明你是對的。當然你的劇本跟金士利的會不一樣。你想架構幾個前提都可以：「貧窮」、「愛情」、「仇恨」等，只要選擇最能夠滿足你需要的那一個。

找到前提的方法有無數多種。你可以先有一個想法，然後立刻把它變成前提。又或者你可以先發展出一個情況，然後看看其中是否有些潛力，只需要加上正確的前提就會變得有意義，並且帶出結尾。

情感蘊含許多前提，但是你必須要加以鋪陳才能夠表達出劇作家的想法。

我們來用嫉妒這種情感試試看。嫉妒是從自卑情結造成的許多情緒而來，所以嫉妒不能當作一個前提，因爲從中看不到角色的未來目標。如果我們把它改成：「嫉妒會毀滅人」，這樣會好一些嗎？答案是否定的，儘管我們現在知道中間有「毀滅」這個行動。讓我們再進一步來探討：「嫉妒導致自我毀滅」。現在目標出現了。我們清楚知道，劇作家也知道，這個劇本會持續走下去，一直到嫉妒自我毀滅爲止。作者可以用此基礎，也許再擴展爲「嫉妒者害人害己」。

我們希望讀者能夠區分這最後兩個前提。各式各樣的變化都可能存在，每一個新的變化產生時，劇本的前提也跟著改變。但是不論你如何改變前提，你都要回到開頭，以新的前提爲基礎重新撰寫你的劇情概要。倘若你開始的時候採用一個前提，然後又轉換到另一個，劇本就會遭殃。就像一座房子不可能有兩個地基一樣，同一個劇本也不能建造在兩個前提之上。

莫里哀的「僞君子」（Tartuffe）是一個劇本如何在前提上發展成熟的好例子。（請看第235-238頁的摘要和分析）

「僞君子」的前提，是「害人不成反害己」。

劇本一開始是貝爾妮夫人斥責她兒子的第二任年輕妻子艾咪兒和孫子、孫女，因爲他們對塔爾圖夫不夠尊重，是她的兒子奧爾貢把塔爾圖夫帶進這個家。非常肯定的，塔爾圖夫是個僞裝成聖人的壞蛋。他最主要的目的是和奧爾貢的妻子搞婚外情，同時把他的財產騙到手。他的虔誠騙倒了奧爾貢，後者一心相信塔爾圖夫是救世主再世。現在讓我們回到劇本的開頭。

作者的目的是儘快架構好前提的第一部分。貝爾妮夫人正在說話：

貝夫人：（對孫子達密斯）假使塔爾圖夫認爲某件事很罪惡，你可以肯定那絕
　　　　對很罪惡。他想要帶領你走上通往天堂的道路，你應該跟隨他。
達密斯：我不想跟他去任何地方！
貝夫人：你這話又愚蠢、又差勁！你的父親敬愛他也、尊重他，當然你也應該
　　　　如此。
達密斯：我父親或任何人，都別想叫我敬愛他或信任他！我瞧不起這傢伙，還
　　　　有他所有的行爲，我也絕對不假裝。如果他還想再來管我，我就要打

爛他的頭。

朵琳（女傭人）：真的，夫人，我們沒辦法忍受一個身無分文又穿著破破爛爛的陌生人把家裡弄得一塌糊塗，當自己是一家之主。

貝夫人：我沒跟你說話。（轉向其他人）如果他真的是這裡的一家之主就好了。

　　　　（這是對未來要發生的事的第一個暗示，也就是奧爾貢會將財產交給他打理。）

朵　琳：夫人，你可能認為他是聖人，但是我認為他更像是個偽君子。

達密斯：我敢發誓，他就是。

貝夫人：你們兩個閉上你們的壞嘴！我知道你們全都不喜歡他，到底為什麼？因為他看到你們做的錯事，敢挺身而出糾正你們。

朵　琳：他管的可多了。他想盡辦法不讓夫人招待任何客人。為什麼夫人只是招呼一個普通客人，他居然大發雷霆？這有什麼錯？我確定是因為他吃醋。

　　　　（他的確是吃醋，等一下我們就會看到。莫里哀很認真地在事先為每件事找到動機。）

艾咪兒：朵琳，別胡說八道！

貝夫人：這比胡說八道還離譜。你這個女孩好大膽，居然敢做這種暗示，真是不知羞恥！（轉向其他人）不是只有親愛的塔爾圖夫不贊同你招待那麼多客人，所有的鄰居都一樣。我兒子這一輩子做最聰明的一件事，就是敦請人人敬重的塔爾圖夫到家裡來，因為只有他才能夠將迷途的羊帶回羊群。如果你及時聰明一點，就應該聽從他的警告。你招待的朋友和舉辦的宴會、舞會，都是撒旦利用來毀滅你靈魂的工具。

艾咪兒：為什麼這麼說，母親？大家來聚會只是很單純的想開心而已。

　　如果你重新讀一次前提，你會注意到某人（這裡指的是塔爾圖夫）會假裝聖潔，設下陷阱來捕捉單純信任他的人（奧爾貢和母親）。如果他成功了，將來他就會把奧爾貢的財產納為己有，又把美麗的艾咪兒收為情婦。

　　劇本一開始，我們就感覺到這個快樂的家庭即將大禍臨頭。但是我們還沒

 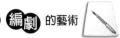

有看到奧爾貢本人，只看到他的母親爲這位假聖人撐腰，斥責眾人。一個神智清楚的前陸軍軍官有可能如此盲目地相信另外一個男人，給他機會來摧毀他的家庭嗎？如果他真的如此信任塔爾圖夫，那麼作者已經清楚架構好他前提的第一部分。

我們已經目睹塔爾圖夫如何巧妙地爲他的目標獵物奧爾貢設下陷阱，當然後者自己也出了力。他會掉進陷阱嗎？還不知道，但是我們開始感興趣了。我們來看看奧爾貢對塔爾圖夫的信任，是不是如同他的母親要觀眾所相信的一樣。

奧爾貢剛剛從一個三天的旅程回到家，在家裡碰到妻子的哥哥克來昂。

克來昂：我聽說你很快就要回來，所以在這裡等，希望可以碰見你。

奧爾貢：謝謝你！但是請稍等我一下，我要先問朵琳一兩個問題。（轉向朵琳）我不在的時候，一切都好嗎？

朵　琳：並不好，先生。夫人前天生病發燒，劇烈頭痛。

奧爾貢：真的嗎？那塔爾圖夫好嗎？

朵　琳：噢！他好得很呢！健康的不得了！

奧爾貢：可憐的傢伙！

朵　琳：那天晚餐的時候，夫人病得好嚴重，一口飯也吃不下。

奧爾貢：噢，那塔爾圖夫呢？

朵　琳：他只吃得下一對松雞，還有半隻碎肉的燉羊腿。

奧爾貢：可憐的傢伙！

朵　琳：夫人那天晚上一點也睡不著，我們得陪著她熬夜到天亮。

奧爾貢：的確是。那塔爾圖夫呢？

朵　琳：噢！他離開餐桌就直接上床了，而且聽起來他睡得非常好，一直到早上過了一半才起床。

奧爾貢：可憐的傢伙！

朵　琳：到最後我們終於說服夫人放血，她當下就覺得舒服多了。

奧爾貢：太好了！那塔爾圖夫呢？

朵　琳：他很勇敢的忍耐。第二天的早餐他喝下四杯紅酒，來彌補夫人流失的

血。

奧爾貢：可憐的傢伙！

朵　琳：所以，他們兩個現在都很好。先生，現在請容許我去告訴夫人你回來
　　　　了。

奧爾貢：好的，朵琳。

朵　琳：（接近後面的拱門時）我一定會告訴夫人，你聽到她生病是多麼的關
　　　　心，先生。（她離開了）

奧爾貢：（對克來昂）我似乎感覺到她說的話有些無禮。

克來昂：親愛的奧爾貢，如果她的確如此，難道沒有原因嗎？老天爺！你怎麼
　　　　被這個塔爾圖夫迷惑成這樣呢？他到底有什麼了不得，讓你對別人都
　　　　漠不關心？

　　很顯然的，奧爾貢看不見塔爾圖夫正在爲他挖的陷阱。毫無疑問地，莫里
哀在劇本的前三分之一就成功架構好他的前提。

　　塔爾圖夫挖好陷阱，奧爾貢會跳進去嗎？我們不知道，而且我們也不應該
知道，一直要到最後，結局才會揭曉。

　　無庸置疑的，同樣的原則也適用於短篇故事、小說、電影或是廣播劇。

　　我們來看看莫泊桑（Maupassant）的短篇故事「鑽石項鍊」（The
Diamond Necklace），試著找一下前提什麼。

　　瑪蓮答是個年輕虛榮，又愛做白日夢的女人。她向富有的同學央借一條鑽
石項鍊，戴去參加舞會。後來她將項鍊遺失了。她和先生怕被羞辱，於是把遺
產拿去貸款，借錢買了一條和原本很相近的項鍊。整整十年之久，他們辛苦工
作來償還債務，變得滿臉風霜，又老又醜，一直到最後才發現原來借來的項鍊
根本就是人造寶石做的。

　　這個不朽故事的前提是什麼？我們認爲一切都是從她的愛做白日夢開
始。愛做白日夢的人不見得是個壞人。白日夢通常是逃避現實的方法，而現
實是他們沒有勇氣去面對的。白日夢是行動的替代品。許多偉大的人也愛做
白日夢，然而他們將夢想轉化爲現實。舉例來說，尼古拉・特斯拉（Nikola
Tesla）是歷史上最偉大的電學天才。他是個偉大的夢想家，同時也是偉大的

行動者。

　　瑪蓮答本性善良，很愛做夢但卻沒有行動。夢想無法把她帶到任何地方，悲劇反而來臨。

　　我們來研究一下她的個性。她活在想像中的奢華城堡裡，當自己是皇后。當然她的自尊心很強，沒辦法向朋友承認自己負擔不起那條遺失的項鍊。她寧可死也不願意這樣做，因此必須去買一條新的項鍊，就算她和先生下半輩子都要拼命工作來償還也沒辦法。他們就是如此做。因為虛榮和毫無意義的自尊，讓她變成一個做苦工的人。虛榮和自尊就是做白日夢帶來的結果。她的先生因為愛她，所以跟她一起拼命做苦工。前提是「逃避現實者必受懲罰」。

　　我們來從艾德雅‧拉克‧藍里（Adria Locke Langley）的「街上的獅子」（A Lion is in the Street）中，尋找其前提。

　　從很年輕的時候開始，漢克‧馬丁（Hank Martin）就下定決心要成為一個最偉大的人。他當小販賣別針、緞帶、化妝品，打算未來可以跟那些買東西的人成為朋友。他的確也用上這些關係，甚至成功到做上州長的位置。接著他就開始大肆搜刮，大家不得不起來反抗他，最後他死於非命。

　　顯然這部小說的前提，是「殘酷無情的野心自取滅亡」。

　　現在來談談「自豪的海軍陸戰隊」（Pride of the Marines），這是一部由艾伯特‧馬茲（Albert Maltz）所著小說改編的電影。

　　這是一個關於受傷的海軍陸戰隊員艾爾‧史密得（Al Schmid）的故事。他在戰爭中弄瞎眼睛。在醫院復健時，沒有任何人能夠勸動他回去找未婚妻。最後，他終於被騙回去。他的愛人讓他相信她仍舊愛他，而且儘管瞎了眼，他還是可以找到一份工作。他開始工作，他們計畫要結婚。儘管醫生認為他不可能恢復視力，然而後來他的確能夠看到一點點東西。

前提：「捨己的愛戰勝絕望」。

　　這本來應該是一部不錯的電影，可惜的是艾爾和其他的角色從來都不知道他們是為何而戰，自己為何失去視力，一直到電影結束都是如此。若是能讓觀眾知道這些事情的起因，這部電影會更加地有深度。

　　「塵世與天堂」（Earth and High Heaven）是葛塞琳‧葛萊姆（Gwethalynn Graham）的小說，講的是一個有錢的非猶太信徒加拿大女孩和

一位猶太裔律師墜入情網的故事。因為律師的宗教信仰，女孩的父親拒絕接受這位年輕人，而且用盡全力斬斷這一段關係。父親和女兒一向很好。現在女孩必須在父親和她所愛的男人之間做出選擇。她決定要嫁給愛人，從而不得不跟自己的原生家庭完全斷絕來往。

前提：「信仰無法妥協導致骨肉分離」。

　　並不是上面所有的例子都具有高度的文學價值，但它們都有一個非常清楚的前提。所有好的作品，都應該要有好前提。缺乏好前提就無法瞭解你的角色。前提必須包含角色、衝突以及結尾。沒有清楚的前提，也就不可能瞭解這三樣元素。

　　還有一件事情，一定要記得。任何一個前提都不見得放諸四海而皆準。貧窮並非一定會帶來犯罪，但是一旦你選擇這個前提，結果就絕對是如此。這個原則也適用於所有的前提。

　　前提是一個觀念，也是劇本的起點。前提是一顆種子，長成為一株植物，但仍然是種子的一部分；沒有增加，也沒有減少。前提不應該特別突出，這樣反而會把角色變成聽話的木偶，或是把彼此衝突的勢力變成死板的布景。在結構完善的劇本或故事中，你不可能確知前提在哪處，或是故事或角色從哪裡開始。

　　偉大的法國雕刻家羅丹，剛剛完成波爾扎克（Honoré de Balzac）的雕像。這座人像身穿長袍，有寬寬長長的袖子，雙手交疊在前面。

　　羅丹往後退一步，雖然精疲力竭但是興奮莫名。他用滿意的眼光看著自己的作品，這真是一個曠世傑作！

　　像所有的藝術家一樣，他需要和別人分享他的快樂。儘管現在是清晨四點，他仍舊急急忙忙地去叫醒一個學生。

　　大師愈來愈興奮，帶頭往前跑，同時觀察年輕人的反應。

　　學生的眼睛逐漸聚焦在雕像的雙手上。

　　「太棒了！」他叫出來：「這雙手……大師，我從來沒看過這麼精彩的手！」

　　羅丹的臉沉了下來。緊接著，他又從工作室裡衝了出去。很快他又回來了，後面緊跟著另一名學生。

學生的反應幾乎是一模一樣的。羅丹熱切地看著他，學生的凝視聚焦在雕像的雙手上，並且停駐在那裡。

　　「大師」，學生充滿敬意的說，「只有神才能夠創造出這樣的雙手，這樣的活生生！」

　　很顯然的羅丹並不希望聽到這樣的話，因為他立刻又衝了出去，這次就像瘋了一樣。回來的時候，他拖著另一個完全搞不懂怎麼回事的學生。

　　「那雙手……那雙手……」新到的學生驚嘆道，他的語氣就像其他的人一樣充滿尊敬。「大師，不要談你其他的作品，單單這雙手就會使你名垂千古！」

　　羅丹終於爆發了。他發出一聲痛苦的叫聲，跑到工作室的角落，抓起一把長相凶惡的斧頭。他邁向雕像，顯然打算把它砸成碎片。

　　受到驚嚇的學生們衝上前去抓住他，但是他像有神力一般瘋狂地把他們甩開。他衝向雕像，精準地一擊，砍掉那雙超凡絕倫的手。

　　然後，他轉向那群嚇到不能動彈的學生，眼睛冒出火來。

　　「白癡！」他大叫道：「我不得不毀掉這雙手，因為它們好像有生命一樣。它們不屬於作品的一部分。要記住而且要記清楚，任何一部分都不可以比整體更重要！」

　　這就是為什麼波爾扎克豎立在巴黎的雕像沒有雙手的原因。袍子上寬寬長長的袖子似乎遮掩住雙手，但是實際上羅丹把雙手砍掉了，因為它們看起來比整個人像更重要。

　　前提或是劇本的任何一個部分，都不能夠擁有它個別的生命。它們全部都必須融合成一個和諧的整體。

Chapter
2

角　色

1. 基本架構

　　前一章我們闡述為何前提必須是寫一個好劇本的第一步，接下來的好幾小節我們要討論角色的重要。我們會活生生的解剖一個角色，並且試圖找到哪些元素構成所謂的「人」。角色是我們用來寫劇本的必要基本資料，因此對他們的認識一定要愈透澈愈好。

　　易卜生談到他的工作策略時，如此說：

　　「我工作的時候，一定要單獨一個人。如果我的劇本裡有八個角色要寫，就已經足夠了，因為他們讓我忙碌得很。我必須要學習認識他們，同時與他們認識的過程既緩慢又痛苦。我自己立下一個規矩，在我的劇本裡頭的三種演員陣容，每一種都要跟另外一種不一樣。我指的是他們的人格特質，並非我描述他們的方式。當我終於決定要開始寫作時，我感覺我必須在一趟火車旅行中認識我的角色們。剛認識的時候只是要開始有一些瞭解，隨便閒聊。當我再次把它寫下來的時候，已經能夠更清楚的看到每一件事情。對這些人已經瞭解到，如同跟他們在一個有河流的地方待過一個月。我

已經能掌握這些角色最突出的地方，以及他們那些細微的奇特之處。」

易卜生看到什麼？當他說已經能夠掌握角色們最突出的地方和他們那些細微的奇特之處，他的意思是什麼？我們來試圖發掘不只單一角色，而是所有角色的突出之處。

每一個物體有三個面向：深度、高度、寬度。人類另外還有三個面向：生理、與群體之關係、心理。對這三個面向若是不瞭解，我們就不能夠評估一個人。

研究一個人的時候，只知道他是否粗魯無禮、有禮貌、虔誠、不相信有神、有道德感、墮落等並不足夠。你必須知道原因是什麼。我們要知道人為什麼是這樣，為什麼他的角色一直在變化，而且為什麼不論他想不想要，他一定得改變。

從單純的順序來探討，第一個面向是生理層面。駝背者眼中看出來的世界跟完全健康的人所看的完全相反，這一點無庸置疑，不需爭辯。跛腿的、瞎眼的、耳聾的、醜陋的、美麗的、高挑的、矮小的──他們當中每一個人眼中看出來的都跟其他的人不一樣。生病的人認為健康極其寶貴，健康的人卻認為健康並不重要，甚至於完全不會想到這件事。

我們的生理狀況，當然影響我們對生命的看法。這個影響非常的大，使得我們或是很能忍耐、或愛反抗、或謙卑、或驕傲自大。它影響我們的心智發展，也是我們自卑情結或自大情結的基本原因。

與群體的關係是第二個要研究的面向。如果你出生在一個地下室，遊戲場所就是髒汙的城市街道，那麼你的反應會跟一個出生在大宅邸，在一個美麗又整潔的環境中玩耍的男孩不一樣。

但是我們沒有辦法精確的分析你和那個男孩的分別，或是你和隔壁住在同棟租用住宅的男孩的分別，除非我們對你們兩個有多一些瞭解。你的爸爸是誰？媽媽是誰？你小時候，他們有生病嗎？還是很健康？他們賺的多還是少？你從前的朋友是哪些人？你如何影響他們？他們如何影響你？你喜歡穿什麼樣的衣服？你讀哪些書？你上教會嗎？你平常吃什麼？想些什麼？喜歡什麼？不喜歡什麼？從你與群體的關係來看，你是誰？

第三個面向心理層面，是另外兩個的產物。這兩種影響結合起來，使得人的野心、挫折、性情、態度、情結等油然而生。因此，心理層面是這三種面向的總結。

要瞭解任何一個個體的行為，我們必須要研究他各式行為的動機。首先，先來看看他的生理狀況。

他生病嗎？他可能患有一種慢性疾病，雖然他自己並不知情，但是作者必須要瞭解，因為唯有如此他才能夠瞭解這個角色。這種疾病影響這個人對一切有關他的事情的態度。我們在生病時、逐漸恢復時、還有完全健康時，行為肯定是不一樣。

一個人是不是有大耳朵、凸眼睛、又長又多毛的手臂呢？所有這些都可能制約他對事情的看法，從而影響他的每一個行為。

他是否痛恨談論歪鼻子、大嘴巴、厚嘴唇、大腳丫？原因可能是他自己就有其中一項。有的人對於這種長相的缺陷逆來順受，有的人善於自嘲，卻也有人非常厭惡。有一件事是肯定的，沒人能對這種缺陷帶來的影響視而不見。我們的角色因為這點而不喜歡自己嗎？這會影響他對未來的看法，讓他容易和別人起衝突，或是變得提不起勁又無可奈何。反正某些影響一定存在。

生理層面很重要，但是只是整體的一部分。我們絕對不要忘記為生理層面加上背景因素。這兩者結合起來才能夠完整的催生出第三個面向：心理層面。

一個性變態就是一個性變態，至少一般大眾是這樣認為的。但是對心理學家來說，他是下面這些因素的共同產物：背景、生理狀況、遺傳因素和受教育的過程。

倘若我們理解這三種面向可以提供人類行為每一個層面背後的原因，下筆寫任何一位角色並且找到他的原始動機就會變得輕省。

分析任何經得起時間考驗的藝術作品，你會發現它從前存在並且將來也會存在的原因是擁有這三種面向。拿掉三種當中的任何一種，儘管你的情節很刺激，也可能靠它大賺一筆，但是你的劇本還不能算是一個成功的文學作品。

每天你在報紙上讀到的劇評，經常使用下面的術語：枯燥的、虛假的、描述手法拙劣的角色、一再出現的情況、無趣的等。他們全都指向同一種缺

點：缺乏三種面向的角色。

倘若你的劇本被別人批評爲「一再出現」，不要認爲你就得努力構思一些了不得的情境。一旦角色在這三種面向上能夠完整地呈現，你就會發現劇本不但能讓人興奮，同時又有新意。

在許多文學作品都能找到具備這三種面向的角色。以哈姆雷特爲例，我們不只知道他的年紀、外表、健康狀況，也能輕易推測他的各種癖好。他的背景與他和群體的關係，是這個劇本的推動力。我們知道當時的政治狀況，他父母之間的關係，從前發生過的事情以及這些事情對他的影響。我們知道他的個人前提和造成此前提的動機爲何。我們知道他的心理層面，也清楚看到這種心理層面是他的生理層面和他與群體的關係造成的。簡而言之，我們對哈姆雷特的瞭解遠遠超過對自己的瞭解。

偉大的莎翁戲劇就是奠基於角色：馬克白、李爾王、奧塞羅，還有其餘的作品都是三種面向的精彩範例。

（此處我們並非要來分析這些偉大的戲劇，只是要說每一個作者都創造出角色，或是想要創造角色。他如何做到的，而且爲什麼能做到，將會在另一個章節中予以討論。）

歐里庇得斯（Euripides）的「米蒂亞」（Medea），是一個劇本應該從角色發展出來的經典例子。作者不需要借用愛神來讓米蒂亞與詹森墜入情網。在那個時代諸神經常介入劇情的發展，但是上述角色的行爲不需要靠這些就能夠合乎情理。米蒂亞或是任何女人都會愛上自己喜歡的男人，而且有的時候還會爲愛犧牲，讓人難以置信。

因爲愛情，米蒂亞讓他的哥哥被殺害。不久以前在紐約發生了一件眞實事件，一個女人把自己的兩個孩子引誘到森林裡頭，割斷喉嚨，又澆上汽油焚燒屍體；犯罪動機是愛情。在此事件超自然的力量並未介入，僅僅是原始的求偶本能一發不可收拾。倘若我們知道這位現代米蒂亞生理面向背後的故事，就能夠理解她的可怕行爲。

下面我們來逐步介紹具備三種面向角色的基本架構。

生理面向

1. 性別。

2. 年紀。

3. 身高、體重。

4. 髮色、瞳孔顏色、膚色。

5. 儀態。

6. 外表：好看、過重或過輕、乾淨、整潔、開朗、不整潔。頭、臉、四肢的形狀。

7. 缺陷：畸形、異常、胎記。疾病。

8. 遺傳。

與群體之關係

1. 階層：勞工、中產、小資產階級。

2. 職業：工作類型、工作時數、收入、工作狀況、是否為工會會員、對工作組織的態度、適合工作的程度。

3. 所受教育：程度、學校種類、成績、最喜歡的科目、最差的科目、能力傾向。

4. 家庭生活：父母健在、收入高低、孤兒、父母分居或離婚、父母的習慣、父母的心智發展、父母的惡行、漠不關心。角色的婚姻狀況。

5. 宗教信仰

6. 種族、國籍

7. 在社區中的地位：朋友中的領導者、參與的社團、運動。

8. 政治上的隸屬

9. 娛樂、嗜好：閱讀的書籍、報紙。

心理面向

1. 性生活、道德標準。

2. 個人信奉之前提、野心。

3. 挫折、最大的失望。

4. 個性：易怒、好相處、悲觀、樂觀。

5. 對生活的態度：隨遇而安、好鬥、失敗主義。

6. 情結：沉迷、顧忌、迷信、狂熱、恐懼。

7. 外向、內向、介於中間。

8. 能力：語言、天分。

9. 素質：想像力、判斷力、品味、沉著冷靜與否。

10. 智商。

以上是角色的基本架構，作者一定要先通盤瞭解，以之爲基礎再繼續下筆。

問題 如何能夠將這三種面向，融合成爲一個整體？

回答 我們用金士利所著的「死路」中的孩子們作爲例子。除了一個人以外，他們全都非常健康。很顯然的，由身體缺陷造成的嚴重情緒問題並不存在。因此，在他們的生命中環境會是最主要的決定因素。英雄崇拜、教育不足、穿不暖、缺少關愛，尤其是常常感到貧窮和飢餓，這些因素皆塑造他們對世界的觀感，從而影響他們對待社會的態度和行爲。這三種面向的結合，使他們和一般人大不相同。

問題 同樣的環境，也會在其他小孩身上造成同樣的結果嗎？還是因爲他們每一個人並不一樣，所以受到的影響也不一樣呢？

回答 沒有兩個人會有完全相同的反應，因爲這兩個人並不完全相同。一個男孩可能在態度上完全沒有保留，認爲參與青少年犯罪是爲未來的光榮幫派生活做好預備。另外一個男孩參與鬧事可能是爲了效忠，或是出於恐懼，或是只想要讓別人覺得他很勇敢。第三個男孩可能瞭解這樣做非常危險，但是卻找不到其他可以脫離貧窮的方法。人與之間在生理狀況和心理發展上的細微差異，會導致他們在面對相同的與群體的關係時做出不同的反應。科學研究證明沒有兩片雪花是完全相同的。氣壓的輕微變化、風的方向、它落下來的位置等，都可以改變雪花的模樣。所以雪花有各色各樣的圖案，不可勝數。而我們每個人也

在同樣的法則之下。如果某人的父親一向很慈愛，或者是只在某些時候慈愛，或者僅僅有一次展現慈愛，又或者是從來都不慈愛，這些表現都會嚴重影響孩子的發展。同時，如果父親的慈愛正好展現在孩子最快樂、最滿足的時刻，那麼孩子可能根本就不會注意到父親對他的愛。何種行為造成何種影響，要視當時的情形而定。

問題 某些人性的展現方式，並不隸屬於這三個面向。我注意到自己曾經在某些時期很憂鬱，也在某些時期很興奮，但是都找不到原因。身為一個善於觀察的人，我曾經嘗試要找到這些干擾我生活的神祕原因，但是卻不成功。我可以很誠實的說，這些時期都不是我在經濟上有壓力或是情緒上很焦慮的時候。你在笑什麼？

回答 你讓我想到我的一位作家朋友，他告訴過我一個發生在他身上的奇怪事件。這件事情發生在他30歲的時候。那時候的他非常健康，工作很有成就，賺到的錢多到他不知道該怎麼花用。他已婚，愛自己的妻子和兩個孩子。有一天，他突然發現自己對家庭、工作和生活未來會如何一點也不在意。這一點讓他嚇了一大跳。他極度的厭倦一切，日光之下沒有任何事情能使他感興趣。朋友說的話、做的事，他都可預期。他沒有辦法忍受日復一日、一星期復一星期同樣的循環。同一個女人、同樣的食物、同樣的朋友、報紙上每天同樣的謀殺案，他幾乎要發瘋了，跟你的情形一樣找不到解答。也許他已經不再愛自己的妻子了？他也這樣想，而且很急著要去實驗看看。他真的做了，但是並不成功。他發現換個人愛也沒什麼兩樣。對生活他真是非常厭倦。他不再寫作，也不再和朋友碰面，最後甚至決定死了反倒比較好。這個想法並不是在他極度絕望時產生的，而是他理性冷靜思考的結果。他想到，地球在他出生前已經存在幾十億年，在他死後也還是一樣存在。如果他比自己預定的時間早一點離開，世界不會有任何差別。

於是他把家人送到朋友家，然後坐下來寫遺書，向他的妻子解釋自己為什麼要這樣做。寫這封信不容易，他的理由聽起來並不充分。他非常認真的寫，比從前寫任何劇本都要賣力。突然間他感到肚子有種尖

銳的疼痛，好像有刀在刺他一樣，一直持續，讓他痛到要死。這個狀況非常尷尬：他想要自殺，但是在肚子痛的時候去死好像有點愚蠢，況且遺書也還沒有完成。

於是他決定放聰明些，先吃顆瀉藥緩解疼痛。這樣做之後，他回到書桌前想繼續完成遺書，結果卻更難下筆。原先他認定想要了結生命的種種因素如今看來卻好的無比，從前自己多麼愚蠢！他注意到照耀在書桌上的陽光好燦爛，還有對街房子的光影變化多端。樹木從未如此青翠，令人身心舒暢；生命從未顯得如此寶貴。他想要去看、去嗅、去感受、去步行……。

問題 你是說他完全放棄想死的念頭？

回答 一點也沒錯。他發現自己的身體不再難受，有一百萬個理由想繼續活下去。他已經變成一個全新的人。

問題 生理狀況對心理的影響，真的會大到像生和死的分別嗎？

回答 去問你的家庭醫生。

問題 我認為並非頭腦或身體的所有反應，都是生理或經濟的原因所造成。我知道有一些案例。

回答 我們也知道一些案例。假設X愛上一個可愛的女孩。他純粹是單相思，所以覺得很挫折，沒有希望，最後就病得很重。但是這怎麼可能呢？根據許多人的看法，愛情是微妙的，不在經濟或物質主義的範疇內。我們來繼續調查下去。愛情就像所有的情感一樣，是從頭腦產生的。不論你怎麼看，頭腦是由組織、細胞和血管所構成，純粹屬於生理層面。生理上的任何一點點變化，都會立即從頭腦反映出來。極度的失望會對頭腦產生影響，接下來把這個訊息傳到全身。請記得不論愛情多麼的微妙，仍舊會影響例如消化和睡眠等生理功能。

問題 但是假設這個情感跟生理一點關係也沒有，若是這裡頭絲毫不包含任何欲望呢？

回答 所有的情感都有生理層面的影響，我們舉情感中最高貴的母愛為例來說明。這個特別的母親經濟上沒有困難，她非常有錢，也很健康快

樂。她的女兒跟一個年輕人墜入情網之後，母親認為這個年輕人對女兒來說是負債而不是資產。他並不具危險性，只是從母親的觀點來看不是合適人選。女兒最後還是跟著男人跑了。

母親的初步反應會是震驚，接下來是痛苦及失望，之後是羞辱、自憐等情緒，所有的情緒可能以歇斯底里的方式呈現。發作的頻率和種類逐漸增加，因此免疫系統下降，最後導致真正的疾病，身體很可能會非常的衰弱。

問題 所有心理反應都是這三種面向的結果嗎？

回答 我們想想看，為什麼這個母親對女兒選擇丈夫的決定是這麼大力反對？是因為他的長相嗎？有可能，但是一般的母親通常看到女婿不是帥哥時，失望之情不會表現出來。除非他真的是醜八怪，否則長相通常不會帶來如此強烈的反應。無論如何，母親對他外表的不滿意應該與她自己的背景有關，譬如說她父親的長相、她兄弟的長相，還有她最喜歡的電影明星等。

另外一個較有可能讓母親失望的原因，是這年輕人的經濟能力。如果他無法讓女兒過好日子，或是毫無經濟能力，母親和女兒就會成為犧牲品。就算母親能讓女兒過好日子，她也怕這樁不合適的婚姻會成為朋友嘲弄的對象。她可能得讓這男孩學做生意，最後發現他不是這塊料，還可能賠上所有的存款；又或者這年輕人很帥，經濟穩定，但是為別的種族；又或者母親過去所受的訓練讓她不喜歡這人。她會想起一大堆藏在過去的記憶，包括被社會群體排斥之警訊，種族間無法解釋的差異，還有完全沒有根據的迷信和沙文主義等。你可以試試看，但是最後還是會回到這三個面向。

問題 這三種面向的原則，可能會限制作者寫作資料的範圍嗎？

回答 完全相反，它開啟了從未想到的觀點以及一個可以探索和發掘的新世界。

問題 你剛才在角色的基本架構概要中，提到身高、年紀、膚色，所有這一切都必須要被結合在劇本之中嗎？

你必須要瞭解所有這一切，但是不一定要在劇本中提及。經由角色的行為，而非任何描述角色的文字，這些都會展現出來。一位183公分的男人和一位143公分的男人，對事情的態度當然會非常不一樣。一個臉上長滿麻子的女人跟另外一個以皮膚好出名的女孩，對事情的反應自然也不盡相同。你必須知道你的角色的每個細節，知道他在任何狀況下會做出什麼樣的反應。

任何在你劇中發生的事件，必須直接來自你挑選來證明自己前提的角色。同時，這些角色們必須夠扎實，才能夠在你證明前提時不像強迫推銷。

2. 環境

一個朋友邀請你去參加派對，你猶豫了一下就回答道：「沒問題，我會去。」你的回應很正常，不至於引起別人的注意。然而這個回應是腦袋中，一個錯綜複雜過程的結果。

你接受邀請的原因可能是寂寞，不想要一個人過無聊的晚上，或是體力過於充沛用不完，或是心情異常低落。你可能曾經感覺到跟大夥在一起，會讓你忘掉某個問題，或者可以帶來希望或鼓勵。然而真相是：就算是說「是」或「不」這麼一件簡單的事情，也是對我們周遭之幻想或現實、心理或生理、經濟或是社會狀況等經過複雜的複習、調整和再評估的產物。

文字的構造非常複雜。我們很流暢的運用文字，卻不瞭解它們也是由許多元素合成的。舉例來說，我們來解剖一下「快樂」這個名詞，試著發掘哪些元素才能結合為全然的快樂。

一個人擁有一切卻沒有健康，他能夠快樂嗎？當然不能，因為我們說的是全然的快樂，也就是沒有保留的快樂，所以健康必須被認定為獲致快樂的一個重要元素。

一個人只有健康，其他什麼都沒有，他可能快樂吧？幾乎是不可能。一個人可以感覺到喜悅、歡愉、自由，但是卻不快樂。請記得我們所說的快樂，是指最純粹的快樂。當你因為得到一個等待好久的禮物而驚嘆說：「天哪！我好快樂！」時，你所感受到的並不是快樂，而是喜悅、成就感、驚喜。

如果我們說一個男人除了健康之外，也需要一份讓他過得不錯的工作，這樣的說法應該不會太過誇大。理所當然地，這個男人在工作上沒有被惡待，因為這樣一來他就不可能快樂。於是到此為止，快樂的成分是健康和一個令人滿意的職位。

但是一個男人如果擁有這兩項，卻沒有溫暖的愛情，他有可能快樂嗎？這一點並不需要爭辯。男人需要一個他能夠愛，同時也回報以愛的人。因此，我們把愛情放入必要處方之列。

如果你的職位雖然令你滿意，但是卻沒有升遷的機會，你會快樂嗎？如果在未來你沒有機會更進步和更有發展，一個好的工作加上健康和愛情會足夠嗎？我們不這樣想。也許你的職位永遠不會改變，但是光是希望有所改變就會讓你快樂。所以我們把希望放入處方中。

我們的處方如下：

健康＋令人滿意的職位＋愛情＋希望＝快樂

另外可能還會有其他更細的分類，但是這四個主要成分已經足夠證明一個詞句是許多元素合成的產品。當然「快樂」一詞的意思會依據它被使用時的地點、氣候、情況等，而持續無窮盡的變化。

原生質是構造最簡單的生存物質之一，然而它的構造仍包含碳、氧、氫、氮、硫、磷、氯、鉀、鈉、鈣、鎂、鐵。換句話說，簡單的原生質包含的成分跟複雜的人是一樣的。

我們認為原生質與人比較起來很簡單，但是原生質跟沒有生命的物質比較起來卻很複雜。在複雜的程度上，原生質有時候高、有時候低。相互矛盾嗎？它並不比自然界中其他任何東西矛盾。矛盾和張力使得動力成為可能，而生命的基本就是動力。

如果在世界開始的時候原生質不具備動力，它會變得如何？什麼也不會發生，原生質就不可能存在，生命也歸於無有。經由動力，更高階層的生命型態開始發展，每一個特定型態是由地點、氣候、食物的種類和充裕與否、光線充裕或是缺乏來決定。

把生命的所有必要元素給一個人，但是改變其中的一項，譬如說熱或光，然後你就能夠完全改變他的生活。如果你不相信，可以在自己身上實驗看看。假設你很快樂，這代表你擁有全部四樣必要元素。現在把你的眼睛用布蒙起來二十四小時，遮蔽所有的光線。你還是很健康，還是有工作，也還是被愛也能愛人，還是充滿希望。此外，你也知道二十四小時之後你就可以把布取下。你並不是真正的眼瞎，只是自己決定不要有光線，然而這個實驗會澈底改變你的態度。

　　假設你一整天不聽任何聲音或是暫時不用一隻手或一條腿，也會有同樣的結果。單單吃某種你喜歡吃的東西，不碰其他任何食物，連續好幾個月或者是僅只數星期久，你認為自己會有什麼樣的反應呢？在你的餘生中只要一看到它，就會受不了。

　　如果你被強迫睡在一個充滿臭蟲的髒房間，躺在汙穢的地上，身上只有幾條破布可蓋，或是只能睡在光禿禿的床墊上，你的生命會有極大的不同嗎？當然是的。就算你僅只在這髒汙的環境裡住一天，也會讓你對乾淨和舒適加倍的感激。

　　看來人類對環境的反應，就跟原始的單細胞生物一模一樣。「在環境的壓力之下」，單細胞生物也同樣會改變形狀、顏色和種類。

　　我們極其用力地推廣這個論點，因為它是我們所瞭解的角色改變原則中最重要的一點。一個角色永遠在改變中。在他充滿秩序的生活裡，一個最小的干擾都會帶走他的平靜，造成情緒上的變動；就好像一顆石頭劃過池塘的表面會創造出一圈又一圈的動力，直傳到遠方。

　　如果下面的說法是正確的：每一個人都被他的環境、健康和經濟背景所影響，如同我們在前面嘗試要證明的，那麼很顯然的每一件東西都在不停的變動（環境、健康、經濟背景當然也在其列），因此人當然也會改變。事實上，人乃是這個不停變動的核心。

　　別忘記一個基本真理：每一樣東西都可以改變，唯獨改變本身恆久不變。

　　舉個例子，有這麼一個富有的買賣乾貨的商人，他很快樂，生意蒸蒸日上，他的太太和三個小孩也過得很好。這種現象很難得，事實上幾乎不可能存在。但是我們要用它來闡述我們的論點。從他的家庭和他自己的角度來看，他

非常滿足。突然在某處有個大企業家開始減薪，並且摧毀工會。男人認為這種做法很聰明，因為最近工人變得愈來愈傲慢；如果繼續縱容工人，他們很可能會接管企業，毀掉整個國家。男人認為他也會有損失，因此他自己和家人都面臨危險。

一種緩慢但持續增加的不安定感席捲了男人，使他非常煩惱，每天要閱讀許多關於這個嚴重問題的報導。他也許知道，也許不知道自己的恐懼是幾個有錢的企業家創造出來的。他們想削減工人的薪水，並且花大錢將這種恐懼散布到全國。男人深陷在這宣傳的網絡之中。他想要盡一份力，拯救這個國家免於毀滅。他削減工人的薪水，不瞭解這樣做不但讓員工痛苦，而且間接造成一個運動的興起，到最後反而會傷害他自己，甚至影響他的生計。因為他所造成的購買力下降，他的公司很可能會是第一波受害者。

就算他知道這一切是怎麼回事並且不減薪，男人還是會受苦。其他老闆的減薪也會再帶給他煩惱。正在改變的狀況會重新塑造他，不論他想不想要被塑造，同時也影響他的家人。他不能像從前一樣給家人那麼多錢，因為錢不像從前容易賺到。如此一來，不滿的情緒就會在家人中散播，最後還可能造成分裂。

在歐洲和中國的戰爭，舊金山的罷工，希特勒對民主國家的攻擊，一定會影響我們，如同我們就在那裡一樣。每一個人類的事件到最後，都會造成影響。也許我們覺得很難過，看起來毫不相關的事情事實上彼此息息相關，也影響到我們。

我們無路可走，買賣乾貨的商人或任何人都一樣。

銀行和政府同樣也會改變。在1929年的經濟大蕭條中，這樣的事情上演過。上億的金錢損失了。第一次世界大戰之後，政府一個個垮臺，新的政府或者新的系統取代他們的位置。你的錢和你的投資一夜之間就蒸發了，安全感也隨之消失殆盡。身為一個個體的你必須降服於主流的趨勢之下，跟全世界沒兩樣。

因為如此，角色是生理層面因素加上環境對他造成影響的總合。去看看花朵，早上、中午或下午的陽光使它們的成長大大不同。

我們的頭腦跟身體一樣，對外在的影響會做出反應。早期的記憶早已生根

於頭腦之中，但是我們通常卻不曉得。我們可以非常努力不要受過去影響、逃離本能，但是卻離不開它們的掌握。不論我們多麼想維持公正，不自覺地湧上來的回憶仍會影響我們的判斷。

伍德羅夫（Woodruff）在《動物生理學》（*Animal Biology*）一書中說道：

「如果不看原生質的周遭環境，就沒有辦法研究它。環境中的一切變化和它活動的一切變化，不論是什麼，都會直接或間接的反映出來，從而影響原生質的表相。」

注意看撐著五顏六色的雨傘在雨中漫步的女人，你會發現她們的臉反映出雨傘的顏色。幼年時的回想、記憶和經驗已經變成我們體內難以抹滅的一部分，反映在想法上，並且被抹上不同的顏色。只有在記憶發出許可時，我們才看得到事情。我們可以和這種上色過程爭辯，也可以認真地和它爭戰，甚至可以在人的自然傾向上反其道而行，但是仍舊會反映出我們所代表的一切。

生命就是改變。最小的變化會改變整體的樣貌。環境會改變，人也跟著改變。假設一位年輕的男子在合適的情況下遇到一位年輕的女子，他可能會因為共同的興趣，例如：文學、藝術或運動，而被這位女士吸引。對同一件事情的共同興趣可能逐漸加深，他們開始互相喜歡並且同理彼此。同理心逐漸加深，很快就會變成依戀，而依戀比同理或喜歡來得更深。如果一切順利，依戀就變成強烈的吸引；這還不是愛情，但是正朝著愛情的方向前進，因為接下來就進展到忠誠的階段，然後是全然的著迷或寵愛，這就是愛情。愛情是最後的一個階段。愛情可以用願意犧牲與否來檢驗。真正的愛情是一種能力，讓你能夠為所愛的人忍耐任何艱辛痛苦。

如果一切順利，兩個人的感情很可能會按照這種方式前進。在愛情開始萌芽時如果沒有任何人、事、物的介入，他們可能會結婚，從此過著幸福快樂的生活。但是假設這對年輕人進展到戀慕的階段時，一個壞心的愛說閒話者告訴男子，這位女子在認識他之前曾經搞過婚外情。假設這個男子曾經有過類似的糟糕經驗，他就會開始遠離這位年輕的女子。戀慕很可能就會變成冷淡，冷淡變成惡意，惡意變成嫌惡。而另一方面，如果這位年輕男子的母親從前有過類

似這位年輕女子的經驗，後來卻變成了一個很好的妻子和母親，那麼這位男子的戀慕就有可能反而迅速發展成愛情。

這種單純愛情事件可能有各色各樣的發展。錢太多或錢太少，會影響它的過程；穩定的工作或是不保險的工作，也會有同樣的效果。健康或是疾病可能會加快或是減緩愛情通往圓滿結局的速度。兩個家庭的經濟和社會階層，也可能對兩人感情的進展有好的或壞的影響。遺傳的基因可能會打亂全盤的計畫。

每一個人都不停地上下起伏和改變。在自然界中沒有一樣東西是靜止不動的，尤其是人。

如前所述，角色的定義是在某個特定時候，其生理層面因素和環境對他所造成影響的總合。

3. 運用辯證法

何謂辯證法？古代的希臘人用它來代表一段會話或是對白。在那個時候，雅典的居民認為會話是一種高級的藝術，一種發掘真相的藝術；他們會用比賽來找到最好的會話者或者是辯證者。在所有的希臘人當中，蘇格拉底是最出類拔萃的。在柏拉圖的「對話錄」（Dialogues）中，我們可以讀到他的一些對話。仔細研究一下，就能夠找到他藝術的祕訣。蘇格拉底經由以下這個過程來尋找到真理：他先陳述一個主張，然後再找到與此對立的觀點，接著因為要修正這個對立的觀點，他又找到一個新的對立觀點，如此這般無止境的延續下去。

我們來更仔細的研究這個方法。對話的進行經由三個步驟來確立。第一步驟，主張的陳述叫做「論題」（thesis），被發掘的對立觀點叫做「反論題」（antithesis），因為它是原來主張的反面。現在因為這個對立觀點的確立，我們必須修正原來的主張，從而形成第三個主張，稱為合成論題（synthesis）；它是第一個主張和對立論題的結合。

論題、反論題和合成論題這三個步驟，是所有運動的法則。一切不停變動的東西最後會被自己抵銷。所有的東西經由動向反方向改變。現在變成過去，未來變成現在。沒有一樣東西不在動。

不停的改變是所有存在的基本核心。時間到了，每一樣東西都會變成原先跟它相反的事物。相反就存在於每樣東西的裡面。改變是一種力量，驅使它必須要動，讓它成爲跟從前不一樣的東西。過去變成現在，兩者結合就決定未來。新的生命起源於舊的生命，而且新的生命就是舊的生命和毀滅它本身的東西的結合。這種矛盾讓改變無窮無盡的延續下去。

　　人就是看似矛盾所形成的謎團。人會先計畫一樣東西，接著就立刻去做另一樣。明明愛人，卻相信自己是恨人。遭受壓迫、羞辱和擊打的人，仍舊宣稱自己同情並且理解那些擊打、羞辱和壓迫他的人。

　　我們該如何解釋這些相互的矛盾？

　　你的朋友爲何與你反目？兒子爲何與父親反目？女兒爲何與母親反目？

　　一位男孩離家出走，他的媽媽堅持要他打掃自家寒酸的二房公寓。他討厭清掃，但是卻很享受在豪宅做助理清潔工，主要的工作就是打掃走廊和街道。爲什麼？

　　一個12歲的女孩嫁給一個50歲的男人，眞心覺得快樂。一個小偷變成一個受人尊敬的公民，一個富有的紳士卻淪爲小偷。來自受人敬重並又敬虔的家庭的女孩突然墮落到社會最底層，淪爲妓女。爲什麼？

　　從表面上來看，這些例子只是謎語的一部分，也就是所謂的「生命神祕事件」中的一部分，然而用辯證法可以予以解釋。儘管這是一個很困難的工作，但不是無法做到。如果我們記得沒有對立就不會有動力，不會有生命；沒有對立，就不會有宇宙的存在。星星、月亮和地球也不會存在，我們自然也不例外。黑格爾如此說：

　　「一個東西內含與它本身對立的事物，唯有如此，它才會移動並且去取得衝力和活動力。這是所有動力和所有發展的過程。」

　　艾都羅斯基（Adoratsky）在其著作《辯證學》（Dialectics）中寫道：

　　「辯證學的一般法則放諸四海而皆準：它們可以在那無法測量、浩瀚又光輝的星雲之移動和發展中找尋到。從星雲中，宇宙的空間和星系得以形成。這

些法則也可在分子、原子的內在結構和電子與中子的移動中尋得。」

　　生活在西元前五世紀的席諾（Zeno）是辯證學之父。艾都羅斯基引述席諾的解釋：

　　「一支在飛行中的箭，一定會在行進中停留於一個特定的點，而且占據某個特定的地方。如果如此，那麼在每一個單一時刻，箭會以靜止的狀態停留在特定的點，也就是－－動也不動。因此我們看到，若不訴諸對立的論述就無法表達動力的存在。箭是在一個特定的地方，但是同時它又不在那個地方。只有同時表達這兩種對立的主張，我們才能夠描述動力是什麼。」

　　我們暫時停在這裡，把某人冰凍起來，讓他靜止不動。我們來澈底分析這個離開敬虔的家變成妓女的女孩。單單說某些特別的原因造成她的墮落並不足夠。當然是有一些原因，但是是什麼呢？是超自然的指引驅使她這麼做嗎？還是她真的覺得當妓女很有吸引力？應該不是。她曾經在書本中讀到什麼是妓女，也從她的父母親和教會的牧師那裡聽到過：做妓女是社會上最嚴重的罪行之一，充滿不確定性、疾病和恐懼。她知道妓女不但為法律所不容，也被拉皮條的人壓榨、被顧客和老闆占便宜，最後淪落到孤單痛苦的死去。

　　一個正常教養良好的女孩會想要變成妓女，這幾乎是不可能的事。然而這個女孩的確去賣淫，也有許多其他的女孩步上她的後塵。

　　要找到這個女孩行為背後的辯證原因，我們必須對她有清楚的瞭解。唯有如此，我們才能夠感受她的內心和外在的各種對立，並且經由這些對立察覺她生命的動力。

　　假設這個女孩的名字叫做艾琳，下面是艾琳人格的基本架構。

生理面向

性　　別：女
年　　齡：19
身　　高：157.5公分

體　　　重：50公斤

髮　　　色：深棕色

瞳孔顏色：棕色

皮　　　膚：白

儀　　　態：挺直

外　　　表：好看

整 潔 度：極端整潔

健康狀況：15歲時割除盲腸。非常容易感冒，全家都非常害怕她會變成肺結
核患者。她本人看起來並不在乎，事實上相信自己會英年早逝，因
此希望可以把握機會，盡情享受人生。

胎　　　記：無

畸　　　形：無，若是不算她的過度敏感的話。

遺傳體質：從母親遺傳到身體虛弱

與群體之關係

階　　　層：中產階級。家庭生活小康。父親開設一間大型雜貨店，但是最近競
爭激烈，所以心情很不好，害怕自己會被年輕人趕上。這個恐懼最
後終於成真，但是他絕對不想讓家人受到這壓力的影響。

職　　　業：無。艾琳應該要幫忙家事，但是她喜歡閱讀，讓17歲的妹妹席維
亞單獨承擔做家事的責任。

教育程度：高中畢業。高中第二年她就想要退學。由於父母親堅持和威脅，
她最後還是完成了高中學業，雖然她從來不喜歡上學，也不喜歡學
習。數學和地理她完全讀不通，可是很喜歡歷史。歷史中的英雄事
蹟、戀愛情節和背叛等，讓她深深著迷。她大量的閱讀歷史故事，
但是並不將之視為真實事件。日期和名字不重要，只有裡頭的浪漫
魔力吸引她。她的記憶力並不好，做功課非常散漫，和老師們之間
常有衝突。她的外表整齊清潔，功課卻草率隨便，拼字常有錯誤。
畢業那一天，是她人生中最快樂的一天。

家庭狀況：雙親健在。母親48歲，父親52歲。他們晚婚。媽媽婚前的生活很複雜，曾經有一段兩年半的戀情，到最後愛人跟另外一個女人私奔。她想要自殺，哥哥發現她在浴室裡開瓦斯企圖自盡。她精神崩潰，最後被送到阿姨家療養。在那裡待了一年後，她恢復健康，然後遇到現在的丈夫。他們訂了婚，雖然她並不愛他。她厭惡男人，對自己的丈夫是何許人也並不在乎。丈夫是一個長相平凡的男人，很自豪這麼漂亮的女人居然願意嫁給他。她從來沒有告訴過丈夫自己跟另外一個男人的戀情，但是也並不擔心他會發現。丈夫從來沒有發現，因為他不在意妻子的過去。他非常愛妻子，儘管婚姻一開始她並不勝任妻子的角色。

艾琳出生後，她完全改變了。她對整個家、對孩子、甚至對先生，都產生興趣。但是現在困擾她多年的膽囊嚴重到必須動手術，因此她變得緊張易怒，不像從前那樣愛讀書，甚至也不讀報紙。她只有受過小學教育，衷心盼望艾琳會去讀大學。女兒痛恨學習，使她的夢想無法實現。

在她成長的過程中父母親疏於關心，於是她把自己年輕時候的錯誤歸咎於父母親的不盡責。她對艾琳的每一步都嚴密監督，母親跟女兒之間因此常常爭吵。艾琳痛恨母親的嚴格管教但是母親堅持這不僅僅是她的權利，也是她神聖的職責。

艾琳的父親是蘇格蘭裔。他很節儉，但是總盡力滿足家人的需求。艾琳是他最寵愛的孩子。他常擔憂她的健康，艾琳跟母親吵架的時候父親總是站在女兒那一邊。他知道妻子用心良苦，也同意艾琳該得到好的照顧。父母親過世時他繼承了父親的店鋪，如今是唯一的老闆。他也只受過小學教育。他每天閱讀當地的報紙《信差報》。因為父親是共和黨人，所以他當然也是共和黨人。如果別人問他原因，他沒有辦法做出任何解釋。他對上帝和國家有堅定的信仰，是一個簡單的人，擁有簡單的嗜好。每年他固定奉獻一筆不多不少的錢給教會，在社區深受敬重。

智　　商：中間偏低。

宗教信仰：長老教會信徒。艾琳很少想到宗教信仰，她是不可知論者。她自己的事，就夠她忙的。

社團活動：她參加一個唱歌的社團和「月光奏鳴曲社交俱樂部」，年輕人常聚集在那裡跳舞、玩遊戲。有時候玩遊戲，就直接變成親吻愛撫大會。大家都很仰慕艾琳的優雅風度。她舞跳得很好，不過也就如此而已。在那裡大家給她的讚美，讓她動了去紐約當舞者的念頭。當然，當她向母親提出時，一場歇斯底里的場面隨即上演。母親要扼殺艾琳的夢想，因為害怕大城市的自由不知會如何影響艾琳的道德觀，另外女兒的身體虛弱也讓她憂心。女兒從此不敢再提起這件事情。

艾琳不太受女孩子歡迎，因為她非常喜歡惡意中傷人。

政治上的連結：無。艾琳從來沒有辦法弄清楚共和黨跟民主黨的分別，而且也從來不知道是不是有其他的黨派。

娛　　樂：看電影、跳舞。她迷戀跳舞，會偷偷抽菸。

閱讀習慣：低俗雜誌：愛情故事、浪漫小說、明星花絮。

心理面向

性　生　活：她曾跟俱樂部會員吉米上床。她一直認為會有厄運降臨到自己身上，後來證明這種恐懼毫無根據。現在她不跟他來往，因為曾經有一度她以為自己懷孕，吉米卻斷然拒絕娶她。對於吉米的拒絕她並不是非常失望，因為她最想要的是去紐約加入歌舞團。在一群仰慕的觀眾前面跳舞，是她最大的夢想。

道 德 觀：「如果你可以保護自己，就可以跟任何人上床，沒有什麼不對。」

雄心壯志：去紐約跳舞。一年多以來，她一直在想辦法存錢。如果事情不成，她就要逃跑。她很開心吉米拒絕娶她，因為沒有辦法想像自己做一個待在家裡的妻子，最主要的功能就是生小孩。她覺得老死在平原鎮很可怕，光是住在那裡也很難受。她在那裡出生，每一塊石頭她都認識。如果自己不能夠當舞者，能夠離開平原鎮也很開心。

挫　　折：她從來沒有上過舞蹈課。鎮上沒有舞蹈班，讓她去另外一個鎮上學
　　　　　習要花太多錢，父親沒有辦法負擔。她一直在頭上戴著一個悲劇的
　　　　　光環，好讓全家人知道她是爲了大家犧牲自己。

脾　　氣：容易發脾氣，一點點不開心就會暴怒。她喜歡報復，很愛吹牛
　　　　　皮。但是母親生病的時候，她悉心照顧，讓全鎮的人都爲之訝異不
　　　　　已。她堅持一定要陪著母親，直到後者完全康復爲止。14歲時，她
　　　　　的金絲雀死了，她傷心難過好幾個星期，誰勸都沒有用。

態　　度：好戰分子

情　　結：自大情結

迷　　信：認爲十三不吉利。如果週五有不好的事發生，那一週一定會有壞事
　　　　　來臨。

想 像 力：好

這個例子的「論題」是父母親想要把艾琳嫁出去，而且要盡可能嫁得好。

「反論題」是艾琳完全不想要嫁人，她想盡辦法要當舞者。

「合成論題」是結局：艾琳逃家，最後變成妓女，淪落街頭。

概要

　　艾琳不再去合唱團，開始跟一個年輕的男人約會。一個女孩在路上碰到艾
琳的母親，隨口問她爲什麼艾琳不再來參加練習。母親幾乎掩飾不了心裡的震
驚，向她解釋艾琳最近身體不舒服。回到家後母親嚴厲責問艾琳，她懷疑女兒
已經不是處女，想要趕快把她嫁給父親店鋪裡的一位職員。艾琳知道母親心意
已決，所以下定決心逃家以完成自己的夢想。她在劇院謀職不成，也沒有其他
專業技能。最後她迫於生計，只好淪落街頭以賣淫爲生。

　　有幾千個女孩逃離幾千個家庭，當然他們並不全都變成妓女。他們的生
理、心理和與群體的關係等因素，彼此之間都有很大的差異，跟艾琳也不
同。我們的概要只是一個版本，敘述一個在受人敬重家庭長大的女孩變爲妓女
的經過。

　　假設在同樣的家庭裡生有一個駝背的孩子，和艾琳同類型的衝突就絕對不

會發生。一個畸形的人面臨緊要關頭時，會有完全不同的反應。我們的角色想要成為舞者，先必須有一副好身材。艾琳不懂得感恩，一個謙卑的或是懂得感恩的人若能擁有她的生活條件一定會很開心，也絕對不會想逃家。「因為如此」，艾琳一定是個不知感恩的人，也很膚淺。另一個跟她一樣的女孩可能聰明、用功又貼心，能夠同理，懂得不看母親明顯的缺點，願意用心幫助她，有技巧的糾正母親的錯誤。她絕對不需要用逃家來解決問題。

艾琳很膚淺，平常得到太多讚美，因此認為自己真的竟然能唱又能跳。她不害怕逃家，因為相信紐約正張開雙臂等著自己到來。艾琳一定是個虛榮的人。

艾琳發育的很好，有人愛慕她、追求她。她的性經驗並沒有帶來可怕的後果。因此沒有其他路可走的時候，她變成妓女並非一件不合常理的事。比起自殺來說，這一條路比較簡單，可以幫助她脫離經濟的困境。她為什麼不回家呢？從前她太愛吹牛，而且對家裡的人一點都不心存感激，所以回家不是選項。因為如此，她的角色必須是不知感恩的，也必須是愛吹牛的。

但是她為何要賣淫呢？因為你的前提迫使你去找到一個「沒有其他維持生計的辦法時」會去賣淫的女孩，艾琳就是這樣的一個女孩。

當然艾琳也可能找到一個做女傭或銷售員的工作，但沒有多久就失業了，因為她身體不好，沒辦法長時間從事這些工作。甚至身為劇作家的你，也可以決定她曾嘗試各種各樣的工作，就是不想去賣淫。但是她「註定」要失敗，並不是因為劇作家要她失敗，而是「因為構成她三種面向的種種因素就是如此，所以就算她有許多的機會，也沒有做出正確的抉擇。」如果她成功地避免掉原本的命運，那麼劇作家必須找到另外更合格的女孩，讓她符合原來的前提。請記住艾琳這個女孩有自己的一套標準，你沒有辦法用你的標準加以判斷。如果她跟你一樣懂得深思和研究，那她就絕對不會如預期般陷入這種困境。然而她很虛榮膚淺又愛吹噓，覺得承認失敗很丟人。她來自一個小城鎮，每一個人都會知道她怎麼了；她再也沒有辦法面對朋友，更無法忍受他們在背後說風涼話。

身為劇作家的你有一項任務，那就是窮盡所有的可能，最後「用邏輯的方法」顯現她如何淪落到原先最想要避免的行業。證明她無路可走是你的工

作。「如果有任何原因讓我們感覺艾琳去賣淫不是唯一的出路，那麼就代表身為巧匠兼劇作家的你任務失敗。」

以上是一種辯證的方式，因為所有的衝突都是從這位角色的生理面向和環境背景起源。隱藏在內的對立，迫使她做出這些事。

當然，劇作家可以用一個情節或是一個想法來為劇本起頭。「但是在這之後，他必須要架構一個前提，從而使他的情節或想法具體化。」如此一來，情節或想法不會跟整個劇本分開，而會成為其中不可或缺的一部分。

曾為《紐約時報》撰寫電影評論的法蘭克・紐金（Frank S. Nugent）於1939年2月17日非常驚訝地為電影《天生一對》（Made for Each Other）寫出下面的評論：「事實上這就是《天生一對》的故事內容，而且也正好就是每一對年輕戀人的故事，不論它屬於那種形式，不論是過去發生過的或是未來會發生的。所以史溫尼先生（Mr. Swerling）沒有表達他自己的任何看法，也沒有投贊成或反對票，或是為人類陰暗的命運歷程找到任何亮光。他僅只找到一對年輕快樂的戀人，或者是讓他們找到彼此，然後就讓他們按照本性短暫享受生命。對一個劇作家來說，這是一個不尋常的做法。通常他們會把本性放到一旁，然後構思一些最不合常理的事讓角色來從事。你絕不會相信正常的人類行為，可以多麼的有趣。」

是的，你絕對不會相信。如果劇作家和製作人能夠允許角色們按照本性邁向自己的命運，那會有多好！

4. 角色的成長

「人對人類本性唯一真正瞭解的，是它不斷地改變。改變是我們唯一能夠相信並倚賴的事實。所有失敗的制度都是因為倚賴人類本性的永恆不變，而不是它的成長和發展。」

～引述自奧斯卡・王爾德（Oscar Wilde）所著《社會主義下人的發展》（Soul of Man under Socialism）

不論使用哪一種媒介來寫作，你都必須要透澈瞭解你的角色們，不只是他們今天如何，明天還有多年後的景況也不例外。

自然界中一切事物都會改變，包括人類和所有其他者。十年前充滿勇氣的男人現在可能是個儒夫，原因可能是年齡、體力衰弱、經濟狀況改變等。

　　也許你認爲自己認識一個從來沒有改變過，而且將來也不會改變的人。這樣的人並不存在。在表面上，一個人可能多年來一直維持同樣的宗教和政治理念，但是仔細研究之下，就會發現他的信念不是更加深，就是變得很膚淺。這些信念經歷過不同的階段和衝突，所以只要他活著，信念會繼續在這個人的身上發生作用。

　　就算石頭也會改變，雖然石頭的分解從外表察覺不到。地球同樣經歷一種緩慢但持續的型質轉換，太陽、太陽系和宇宙都不例外。國家誕生，經過青春期，進入成年期，走入老年，最後死亡；有時候是暴力導致，有時候是漸進式的分解。

　　那麼爲什麼只有人是在自然界中，唯一不會改變的呢？這太荒謬了！

　　只有在一種領域裡角色可以違反自然法則維持不變，那就是爛寫作的領域。作品失敗的原因就是角色的個性完全不變。如果在短篇故事、小說或是戲劇中，一個角色在結尾的時候跟開始的時候一模一樣，沒有變化，這個故事、小說或劇本就會失敗。

　　你的角色經由衝突彰顯他的本色，衝突因爲決定而開啓，決定從劇本的前提而來。角色做出決定後，一定會帶出他的對手的另外一個決定。就是這些一個帶出另一個的決定，將劇本推向最後的結局：前提因此得到證明。

　　沒有人在歷經一連串的衝突並且生活方式受到影響之後，還能夠維持不變。他必須要改變，而且要改變他對生活的態度。

　　就算一具屍體也會改變：它會慢慢分解。若是某人跟你爭辯，想要證明他不會改變，但事實上他正在改變：他變得愈來愈老。

　　因此，我們可以很安全的說：任何文學作品裡頭的任何角色如果沒有經歷基本的改變，就是一個寫得很糟糕的角色。我們可以更進一步的說，如果一個角色不能改變，他身處的任何狀況就不眞實。

　　玩偶之家的諾拉，一開始在先生罕姆心目中是個「注意力不集中的人」或是「一隻愛唱歌的小鳥」，在劇本結尾她轉變成一個成熟的女人。一開始她只是個孩子，但是在經歷一場可怕的甦醒之後，她快速邁入成熟。她最先的反應

是困惑，然後震驚，接著打算要自殺，最後決定反抗。

亞奇（Archer）說：

「在所有的現代戲劇當中，恐怕沒有任何一個角色像易卜生的諾拉一樣『發展』得如此驚人。（發展二字在此處以平常的意思解釋。）」

檢驗一下任何真正偉大的戲劇，你就會發現這種論點的真實無誤。莫里哀的「偽君子」，莎士比亞的「威尼斯商人」、「哈姆雷特」，萊辛的「智者那坦」（Nathan the Wise），歐里庇得斯的「米蒂亞」，都架構在同樣的論點上：角色歷經衝突時會不斷地改變和發展。

「奧塞羅」一開始談的是愛情，結束時是嫉妒、謀殺和自殺。

「熊」（The Bear）一開始談的是怨恨，結束時是愛情。

「海達·蓋伯樂」（Hedda Gabler）一開始談的是自我中心，最後是自殺。

「馬克白」一開始談的是野心，結束時是謀殺。

「櫻桃園」（The Cherry Orchard）一開始談的是不負責任，結束時是喪失財產。

「短程旅行」一開始是完成夢想的渴望，結束時是回歸現實。

「哈姆雷特」開始的時候是懷疑，結束的時候是謀殺。

「曼巴的女兒們」（Mamba's Daughters，暫譯）一開始是火爆脾氣，結束的時候是謀殺和自殺。

「死路」一開始是貧窮，結束的時候是罪惡。

「銀色繩索」（Silver Cord，暫譯）開始的時候是掌控，結束的時候是瓦解。

「克萊的妻子」（Craig's Wife，暫譯）開始的時候是一絲不苟，結束的時候是孤單寂寞。

「等待左撇子」（Waiting for Lefty，暫譯）一開始的時候是不確定，結束的時候是相信。

「晴天霹靂」（*The Big Blow*，暫譯）開始的時候是反抗和沒有希望，結束的時候是團結和希望。

「美妙人生」（*What a Life*，暫譯）開始的時候是接受失敗，結束的時候是自信心萌芽。

「榮耀的序幕」（*Prologue to Glory*，暫譯）開始的時候是漫無目的，結束的時候是朝既定方向前進。

「馬門教授」（*Professor Mamlock*）開始的時候是孤單一人，結束的時候是群體奮鬥。

上述所有角色都是不帶感情地從一種心態，進展到另一種心態。他們被迫要改變、成長和發展。創造他們的劇作家有清楚明確的前提，而他們的功能就是加以證明。

人犯錯時，通常會接著再犯第二次錯。通常第二個錯是從第一個來，第三個錯是從第二個來。在「偽君子」裡頭的奧爾貢就犯了個極大的錯誤：相信塔爾圖夫是聖人，邀請他住進自己的家。第二個錯誤就是把一個裝了文件的小盒子交給塔爾圖夫，「盒子若是被發現，可能會讓我的朋友失去他全部的財產；而且如果他被逮到，還會被殺頭。」

到目前為止奧爾貢很相信塔爾圖夫，但是現在把小盒子交給他保管很可能會害死一條人命。奧爾貢先是信任，之後成長為仰慕。此一過程很明顯，每一句臺詞都加深這種感受。

塔爾圖夫：小盒子藏好了。你現在可以放心了，我也放心了。

奧　爾　貢：我的知己！真的不知道要怎麼感謝你才好。這樣一來，我們之間的友誼比從前更深了。

塔爾圖夫：沒有任何事情，可以讓我們的友誼更深。

奧　爾　貢：有一件事情可以，我認為只要一完成它，我們的感情就會更好。

塔爾圖夫：我聽不懂，兄弟，請解釋。

奧　爾　貢：不久前你說我的女兒需要一個丈夫，這樣她才不會誤入歧途。

塔爾圖夫：我是這麼說過。我不覺得像凡勒瑞先生這種追求享樂的人……

奧　爾　貢：我也不認為他合適。最近我愈來愈有這種想法，親愛的朋友，我的女兒不可能找到比你更安全、更溫柔的心靈導師，來幫助她不掉入人生的陷阱裡面。

塔爾圖夫：（剎那間真的嚇了一大跳）比我，兄弟？不可能的，不行！

奧　爾　貢：什麼？你真的要拒絕做我的女婿嗎？

塔爾圖夫：這真的是一件榮譽，但是我從來沒有想到過。我有我的原因，我認為瑪麗安小姐並不喜歡我。

奧　爾　貢：如果你喜歡她，那就一點也沒有關係。

塔爾圖夫：兄弟，每天定睛仰望天堂的人對瞬間凋零的美麗並沒有興趣。

奧　爾　貢：對的，兄弟，你說得對。但是你會用這種理由來拒絕一個這麼漂亮的新娘嗎？

塔爾圖夫：（他不清楚跟瑪麗安結婚，會不會幫助他把艾咪兒追到手）我不這麼認為。有很多聖潔的人也曾經跟美麗的少女結婚，之後並不犯罪。但是我坦白的說，我害怕跟你女兒結婚這件事會讓奧爾貢夫人不開心。

奧　爾　貢：怎麼會呢？她只是繼母，而且這件事也不需要她同意。另外我還要說，瑪麗安會帶一大筆嫁妝去夫家，但是我知道你並不看重這個。

塔爾圖夫：為何這樣說呢？

奧　爾　貢：但是，你拒絕娶她會讓我非常的失望，我希望你能看重這一點。

塔爾圖夫：嗯，如果我曾經這樣想，兄弟……

奧　爾　貢：而且比這個還要嚴重，我會覺得你認為跟我們家聯姻配不上你。

塔爾圖夫：是我配不上你們。（他決定要冒這個險）但是我希望你不要如此評斷我，我願意放棄我的顧慮。

奧　爾　貢：那麼，你同意做我的女婿了？

塔爾圖夫：既然你希望如此，我算什麼？怎麼能夠說不呢？

奧　爾　貢：你再次讓我成為一個非常快樂的人。（他搖鈴）我現在就叫我女兒來，告訴她我已經安排好她的婚事。

塔爾圖夫：（往右邊的門走去）希望你允許我先去休息。（在門邊停下）如果

你願意聽我的建議，我想你對她說這件事的時候，最好少說我小小的優點，而多說你作為父親的期望。（他進去了）

奧爾貢：（對自己說）真是個謙謙君子！

　　奧爾貢的第三個錯誤是試圖強迫他的女兒嫁給這個混蛋，第四個錯誤是把他所有的財產交給塔爾圖夫去管理。他真心相信塔爾圖夫會幫助他，不讓家人將家產揮霍殆盡。這是他最嚴重的一項錯誤，他已經註定要自我毀滅。然而這個荒謬的行為，只是很自然地從他的第一個錯誤發展而來。是的，奧爾貢從盲目的相信到最後夢想幻滅，其中的成長過程非常清楚。作者利用角色一步接一步的發展，來完成他的目標。

　　將一顆種子種在泥土裡，會有一陣子它看似毫無動靜。事實上，水氣立刻向它進攻，軟化它的外殼，於是深藏在裡頭的化學物質，還有它從泥土中吸收的養分幫助它開始發芽。

　　種子上面的泥土很不容易推開，然而正是從泥土來的困難阻礙迫使小芽為迎戰積聚力量。這多餘的力量從何而來呢？種子不與上層的泥土做無意義的爭鬥，反而長出許多纖細的小根來得到更多的營養。到最後小芽終究成功穿破堅硬的泥土，迎向陽光。

　　根據科學研究，一株薊需要25,400公分的根，來支撐76或是101公分長的枝幹。你可以猜看看劇作家需要挖掘出多少萬個事實，來支援一個單一角色。

　　我們來打個比喻，假設人就是泥土，在他的頭腦裡我們種下一顆代表未來衝突的種子：就說它是野心吧！這顆種子在它裡面持續生長，儘管他可能想要扼殺它。但是他裡面和外面的各種力量帶來愈來愈多的壓力，一直到這個衝突的種子強壯到在他頑固的腦袋裡爆開。現在他已經做出一個決定，現在他要展開行動。

　　他內心的各種對立情緒，還有他周圍的各種對立狀況創造出這個決定和衝突。它們從而迫使他做出新的決定，並且進入新的衝突。

　　人要做出單一的決定之前可能需要許多不同種的壓力存在，然而三個主要的類型是生理、與群體的關係，還有心理。從這三種力量之中，你可以創造出

無窮盡的組合。

如果你種下一顆橡實，你自然會期待一株橡樹苗長出，然後再長成一棵大樹。人類的角色也是一樣。某個特別類型的角色，會按照他自己的方式成熟長大。只有在寫的很糟的劇本裡，人才會不按照自己的特質改變。種下一顆橡實之後，期待一棵橡樹長成是很自然的事；如果長出來的是一棵蘋果樹，我們至少會嚇一大跳。

劇作家呈現的每一個角色，必須蘊含未來發展的種子。一個未來會變為罪犯的男孩體內，必須要有犯罪的種子或可能性存在。

「玩偶之家」中的諾拉雖然有愛心、聽話又服從，但她的內心隱藏著獨立、反叛和倔強，這表示她有成長的可能。

我們來研究一下她的個性。我們知道在劇本的結尾她不但要拋夫，甚至也要棄子。在1879年從來沒有人聽說過這樣的事，在她之前沒有任何先例。在劇本的一開始，在她體內一定有什麼特別的東西，後來發展成她結尾時所具備的獨立精神。我們來看看那個特別的東西是什麼。

劇本一開始，諾拉走進來，嘴裡哼著歌，後面跟著一個門房，手裡拿著一株聖誕樹和一個籃子。

門房：六便士。
諾拉：這裡是一先令，不用找。

她一直在想辦法存錢，好償還自己私下的債務，但是她還是很慷慨。同時她也一直在吃馬卡龍，雖然她也不應該這樣做。馬卡龍對她沒有好處，而且她已經答應罕姆不再吃甜點。因此，諾拉說的第一句話告訴我們她隨便花錢，她做的第一件事告訴我們她言而無信。她簡直就是一個小孩子。

罕姆進到房間：

罕姆：我們家這個揮霍無度的小女孩，是不是又去花錢了？
諾拉：沒錯，托瓦，可是我們現在可以稍微放輕鬆一點，不是嗎？

（罕姆警告她，還要再過一整季他才能再拿到薪水。諾拉像個沒耐心的小孩大叫道：「到時候我們可以再去借錢啊！」）

罕姆：諾拉！（他被她的腦袋空空嚇呆了。他痛恨「借」這個字。）假設我今天向人借五十磅，你在聖誕週就花光了，在新年除夕一塊石板砸到我頭上，我死了，然後……

（這就是罕姆，如果欠一毛錢沒還，他在墳墓裡都會良心不安。對於做人做事的規矩，他非常堅持己見。如果他發現諾拉用了假名，你能想像他會有什麼反應嗎？）

諾拉：如果這真的發生了，我也會在意自己有沒有欠錢。（沒有人教導過她任何金錢觀念，因此她的反應挺專橫。罕姆一直很包容，但是這一次他沒有辦法不好好地教訓她。）

罕姆：……倘若一個家庭一定要靠借錢和債務才能過活，那麼這個家絕對不會有自由或者美感存在。（聽到這話諾拉很沮喪，看起來要罕姆認同她永遠不可能。）

這兩個角色刻劃得非常生動。他們的差異已經造成衝突，雖然到目前為止還沒有流血，但是流血看起來無可避免。

（罕姆很愛諾拉，所以現在把責任歸到她的父親頭上。）

罕姆：你真是個奇怪的小女孩。非常像你的父親。你總是能找到新辦法從我這裡挖錢，一拿到手，錢好像就在你的手裡融化了。但是我非得接受不可，因為你天性如此。諾拉，這些行為的確是從遺傳而來。

（易卜生神來一筆描繪出諾拉的背景。他比諾拉自己更瞭解她的遺傳因子。但是諾拉愛父親，立刻毫不猶豫地回答道：「我希望自己從父親那裡遺傳了許多好品質。」

說完這些話之後，她又毫無羞恥地對吃馬卡龍一事說謊，就好像孩子覺得長輩給的那些限制沒道理一樣。她的謊話並沒有帶來什麼了不起的傷害，但卻告訴我們諾拉的本性如何。）

諾拉：我不會跟你的意見作對。
罕姆：我確定你不會。另外，你已經發過誓要遵守諾言。

　　（罕姆的生活經驗和事業，塑造出他認為諾言是神聖的看法。在這裡，一件不足為道的小事再次顯示出罕姆缺乏想像力，他完全無法瞭解諾拉跟她的表象有何絲毫不同之處，也不知道在他背後家裡是什麼樣子。諾拉從他那裡挖出來的每一分錢都回到放債者手中，用來還她的債務。
　　劇本的一開始，諾拉過著雙面人的生活。用假名借錢是在劇本開始很久之前的事情，一直以來諾拉將這個祕密埋在心底。她的心裡很平靜，認為這是為挽救罕姆生命而不得不做的英雄式犧牲。）

諾拉：（對從前的同學林德太太說話）當然，他絕對不可以知道這件事！天啊！你不瞭解嗎？那時候絕對不能讓他知道自己的病況多危急。當時醫生進來說他的性命有危險，唯一能救命的方法就是去南方休養一陣子。我甚至向他暗示他可以去借貸，但是他聽了非常的生氣。克莉絲汀，他說我不懂事，他身為丈夫的責任是不讓我老是突發奇想要做些什麼。那麼很好，我認為你一定要活下去，所以我想出這個脫離困境的辦法。

　　（易卜生花了許多時間來開啟這個主要的衝突。在諾拉向林德太太承認她為罕姆所做的犧牲這一景，作者花上很多寶貴的時間。林德太太和克羅斯坦在此時恰好來訪，似乎過於巧合。然而我們不要在這裡討論易卜生的缺點，而要追溯諾拉這個角色發展的完整性。我們來看看，能夠對她多瞭解些什麼。）

林德太太：你打算永遠都不要讓他知道嗎？關於假名借錢這件事。
諾　　拉：（臉上掛著淺淺的微笑進入深思）是的，也許有一天我會告訴

他，那要在許多年以後。等我不像現在這樣美麗的時候。（這是對諾拉的動機一個有趣的發現，她期待對方會感謝她的行為。）不要笑我！我說當然要等到托瓦不像現在這麼愛我的時候，等到我的舞蹈、打扮和背誦都不讓他覺得快樂的時候，那麼也許有一樣東西預備著會是件好事。

（現在我們可以推測當罕姆不但不稱讚她，反而譴責她是一個壞妻子、壞母親的時候，對諾拉會是多大的打擊。這就是她生命中的轉捩點，她的童年就此悲慘地死去。在震驚中，她會第一次看到周圍世界對她的敵意。她已經用盡自己的力量讓罕姆活下來，讓他快樂，但是當她最需要他的時候，他居然背棄她。在此諾拉已經累積往某個方向成長的必要條件。同樣的，罕姆也依照易卜生給予他的個性來做出行動。我們來聽聽看他發現諾拉用假名借貸之後，發出來的無力的怒吼。）

罕　　姆：一切的幻想破滅了！多麼可怕！八年來她帶給我多少快樂和驕傲，現在才知道她是一個偽善者！一個騙子，更糟糕的是她是個罪犯！言語無法形容這一切的醜陋！真是丟人！丟人啊！（諾拉不說話，定睛看他。他走到諾拉的面前停下來，這些都是易卜生的舞臺走位指引。諾拉恐懼的看著罕姆，她看到一個陌生人，一個完全忘記她的動機，只會想到自己的人。）我早就應該懷疑這樣的事情會發生，我早就應該預測到，你父親完全沒有原則。閉嘴！

（顯而易見的，諾拉與群體關係的背景幫助易卜生為她做出決定。她的生理面向因素也幫上忙。她知道自己很美，提過好幾次。她知道有很多人仰慕她，但是當她決定要離開的時候，這些人才開始對她產生意義。）

罕姆：你父親的毫無原則在你身上一覽無遺，你沒有宗教信仰、沒有責任感。

這一切都可以在劇本一開始諾拉的個性中看出來，所有發生的事情都是諾

拉自找的。她的個性讓她必然做出這些事情。諾拉的成長是正面的，我們可以看到她從一開始的不負責任變成焦慮，然後焦慮變成恐懼，恐懼變成絕望。戲劇的高潮使她首先不知如何反應，然後慢慢瞭解到自己的立場該是什麼。最後她做出一個無法改變的決定，就像花朵的綻放一樣符合邏輯。此一決定是一個穩定持續進化過程的結果。成長就是進化，戲劇的高潮宛如革命。

我們來追溯一下，種子在另外一位角色羅密歐身上的成長可能。我們想要知道，他是否擁有那些會帶領他往無可避免結局邁進的特質。

愛上羅莎琳的羅密歐在街上無目的漫遊，正巧碰上他的親戚班弗里歐，後者向他打招呼。

班弗里歐：早安，表弟。
羅　密　歐：現在還這麼早嗎？
班弗里歐：鐘剛剛敲了九下。
羅　密　歐：我覺得人在難過的時候，時間過得好慢。
班弗里歐：的確如此。你在難過什麼，讓你覺得時間過得很慢？
羅　密　歐：得不到那可以讓時間變快的東西。
班弗里歐：你陷入愛河了？
羅　密　歐：在它之外。
班弗里歐：愛情嗎？
羅　密　歐：我愛她，她卻不愛我。

滿腹怨言的羅密歐哀歎道，他愛上的那位女士「沒有被邱比特的箭射中」。

　　　　她太美麗，太聰明，太聰明又太美麗，
　　　　所以不願意祝福我，讓我絕望。
　　　　她已經發誓拒絕我的愛，她的誓言
　　　　讓我生不如死，我活著只是要說出這段故事。

班弗里歐規勸他天涯何處無芳草，但羅密歐不願接受他的建議。

那遭打擊而失去視力的人，

無法忘懷從前看到的珍寶。

....

再見：你無法教導我如何忘懷。

　　但是過沒多久，他很巧合地發現心中所愛的羅莎琳要參加家族世仇凱普萊特家族的宴會。他決定要去那裡，冒著生命危險偷看一眼他所愛的女子。在賓客當中，他注意到另一位極其動人的女子，使他完全忘記羅莎琳的存在。他幾乎喘不過氣來，開口問一位僕役：

　　在那邊，讓那位武士握著她手的女士是誰？

僕　役：先生，我不知道。
羅密歐：喔，她讓火炬燃燒得更明亮！

　　　　她看起來彷彿夜晚中一個棕色臉龐

　　　　耳垂上的富麗寶石那樣閃亮動人；

　　　　她的美麗無與倫比，凡塵不配擁有！

　　　　跟周遭的女士相比，

　　　　她如同雪白的鴿子佇立在成群的烏鴉之中。

　　　　美麗的鴿子，我要注視她站立的所在，

　　　　我要觸摸她的玉手，讓我粗糙的手被她祝福。

　　　　在此之前，我的心曾愛過嗎？眸子們，請發誓。

　　　　今夜以前，我從未看過如此的美人。

　　做了這個決定之後，他的命運已經註定無法改變。

　　羅密歐是個傲慢又衝動的人。發現他的摯愛是凱普萊特家族的人之後，他毫不猶豫地衝往世仇的家，儘管在那裡他和他的全家皆恐被殺害。他欠缺耐心，更不容許任何人反對；愛上美麗的茱麗葉讓他更加的緊張焦慮。為了愛人他甚至願意謙卑下來；為他所愛的茱麗葉，沒有任何代價他不願意付。

來看一下他的冒死行動：為了看一眼羅莎琳居然願意冒生命的危險，據此我們可以推斷出他會為生命的至愛茱麗葉做出什麼犧牲。

任何其他類型的男人，都不可能在面對這樣的危險時不退縮。從劇本的一開始，這種成長的可能就蘊含在他的角色之中。

很有趣的，一位馬金先生（Mr. Maginn）在他所著的《莎士比亞研究》（Shakespeare Papers）中如此說：羅密歐的悲慘人生，應該歸因於他就是一個「運氣不好」的人。倘若他曾經有其他方面的熱情或是追求，也一定會像戀愛一樣沒有好結果。

馬金先生忘記羅密歐和其他人一樣，純粹依照自己的個性來行動。沒錯，羅密歐的失敗是因為他的個性使然，並不是因為他不幸運。他無法控制的衝動個性，使他做出別人很自然會避免的事情。

我們希望讀者記得一個重點，那就是羅密歐的個性造就原來的他（例如：衝動等），讓他做出後面的那些事（謀殺和自殺）。這些特質在第一句臺詞中，就可明顯看出。

尤金‧歐尼爾（Eugene O'Neill）的作品「哀悼」（Mourning Becomes Electra）是另外一個很好的角色成長的例子。拉芬妮雅（Lavinia）是准將艾斯拉‧曼儂（Ezra Mannon）和妻子克莉絲汀（Christine）的女兒。幾乎在劇本的一開頭，一個愛慕她的年輕男人向她暗示他的情感，她就如此回答：

拉芬妮雅：（突然語氣堅定地）我對愛一點都不瞭解，我不要知道任何跟愛有
　　　　　關的事情。（非常強烈的）我痛恨愛情！

拉芬妮雅是關鍵角色，在整個劇本當中她一直遵循上面這個論調。母親的出軌使她變成一個冷酷無情、一心一意要復仇的人，至死方休。

在這裡我們並不想要阻止任何人去描寫一場盛會，或是模仿那位永不懈怠的薩若揚（William Saroyan），用不流暢的節奏描述生命之美。它們可以很感動人，甚至於看起來很美麗。我們也不會將葛楚‧史坦（Gertrude Stein）排除在文學的呻吟劇場之外，原因很簡單，我們非常享受她的奇思妙想和風格（雖然我們也承認常常不知道她在說些什麼）。從腐朽中，可以蹦出一個新

的、活力充沛的生命。不知爲何，這些沒有形狀的東西也是生命的一部分。沒有不和諧，就永遠不會有和諧的存在。然而，某些作家顯然想要描繪角色，然後把它們嵌入結構嚴謹的鉅作中，當最後呈現出的只是一場熱鬧的盛會或是一個假薩若揚作品時，他們卻堅持要我們把他們的作品視爲戲劇。我們沒有辦法接受，不論怎麼努力嘗試都不可能。就好像我們不能把一個孩子的智商與愛因斯坦相比較一樣。

薛伍（Robert E. Sherwood）的「白癡的喜樂」（Idiot's Delight，暫譯），就是一本這樣的作品。雖然它贏了普立茲獎，但是仍然跟一個架構嚴謹的劇本差之甚遠。

哈利（Harry Van）和艾琳（Irene）應該是這個劇本中的主要角色，但是我們卻看不到他們有任何的成長可能。艾琳很愛撒謊，哈利個性好、開朗隨和。只有到結尾時我們才看到一點點成長，但是此時劇本已然結束。

就算沒有了不起的製作團隊，拉芬妮雅、哈姆雷特、諾拉和羅密歐都仍舊是角色，擁有活生生的、讓人興奮的和精力充沛的人格特質。他們知道自己的目標何在，並且願意爲目標奮鬥。可憐的哈利和艾琳只能夠緩慢地走來走去，看不到可追求的目標。

問題　你可以明確地界定「成長」二字嗎？

回答　舉例來說，李爾王準備把王國分給他的女兒們。這是件錯誤，劇本必須向觀眾證明這是個愚蠢的決定。經由展現李爾的行爲對他自己的影響，加上他的「成長」或邏輯發展，是他的錯誤帶來的結果，劇作家完成這個任務。第一，他不認爲他給孩子們的權力被濫用。然後，他懷疑事情的確是如此。再來他非常肯定如此，開始生氣，接著憤怒，然後勃然大怒。之後他的權利完全被剝奪，也被羞辱，他想要自殺。在羞辱和悲傷之中他發了瘋，最後死去。

他種下一顆種子，種子成長，結出這顆種子一定會結出的果實。他做夢也沒有想到這個果實如此苦澀，然而他的個性造成他最先的錯誤，結果就是如此。爲此，他付出代價。

問題　如果當時他的選擇是對的，他選擇小女兒作爲他最信任的人，他的成

長還會相同嗎？

回答　當然不會。每一個錯誤還有它帶來的反應，都是從前面那個錯衍生而來。如果李爾一開始做出正確決定，他就不會做出後面這些事。他的第一個錯誤是決定把他的權利分給孩子們。他知道這個權力非常大，具有最大的尊榮，他從來不懷疑女兒們的甜言蜜語，說她們愛他、尊敬他。相較之下，小女兒寇妮莉亞的冷漠讓他震驚，所以他犯下第二個錯誤。他要的是言語的奉承，而不是真心的行為。所有之後發生的事情，都從這些根源生長出來。

問題　他的錯誤是不是就是愚蠢呢？

回答　是的，但是不要忘記所有的錯誤，包括你的和我的，都是在犯下之後才顯得愚蠢。犯錯的動機可能是憐憫、慷慨、同情、瞭解等。最後我們認定為愚蠢的，起初卻可能是一個美麗的表達。

「成長」是一個角色對他所面臨的衝突之反應。一個角色可以藉由做出正確和不正確的決定而成長。但是只要他是一個真正的角色，他就必須成長。

用一對戀人來舉例，他們彼此相愛，給他們一點時間，他們就可能製造出戲劇需要的元素。可能他們會漸行漸遠，兩人之間起了衝突。可能他們會愛得愈來愈深，衝突卻從「外界」而來。如果你問：「真正的愛情會因為患難而更深嗎？」或者你會說：「就算是真正的愛情，也要在患難中受苦。」你的角色們將會有要達成的目標，還有成長的機會來證明前提的有效。證明前提有效，表示角色有所成長。

II

每個好的劇本，都是從一個極端成長到另一個極端。我們來檢驗一下這部電影，看看這個論點是否正確。

「馬門教授」（Professor Mamlock）

（他會從第一個極端「疏離」進到第二個極端「極體行動」）

第一步：疏離。他在納粹暴政之下過活，卻覺得事不關己。他是個特立獨行的

人，認爲自己凌駕於政治之上，從來沒有想過任何人可能會傷害他，
雖然他已經看到周遭充斥著恐懼。

第二步：納粹的權力進入他的階層，折磨他的同事們。他開始憂慮，但是仍然
　　　　不相信自己會有任何事發生。朋友們勸他逃走，他卻不聽。

第三步：最後他感覺到自己可能毀於悲劇的命運，就像發生在其他的人身上一
　　　　樣。他打電話給朋友們，用自己是疏離主義者來合理化自身的行爲。
　　　　他還是沒有決定要棄船。

第四步：恐懼席捲了他，他終於瞭解自己先前的立場很盲目。

第五步：他想要逃走，但是不知道怎麼逃或逃去哪裡。

第六步：他變得「絕望」。

第七步：他「加入大眾對納粹的抗爭」。

第八步：他成爲地下組織的一員。

第九步：「對抗暴政」。

第十步：集體行動，最後死亡。

　　　現在我們來看一下，「玩偶之家」的諾拉和罕姆。

諾拉：「從」：順服、隨遇而安、幼稚、信賴

　　　「到」：譏諷、獨立、成年、苦毒、大夢初醒

罕姆：「從」：固執己見、獨斷、自信、實際、簡潔明瞭、傲慢、傳統、無情

　　　「到」：困惑、不確定、大夢初醒、依賴、順服、柔弱、包容、體
　　　　　　　諒、迷惘

III

由恨轉愛

幕啓之前	幕啓之後
1. 缺乏安全感。	5. 仇恨
2. 羞辱。	6. 造成傷害
3. 厭惡。	7. 心滿意足

4. 憤怒。

8. 後悔

9. 謙卑

10. 假慷慨

11. 重新檢討

12. 真大方

13. 犧牲

14. 愛情

由愛轉恨

幕啟之前

1. 占有的愛。

2. 失望。

3. 懷疑。

4. 質問。

幕啟之後

5. 疑心

6. 測試

7. 受傷

8. 領悟

9. 苦毒

10. 檢討，無法適應

11. 生氣

12. 憤怒（對自己）

13. 憤怒（對事物）

14. 仇恨

5. 角色的意志力

　　一個柔弱的角色無法承受劇中持久性衝突的重擔，因此，我們就得被迫放棄把它當作主角的念頭。沒有競爭就沒有比賽，同樣地，沒有衝突就沒有戲劇，沒有對位法就沒有合聲。劇作家需要的不只是願意為信念打仗的角色，他也需要強壯有韌性的角色，才能夠把戰爭延續至合乎邏輯的結尾。

　　我們可以用一個原本柔弱但愈走愈強壯的人來起頭，也可以用一個原本強

壯但在衝突後變得軟弱的人來起頭，但是在變得軟弱的同時，他必須要具備足夠的韌性來忍受屈辱。

歐尼爾的「哀悼」，可以作為一個例子。布萊特正在和拉芬妮雅說話。他是一位女僕和某位有權有勢的曼寧家族一分子所生的私生子。從曼寧家族的觀點來看，他是個邊緣人，母親躲在一個遙遠的地方把他撫養長大。現在他用假名回到這裡，要為母親和他所受到的羞辱來復仇。他是個船長，想藉著向拉芬妮雅示愛來掩飾跟她母親之間的戀情。拉芬妮雅的僕人事先有警告過她。
（布萊特想要牽她的手，但是手一碰到，她就抽回來並且立刻跳起來。）

拉芬妮雅：（帶著冷酷的憤怒）不要碰我！你休想！你是個騙子！你……！
　　　　　（當他退後一步，還搞不清楚狀況的當下，她抓住這個機會照著塞斯〔那位僕人〕的建議，故意用侮辱的鄙視對著他）但是我想要從一個低賤法裔加拿大護士的兒子那裡期待任何東西都很愚蠢，因為他只會用花言巧語撒些廉價的謊。

布　萊　特：（大為震驚）你說什麼？（然後，因母親受辱引爆的憤怒使他忘記原本該有的謹慎，他凶惡地跳起來）住嘴，天殺的！否則我就不把你當女人看。我不准任何曼寧家的人侮辱她……

拉芬妮雅：（察覺事實後很驚恐）所以這是真的，你的確是她的兒子！天哪！

布　萊　特：（拼命要自我克制卻完全做不到）我是又怎樣？我很驕傲自己是她的兒子。我唯一覺得丟臉的是身體裡流著骯髒的曼寧家血！所以，原來這就是剛剛你沒有辦法忍耐我碰你的原因，是不是？對於女僕的兒子來說，你太過高級？我敢說，你從前倒是非常開心……！

這些角色生氣蓬勃，隨時預備迎戰，同時，他們很輕鬆地將戲劇逐漸帶向高潮。布萊特已經為復仇計畫很長一段時間，就在幾乎要成功的時候卻受到阻礙。就在這個時候，衝突發展成熟，變成危機。我們真的很想知道，當面具被摘除後他打算要怎麼做。很可惜歐尼爾卻搞砸了，他扭曲了自己的角色。我們

  的藝術

在後面的劇本分析中，會針對這一點多談一些。

在艾爾文·蕭爾（Irwin Shaw）所著《埋葬死者》（*Bury the Dead*，暫譯）中的瑪莎，是一位死去士兵的妻子。

瑪　莎：每一間屋子都該有一個嬰孩，屋子應該乾乾淨淨，裡頭有個塞滿食物的冰箱。我為什麼不可以有孩子？其他的人都可以有。其他人每次撕掉月曆的一頁時，不用擔心會起雞皮疙瘩。她們搭乘可愛的救護車去美麗的醫院，躺在有顏色的床單上生孩子。為什麼上帝那麼喜歡她們，讓她們很容易就生小孩？

韋斯特（其中一位士兵）：他們的先生不是技工。

瑪　莎：不是！不是全部1850個人都是技工！現在更糟了。我每個月只拿到二十塊錢。你去當兵被宰，然後我每個月只有二十塊錢。我排一整天隊，只為了要拿到一條麵包。我已經忘記奶油是什麼味道了。我排著隊連鞋子都淋濕了，只是為了要拿到每禮拜分配一次的一磅爛肉。晚上我回家，沒有人跟我說話，坐在那裡看著蟲子爬，只敢點一盞小燈，因為政府要我們省電。你必須要離開，就只剩下我。戰爭對我有什麼意義？我得晚上一個人坐在家裡，沒有人可以說話。戰爭對你有什麼意義？你必須要離開家，然後……

韋斯特：瑪莎，所以我現在站起來了。

瑪　莎：你為什麼花這麼久？為什麼現在才做？為什麼不一個月前，一年前，十年前就做？你那時候為什麼不站起來？為什麼等到死了才站起來？你每天和蟑螂為伍，不說一句話，等他們殺掉你之後，你才站起來！你是個蠢蛋！

韋斯特：我從前不曉得。

瑪　莎：你就是這樣！永遠等到事情太遲才要改變！活著的人，有各種原因可以站起來！好吧！站起來吧！該是你回嘴的時候了！所有你們這些1850個混蛋，現在應該是你們為自己、為妻子，還有從來沒有擁有過的孩子站起來的時候！告訴他們全站起來！告訴他們！告訴他們！（她尖叫，燈光熄滅。）

這些角色同樣躍躍欲試，隨時準備應戰。他們無論做任何事情，都會迫使意見相反的想法互相衝撞。

研究所有偉大的戲劇，你會發現其中的角色「強迫自己對有疑問的議題做出決定」，一直到自己被擊倒或是達到目標才停止。甚至契科夫（Chekhov）的角色在被動中都強悍到一個程度，連環境所累積的一切能量要擊垮他們都很困難。

某些看來無關緊要的弱點，也許可以很容易的作為張力強大的戲劇之起頭。

來看看「菸草路」（Tobacco Road，暫譯）。中心角色吉特‧萊斯特（Jeeter Lester）是個軟弱的人，缺乏成功活下去或是死去的力量。他非常貧窮，看到妻子和小孩都挨餓，他卻只會玩他的手指。對他而言，沒有任何災難可以大到讓他改變。這個軟弱無用的男人，用無比的耐力等候奇蹟的發生。他頑強的抓住過去，忽視現在就有一個新問題必須要解決的事實。他永遠不停的埋怨過去他所遭受的不公不義；每天舊事重提，不願意做任何事來改變。

他是柔弱的，還是強悍的角色？我們認為他是戲劇很久以來，所見最強悍的角色之一。他代表典型的腐壞和分解，然而他仍舊強悍。這是一個自然的矛盾。萊斯特很頑固地保持自己的「現狀」，或是「看起來」在保持現狀，不願意跟隨時代而改變。就算是和自然法則打一場別人注意到的仗，也需要非同小可的力量。吉特‧萊斯特具備這種能力，儘管隨時改變的狀況會讓他倒閉，如同所有不能夠跟著時代改變的人都已被迫倒閉一樣。吉特和恐龍其實很像。

吉特‧萊斯特代表那些財產被剝奪的小農夫階層。現代機械、財富集中在少數人手中、競爭、課稅、評估等已經把他和他的階層逼得沒生意做。他不願意跟其他財富被剝奪的人組織起來，因為他不瞭解組織合作的價值，因為他的祖先從來沒有建立過組織，所以他處於可悲的疏離之中，對外在的世界完全無知。他既無知又頑固，他信奉傳統，拒絕改變。但是他的弱點反而顯得他特別地強壯：他拒絕改變，宣判自己和自己的階層將要緩慢地死去。是的，吉特‧萊斯特是個強人。

有任何角色比典型的母親更甜蜜，並且更軟弱嗎？有誰能夠忘記她那永遠的守候、溫柔的照顧和焦慮的警告呢？她永遠朝著一個目標努力，那就是她孩

子的成功，甚至願意在必要時犧牲生命。你的母親不就是如此嗎？太多母親都是如此，數量大到足夠建立一個母親的傳統。你難道沒有至少一次在夢中，因為母親的微笑、嚴肅的沉默、永不間斷的叮嚀和眼淚而極度焦慮嗎？你有沒有過至少一次因為沒有遵循母親的意願，而覺得自己像是個殺人犯呢？世界上所有的罪惡加起來，也比不上一個人向他甜蜜的母親所撒的謊那麼多。

看起來柔弱，永遠準備撤退和讓步，但是到最後永遠是贏家，這就是母親。你並不總是清楚知道自己是怎麼被綁架的，但是你發現自己已經做出一個承諾，一個你的理智很不想兌現的承諾。

母親柔弱嗎？絕對不是！想想看悉尼‧霍華德（Sidney Howard）寫的「銀色繩索」，裡面就有一個毀掉自己孩子生命的母親，她用的不是粗暴的行為，而是甜蜜柔弱的聲音、痛苦的眼淚和看起來起不了作用的沉默。到最後她成功毀掉所有跟她有關的人。她柔弱嗎？

那麼，與強悍的角色相比，哪些角色才是柔弱的？他們就是那些沒有能力來迎戰的人。

舉例來說，吉特‧萊斯特寧可挨餓卻沒有作為。每天覺得飢餓卻不想辦法非常奇怪，因為這是最起碼的。雖然他的方向錯誤，可是他卻很有韌性。活下去是一種自然法則，為了存活，動物和人去獵殺、偷竊和謀殺，就是要填飽肚子。萊斯特違背這個法則。他堅持傳統，他擁有祖先遺留下來的房產，覺得碰到困境就逃離是一種懦夫的行為。他相信為了保護屬於自己的東西，而接受一切懲罰是一種堅忍不拔的表現。也許是他原本的懶惰甚至懦弱，讓他變成今天這個有韌性的人，但是到最後他顯現出來的行為卻是強悍。

真正軟弱的角色是那種因為壓力不夠強大，因此拒絕迎戰的人。

以哈姆雷特為例。他是一個堅持不懈的人，運用鬥牛犬般的韌性證實他父親的死因。他有軟弱之處，要不然就不用假裝自己瘋了。在這場戰役中他的過於敏感是缺點，但他發現柏隆尼斯在監看他的時候居然動手殺掉他。哈姆雷特是一個完整的角色，因此也是劇本的理想資料，跟吉特一樣。矛盾是衝突的本質，如果一個角色可以克服他內在的矛盾來達到目標，他就是強者。

「黑洞」（Black Pit，暫譯）中的線民，是個軟弱角色失敗的好例子。他永遠沒辦法下定決心。作者要我們看到妥協帶來的危險，但是觀眾卻對他們應

該鄙視的人產生同情和憐憫。

這個人從來不是一個好線民。他不挑戰權威，卻常感到羞恥。他知道自己的所作所為是錯的，但是卻沒有辦法改變。從另外一方面來說，他也不是一個認真工作的人，因為他不忠於自己的階層，而且對於這一點無能為力。

沒有矛盾，也就沒有衝突。在這個例子裡，這種矛盾被定義得很糟糕，衝突也一樣。這個人讓自己陷入困境，並且缺乏走出來的勇氣。他的羞恥心沒有大到可以強迫他做出決定，也就是唯一可行的妥協。他對家庭的愛也沒有強到足夠讓他克服一切的反對意見，成為一個認真工作的線民。他沒有辦法下定決心往任何一個方向走，因此沒有能力讓戲繼續演下去。我們現在可以為軟弱的角色下另外一個定義：「所謂軟弱的角色，就是某個因為某種原因無法下決心有所作為的人。」

喬這個線民難道天生如此軟弱，在任何狀況下都沒有辦法下決定嗎？不是如此。如果他身處的環境壓力不夠大，那麼作者就有責任去尋找另一個定義清楚的前提。壓力若是再大一點，喬應該會做出比較激烈的反應。他的妻子生孩子卻沒有接生婆幫忙這件事對他來說壓力不夠大，每天在這個世界上都有這樣的事情上演，而且大部分的女人都能活下來。

然而「在正確的情況之下」，沒有一個角色不會願意迎戰。如果他軟弱不願意抵抗，那是因為作者沒有找到一個新的正確時機，讓他不但準備周全而且還要急著去迎戰。作者錯估了攻擊的正確時機。或者我們可以換個說法：一定要時機成熟才能做出決定。作者有可能在「轉換期」抓住一個角色，那時候他卻還沒有準備好。許多角色失敗是因為作者急著要他採取行動，而他卻尚未預備好。也許他還要一小時、一年或二十年才會準備好。

我們在《紐約時報》的社論，找到下面的文章。

謀殺與瘋狂

研究過五百多個謀殺案後，大都會人壽保險公司（The Metropolitan Life Insurance Company）用略微驚訝的口吻在其週報中發表謀殺的動機。憤怒的先生把太太打死只因為「晚餐」沒有預備好。一個人為了「區區二十五分錢」殺掉朋友。午餐店的老闆和顧客為了一個三明治爭吵，居然動手殺了顧

客。一個年輕人殺掉母親，因爲她責備他喝酒。一個酒吧常客因爲要搶先把銅板丟進點唱機來聽一首鋼琴曲，而和另一位顧客起了爭執，用刀殺了他。

這些人全都是瘋狂了嗎？是什麼造成他們爲了一點點小錢或不愉快，就殺人？正常的人不會犯下這樣的暴行，也許他們眞的是瘋了。

只有一種方法可以找到原因，那就是檢驗殺人犯的心理、生理和他與群體關係各種面向的構成因素，儘管在表面上這件案子顯得殘暴又令人震驚。

我們的主角今年50歲，他因爲一個玩笑而且用刀殺人。大家都認定他很邪惡、不善交際，而且是一頭野獸。我們來看看他究竟是如何？

殺人犯的過往顯示他有耐心、脾氣溫和、照顧家庭，是個傑出父親、受人敬重的公民和鄰舍。他在同一家公司做了三十年的簿記。老闆們認爲他誠實負責，也不與人作對。他因殺人被逮，大家都震驚不已。

對這件罪行的調查，要從三十二年前他結婚時開始。那年他18歲，很愛那與他個性截然相反的妻子。她既虛榮、無法信任、愛招惹男人又不誠實，他必須對她的習慣性出軌睜一隻眼、閉一隻眼，因爲他眞心希望她會變得更好。他從未拿出任何實際的行動要她停止這種丟人的行爲，不過經常語出威脅。當然也僅止於威脅而已。

看到他如此的狀況，一個劇作家會認爲他太軟弱，缺乏攻擊性，沒辦法成爲一個好的戲劇角色。他深深感到羞辱但是無力做任何事，因此無從得知他將來會有什麼轉變。

多年過去了，他的太太爲他生下三個美麗的孩子，他希望隨著年齡漸長，太太終究會改變。她的確改變了，變得更加小心謹愼，而且似乎眞的打算要安頓下來，做一個好的妻子和母親。

有一天她失蹤了，再也沒有回來。剛開始這個可憐的男人幾乎要抓狂，但是他恢復正常，開始又顧家、又工作。孩子對他的犧牲絲毫不感激。他們惡待他，一有機會就遠走高飛，從此不回來。

從表面看，我們的主角一直堅忍不拔。也許他很懦弱，缺乏抵抗或反叛的能力。也許他具備超人的精力和勇氣，能夠忍受惡待和不公平。

現在他唯一引以爲傲的房子要被搶走。他深感痛苦，想辦法要保住它，但是他做不到。他被擊垮了，雖然還沒有到要採取激烈行動的程度。他還是那個

原來的膽小鬼，卻是有一些改變：他覺得痛苦，坐立難安；他在尋找答案，但是找不到，他不知道該怎麼辦，而且孤單一人。他不選擇反抗，但是卻變成一個離群索居的人。

到目前為止，對劇作家來說他並沒有什麼出色之處，因為他還沒有做出決定。

現在唯有他的工作才能夠讓他保持精神正常，但是最近工作也不穩定。最後一根稻草擊垮了他。一個年輕人搶走他工作了三十年的位置。他難以置信，憤怒不已，情緒終於到達臨界點。所以，當某人對他開了一個無關緊要的、也許跟憂鬱症有關的玩笑時，他就動手殺了他。其實，並沒有任何特別的原因，他就殺掉一個從來沒有傷害過他的人。

如果你看得夠仔細，你會發現一個看起來沒有足夠動機的罪行在發生之前，總有一連串的狀況導致它的發生，而且這些狀況都可以在罪犯的生理、心理和他與群體關係的構成因素中找到。

這一點跟我們談過的錯估情勢有關。作者必須瞭解如何補捉到主角心智發展的高點，這極端重要。後面談到「攻擊點」的時候，我們會討論的更詳細。在這裡我們要說：每一種生物皆有能力做任何事情，只要他周遭狀況的張力足夠強烈。

在劇本的結尾，哈姆雷特跟在開頭很不一樣。事實上他每一頁都有改變，而且並非是不合邏輯的改變，反而是穩定的成長。我們每一個人在過去的每一分鐘、每一個小時、每一天、每一週、每一個月和每一年，也都在改變。問題是劇作家要找到處理角色最有利的那一刹那。哈姆雷特的弱點是他一定要有充足的證據才會做出行動（有時是致命的行動），因此常常會錯過時機。但是他鋼鐵般的意志和朝著目標前進的決心很強烈，最終他做出了決定。吉特‧萊斯特也下定決心要「留下來」，雖然也許這並不見得是個自覺的決定。事實上，萊斯特的意志力是不自覺的，而是潛意識的，我們可以這麼說。另一方面，哈姆雷特堅定要證明他父親被國王謀殺，這個決心是自覺的。哈姆雷特的行動乃是根據他自己清楚的前提而來，萊斯特留下來因為他不知道還能夠怎麼辦。

劇作家可以選擇這兩種中的任何一種類型。在這個時候創造力扮演關鍵的

角色。如果作者選擇把一個契科夫的角色放到一個鬧劇之中，或是選擇相反的做法，他就會有麻煩。你不能夠強迫角色在準備好之前就做出決定。如果你嘗試這樣做，就會發現角色的行動很膚淺平庸，不會反映出他的本色。

所以你可以看出來，並沒有所謂的軟弱的角色這件事。問題在於你是否補捉到，角色預備進入衝突的那個關鍵時刻。

6. 情節或角色，孰輕孰重？

野草是什麼？一株價值還未被發現的植物。——愛默森（Emerson）

人們常常引述亞里斯多德的名言。佛洛伊德也對人類三種面向的其中一種做過研究，但是對於角色仍舊缺乏深入的分析，不像科學家對原子或宇宙光那麼深入。

威廉・亞契（William Archer）在他所著《編劇的技巧手冊》（*Playmaking, a Manual of Craftsmanship*）中如此說：

「……理論上的建議，對於重新塑造角色的取得或調整沒有助益。」

我們非常同意「理論上的建議」對任何人都沒用，但是實事求是的建議呢？看來沒有生命的物體似乎比較容易檢驗，這的確是事實。但是難理解又始終在變化的人類角色也同樣必須被檢驗，某些建議可以讓這項任務更有組織，也更容易達成。

「刻劃角色的明確指引方針，就好像長到183公分高的規則一樣：要嘛你做得到，要嘛你不可能做得到。」

亞契先生如此說。這是個既籠統又不科學的說法，而且聽起來很熟悉。事實上，這是給發明顯微鏡的李文霍克（Leeuwenhoek）的答案，也是給伽利略（Galileo）的答案，後者說地球會轉動的時候差點被當成異教徒被燒死。福

爾頓（Fulton）發明蒸汽船時，眾人嘲弄道：「它動不了！」等到它眞的動起來，他們又大叫：「它停不下來！」

然而，今天原子光被用來做拍照和自我測量的工具。

亞契先生說：「要嘛你做得到，要嘛你不可能做得到。」他承認某個人有能力來刻劃角色，深入到凡人無法深入的地方。而另外一個人卻做不到。但是如果某人可以做到，我們也知道他是如何做到的，難道不能從他那裡學習嗎？一個人藉著觀察做到了。他跟別人不一樣，似乎能觀察到其他人只是經過卻看不到的東西。這些比較不幸的人，看不到顯而易見的東西嗎？也許如此。我們仔細閱讀一個很糟的劇本時，會被作者對他角色的無知震驚到；當我們仔細閱讀一個好劇本時，會被作者所瞭解的豐富資訊嚇一跳。既然如此，我們爲什麼不建議這些能力較差的劇作家訓練自己的眼睛去仔細看，用他的頭腦去瞭解呢？我們爲什麼不提倡好的觀察力呢？

假使這些「缺乏能力」的劇作家有想像力、選擇能力和寫作能力，那麼在學習上，他們會比靠本能的「有能力」的劇作家學習得更好。

爲什麼那個懂得如何長183公分高的天才，卻常常擊不中目標？爲什麼曾經知道如何刻劃角色的人，現在卻寫出可笑的作品？會不會他只是倚靠自己的本能呢？爲什麼這些能力不會一直都有用呢？幸運的人要嘛具備這樣的能力，要不然就是沒有。

我們相信你會承認一些天才也寫出過很糟的劇本，因爲他們靠的是自己的本能，本能最多也不過就是一種欠缺計畫的能力。人本來就不應該藉著預感或直覺來處理重要的事情，他應該要靠知識來做確定。

亞契先生對角色的定義如下：

「……從劇作家的實際目標來看，角色可定義爲『心智、情感』和神經系統等有關需要的綜合物。」

這個定義差得很遠，所以我們來看一下《韋氏國際大辭典》，也許亞瑟先生的文字有較深一層的涵義。

綜合物：由兩種或更多部分構成；合成的東西；非單一物質。

心智的：只能藉由心智才能理解；因此具備精神層面的本質；唯有經過被賦予
　　　　靈感的眼光或是心靈的洞察力才能察覺。

情　感：騷動、攪擾，一種喧囂的動作，可以是生理的或是與群體相關的。

　　現在我們知道角色可以是簡單的，也同時可以是非常複雜的。這點並沒有
帶來什麼幫助，的確如此，然而卻讓人耳目一新。

　　知道角色是由「綜合的心智、情感和神經系統的需求」組合而成，並不足
夠。我們必須明確知道什麼叫做「綜合的心智」。我們前面說過，每一個人都
由三個面向組成：生理的、與群體有關的以及心理的。如果我們把這三種面向
再進一步的分解，就會察覺到生理的、與群體相關的和心智的構成要素包含最
小的基因，它們就是一種建築師，也是促使我們做出任何行動的緣由。

　　船隻的建造者知道他有哪些材料可運用，也知道他們可以忍受時間的蹂躪
到什麼程度，可以承擔的重量有多少。他必須要知道這些事情，才能夠避免災
難。

　　劇作家應該知道他手上可用的材料有哪些：他的角色們。他應該知道他們
能承擔多少重量，還有他們可以支持他的建物到何等程度。建物也就是戲劇本
身。

　　對於角色，一般人有各種各樣彼此衝突的說法，所以我們應該在嘗試往前
走之前，來複習一下其中的一部分。

　　約翰・霍華德・羅森（John Howard Lawson）在他的著作《編劇的理論和
技巧》（*The Theory and Technique of Playwriting*）中寫道：

　　「人們很難接受要把一個故事，視為正在『發展』之中的觀念。對於這一
　點的不理解存在於所有有關編劇的教科書中，對所有編劇來說這是一個絆腳
　石。」

　　是的，這是一個絆腳石，因為他們建造房子是從屋頂開始往下蓋，而不是
從前提開始展現角色與他環境之間的關係。羅森在他的引言中說：

「一個劇本不是由一群彼此獨立的元素構成：對話、角色刻劃等。它是一個有生命的東西，所有這些元素都在其中融合爲一體。」

這是正確的，但是下一頁他就這樣寫道：

「我們可以研究形式，也就是你的劇本的外在層面，但是靈魂——它的內在層面不是我們可以掌握的。」

所謂的內在層面——看似無法預測的靈魂——恰恰好就是角色本身。如果我們不能夠瞭解這個基本原則，那麼就眞的永遠無法掌握到它。

羅森的基本錯誤是頭下腳上錯誤的運用辯證法。他接受亞里斯多德的基本錯誤看法：「角色爲輔助行動而存在」，因爲如此，他的理論不清不楚。因爲他的本末倒置，他堅持的「社會架構」更顯得沒有意義。

我們認爲角色不論在任何地方，都代表一個最有趣的現象。每一個角色有他自己的世界，你愈多瞭解這個人，你就愈對他感興趣。現在我們想到喬治・凱利（George Kelly）的「炫耀」（The Show-off，暫譯），還有「克雷格的太太」（Craig's Wife，暫譯）這兩個劇本。他們絕對稱不上是架構嚴謹的劇本，但是作者很認眞嘗試塑造角色。凱利從克雷格太太的眼睛中，呈現給我們一個無趣單調然而卻眞實的世界。

蕭伯納說他不受原則影響，而是憑藉靈感來塑造。一個人不論是否被靈感所激勵，只要他懂得用角色來塑造作品，就代表他走對了方向並且採用了對的原則，自覺的或非自覺的都可。最重要的不是劇作家說什麼，而是他做了什麼。所有偉大的文學作品都是從角色發展而成，就算作者最起初是從計畫行動開始。只要角色一被創造出來他們就有優先權，之後作者要重新塑造行動來配合這些角色。

假設我們在蓋房子時從錯誤的一端開始，然後它倒塌了。我們又重新從屋頂開始蓋，它再次倒塌。接著第三次、第四次都一樣。最後我們終於讓房子站起來，但是卻渾然不知是什麼新的方法才帶來這樣成功的結果。現在我們可以毫不汗顏的給別人蓋房子的建議嗎？我們可以誠實的說：房子蓋好前，一定要

倒塌四次才行嗎？

　　偉大的戲劇是那些有無比耐心又認真工作的人，留給我們的作品。也許他們開始寫劇本的時候是從錯誤的一端開始，但是他們認真地一吋一吋修正，一直到他們把角色當作劇本的基礎為止，雖然他們也許並非客觀地明瞭角色是唯一能當作劇本基礎的元素。

　　羅森說道：

　　「當然構思各種情況是很困難的，要視作者的『靈感』力量而定。」

　　如果我們瞭解角色並非僅由他的環境來體現，他的遺傳因子、喜好與厭惡的事物，甚至他出生地的氣候都包含在內，那麼構思各種情況就不困難。「情況就隱藏在角色裡面」。

　　喬治・貝克（George P. Baker）引述小仲馬（Dumas the Younger）道：

　　「劇作家創造每一個情況之前，應該問自己三個問題：『我』該做什麼？『其他人』該做什麼？什麼事『應該』做？」

　　在每個情況中問每個人該做什麼，就是不問那位創造情況的角色，不是很奇怪嗎？為何不直接問他？他應該比任何人都更知道答案。

　　約翰・葛斯渥（John Galsworthy）似乎已經掌握此一單純的真理，因為他主張角色創造情節，而非情節創造角色。不論萊辛（Lessing）對這點有什麼看法，他是以角色作為劇本的基礎。班・強森（Ben Jonson）也一樣，事實上，為要更加凸顯角色，他犧牲掉許多戲劇習慣延用的方法。契科夫（Chekhov）沒有可說的故事，也沒有可談論的情況，然而他的戲劇一直頗受歡迎，未來也不會改變，因為他允許角色在他們生存的年代中自我表現。

　　恩格斯（Engels）在他的著作《反杜林論》（Anti-Dühring）中如此說：

　　「每個有機體在每一個時刻既相同又不同，在每一個時刻它既吸收外界的物質又排出其他物質，在每一個時刻它體內的細胞死去時，新的又生成。事實

上，在一段較長的或較短的時間內，它的身體物質完全被移除，被其他物質的原子代替。因爲如此，每個有機體在任何時刻都是自己，也都不是自己。

所以，角色在內在和外在的刺激之下具備完全翻轉自己的能力。他跟所有的有機體一樣，永遠不斷在改變。」

假如這是真的，我們也知道這的確是真的，那麼人怎麼能夠創作一個靜止的情況或是故事，並且勉強它進到角色的身上呢？

畢竟角色不停地在改變。我們從下面這個前提開始探索：「角色是行動的附屬品」。這個前提絕對會讓教科書作者感到迷惘。貝克（Baker）引述沙督（Sardou）的話，而沙督在下面回應劇本如何向他呈現自我的問題。

「這個題目是個不變的常數，看起來像是一個等式。我們必須找到那個未知數。它讓我不得安寧，一直到我找到答案才停止。」

也許沙督和貝克已經找到了答案，但是他們沒有告訴年輕的劇作家答案是什麼。

角色和環境息息相關，所以我們須視之爲一體。他們對彼此產生作用。如果一個有錯，另外一個就受到影響，就好像身體的一部分有疾病，整個身體都跟著受苦一樣。

亞里斯多德在他的著作《詩學》（The Poetics）中這樣說：「情節是我們首先要考慮的，它就好像是悲劇的靈魂一樣。角色則占第二位，角色是行動的輔助者。因此，事件和情節是悲劇的目標……，沒有行動就沒有悲劇，也可能就沒有角色。戲劇吸引我們去觀賞主要並非它描繪人性，最重要的是其中的各種情況，再來才是裡面的角色。」

我們翻閱過無數冊典籍，想要尋找出角色或情節究竟哪個較重要，結論是百分之九十九的相關著作都含糊不清，其實根本看不懂。

來看一下亞契在《編劇的技巧手冊》（Playmaking）一書，第二十二頁的說法：

「劇本可以沒有任何可稱為角色的東西仍然存在，但是若欠缺任何行動就不行。」

但是在第24頁：

「行動應該是因角色的緣故而存在，當它們的關係反過來時，戲劇可能是個聰明的玩具，但卻不會是一件重要的藝術作品。」

找到真正的答案非關學術。此一答案會對未來的編劇方向產生深刻的影響，因為它「不是」亞里斯多德主張的答案。

現在我們用一個最老舊的情節，來證明我們的論點。它是個通俗的、被用爛的三角戀兼滑稽劇。

一個丈夫要出差兩天，出門後忘記東西返回家門，卻撞見自己的老婆躺在另一個男人的臂彎裡。假設這男人158公分高，妻子的愛人卻是個巨人。情況將如何端視丈夫的反應而定，他要怎麼做？假使作者不予以介入，他會按照自己的個性做出反應，也就是隨著他的生理、心理和與群體關係的構成因素而反應。

假使他是個懦夫，他可能會道歉，為自己的打擾請求原諒，然後儘快逃走，心中暗自感激妻子的愛人放他一馬。

但是可能丈夫的矮小使得他像個男人，迫使他做出激烈的反應。在憤怒中他衝向對方，沒想到自己可能會輸。

也許他懂得諷刺，開口嘲弄他們；也許他很鎮定，開始大笑；也許有其他各種可能，因角色而不同。

懦夫可能創作出一場鬧劇，勇士可能製造出一個悲劇。

讓思慮甚多的丹麥人哈姆雷特與茱麗葉墜入愛河。什麼事會隨之發生？他可能花過長的時間思考，一邊用美麗的獨白吟詠靈魂的不朽和愛情的不死；它們就像鳳凰一樣每年春天重生。他可能問過朋友和父親的意見，是否要與凱普萊特家族談和。談判正進行時，對哈姆雷特愛慕自己毫不知情的茱麗葉已經平安遠嫁巴黎。如此一來，哈姆雷特可能思慮更多，開始詛咒命運。

羅密歐不顧一切，一頭撞進麻煩中；哈姆雷特仔細研究他問題的由來。哈姆雷特猶疑不決時，羅密歐直接採取行動。

　　很顯然地，他們的衝突是從自身的個性發展出來，並非衝突造就他們的個性。

　　假使你強迫一個角色進入一個不適合的情況，就會像古希臘強盜普洛克路斯（Procrustes）一樣，把床腳砍斷好讓床的尺寸適合自己。

　　情節和角色哪個較重要？用一個愛好玩樂、生存唯一目的是享受特權的王子來取代敏感又思慮重重的哈姆雷特，他會報殺父之仇嗎？幾乎不可能，他反而會把悲劇變成喜劇。

　　用一個懂得財務管理的成熟女人，來取代單純不懂金錢、因先生的緣故假造借據簽名的諾拉。成熟的女人因為誠實，不會願意因為愛先生而走錯路。這位新的諾拉不會假造簽名，而罕姆就會在那時和那個地方死去。

　　太陽和自然界的其他現象帶來雨水。如果角色的重要性只占第二位，那麼我們就沒有理由使用月亮而不使用太陽。這樣做情節的發展會相同嗎？絕對「不會」！

　　但是有一件事會發生。使用月亮，我們會親眼目睹地球的逐漸死去，不再有太陽創造出的喧囂和混亂的生命。我們只替換了一個角色，但是這點當然改變了前提，並且使劇本的結果產生很大的變化。太陽帶來生命，月亮引進死亡。

　　我們的推理不可能有錯：角色創造情節，而非情節創造角色。

　　亞里斯多德對角色的主張不難理解。當索福克里斯（Sophocles）創作「伊底帕斯王」（Oedipus Rex）時，當埃斯庫羅斯（Aeschylus）創作「阿迦門農」（Agamemnon）時，當歐里庇得斯（Euripides）創作「米蒂亞」（Medea）時，作者打算讓命運成為劇中的主角。諸神一說話，人類就因為他們所說的存活或死亡。「事件的架構」由諸神來決定，角色僅只是按照諸神安排而行事的人類。但是儘管觀眾相信這個論點，亞里斯多德也用它當作自己理論的基礎，「在戲劇本身它卻不是如此」。在一切重要的希臘戲劇中，都是角色創造行動。劇作家把「命運」改換為我們今天所認知的「前提」，結果卻相同。

假使伊底帕斯是任何其他的類型，悲劇不會降臨在他身上。若不是他脾氣暴躁，就不至於在路途中殺害陌生人。要不是他性情頑固，就不會一定要找到殺害萊奧斯的凶手。他的堅持很少見，也因為他誠實，所以持續地要找出最小的細節，就算元凶直指向他也不例外。要不是他生性誠實，就不會用弄瞎自己的眼睛來自我懲罰。

合 唱 團：喔！做出這恐怖行為的人，你怎麼能夠毀掉自己的眼睛？是哪個
　　　　　魔鬼唆使你這樣做？
伊底帕斯：朋友們，是阿波羅神將這些惡運加諸在我身上。
　　　　　〈但是刺瞎我眼睛的右手是我自己的。〉

　　既然諸神已經註定不論如何他都要接受懲罰，伊底帕斯為何還要弄瞎自己呢？他們一定會兌現自己的諾言。但是我們知道由於他不尋常的個性，他決定懲處自己。

　　「視力既然不再帶給我喜樂，我還需要看些什麼呢？」

　　一個混蛋不會有這種想法。他可能會被放逐並且預言成真，但是這樣一來，「伊底帕斯王」的恢宏就被破壞殆盡。
　　亞里斯多德在他的時代錯了，現代學者們接受他對角色的看法也錯了。在亞里斯多德的時代角色是重要的因素，沒有它任何好劇本不論在當時或未來皆無法存在。
　　因為米蒂亞的老謀深算，她的哥哥被殺。為了丈夫傑森的緣故，她犧牲掉哥哥的生命。但是之後傑森卻休掉她，改娶克里翁國王的女兒。她可怕的此舉帶給自己因果報應。什麼樣的男人會娶一個這樣的女人？正是像傑森這樣殘忍無情的背叛者。傑森和米蒂亞擁有任何劇作家都可能羨慕的特質。他們獨立自主，不需要任何宙斯的幫忙。他們被刻劃的很好，三種面向都具備。他們持續成長，正是偉大作品該具備的一項基本原則。
　　留傳至今的希臘戲劇有一項值得驕傲的特質：它出色的角色們與亞里斯多

德所主張的不同。假使角色只是行動的附屬品，阿迦門農不會無法避免地死在克萊坦涅斯卓（Clytemnestra）的手下。

在「伊底帕斯王」的行動開始之前，臺伯斯的國王萊奧斯知道「一個預言的存在，其內容是皇后約卡斯答為他所生的兒子長大之後，會殺害他的父親並娶他的母親為妻。」所以，他的兒子誕生時，嬰兒的腳被鉚釘固定在一起，然後丟棄到西薩崙山任其自生自滅。但是一個牧羊人找到他，照顧他，又把他送給另一位牧羊人。後者把嬰兒帶到主人柯林斯王那裡。伊底帕斯聽說此預言之後便逃跑，意圖阻止阿波羅的神論成真。在漫遊四方時，他在不知情的狀況下殺害自己的父親萊奧斯，並且進入臺伯斯王國。

但是伊底帕斯從何得知這個預言？在一個宴會中，某個醉漢告訴他：「你不是你父親親生的」。心情混亂的他，決定要探索詳情。

他們還沒有離開，我就偷偷前往戴爾菲，但是阿波羅叫我回來，卻不告訴我我前來尋找的答案。

為什麼阿波羅不願透露伊底帕斯要知道的答案？

「但是他預言其他許多痛苦的事將要發生，
哀嘆、悲哭、哀悼、惡運。
我會親眼目睹自己汙穢我母親的床，
並且生出可悲到無法凝視的孩子。」

看來阿波羅故意隱瞞伊底帕斯父親的真實身分。為什麼？「『命運』，亦即前提，將此一角色逼迫到無可避免的結局。」同時，索福克里斯也需要一股驅動力。但是讓我們主張阿波羅希望伊底帕斯逃跑，到最後完成他的預言。我們不問為何兩個無辜生命會有如此悲慘的命運，反而要回到劇本的起點來觀察伊底帕斯的角色成長過程。

長大的戰士伊底帕斯高貴又公正，在旅途中隱姓埋名，為的是要逃離他的命運。當他接近謀殺案發生的三叉路口時，心情並不好。他說道：

「我遇到一位前行的隨從與一位坐在小馬拉的車內的男人，

就像故事中描述的一樣，

前行的人與後面的老人威脅要把我撞離小路。」

可見他們粗暴地對待他並且還動手，到這時：

「我動手打這隨從，老人看到後，等我越過他的車時，

從車上拿出一根雙頭刺棒往我頭上砸。」

伊底帕斯這時才真正動手。

「⋯⋯用我的好棍棒，只一記就足夠把他從馬車座椅上砸下，

趴著動彈不得。」

這個事件說明對萊奧斯和他隨從們的攻擊並非蓄意，他們粗暴無禮。伊底帕斯心情很差，加上脾氣暴躁，所以根據本能行動。在這裡阿波羅當然屈居配角。當然你可以再次說伊底帕斯正在實踐「命運」的願望，事實上他只是要證明「前提」而已。

一進入臺伯斯，伊底帕斯就解出獅身人面怪獸出的幾千人都回答不出來的謎語。怪獸問進出城的人：早晨用四條腿走路、中午兩條腿、晚上三條腿的東西是什麼？伊底帕斯回答道：人，由此證明他聰明絕頂。怪獸羞愧地離去之後，終於得以脫離枷鎖而歡欣鼓舞的臺伯斯人公推他為國王。

我們因此知道伊底帕斯勇敢、衝動、聰明，之後索福克里斯又用其他方法告訴我們臺伯斯人在他的統治下繁榮興盛。任何在伊底帕斯身上發生的事，都源於他的個性。

忘掉古老信仰中諸神所扮演角色的「立論」，用新的眼光再讀一次這個劇本，你就會發現我們的主張非常值得相信。角色創造情節。

莫里哀將奧爾貢成功塑造為塔爾圖夫謊言受害者的那一刻，情節便自動展開。奧爾貢代表宗教狂熱分子。一個獨斷的人一旦轉向宗教，便不再贊同從前

他所相信的一切。這一點必須先被證明。

莫里哀需要一個無法忍受任何世俗價值的人。在悔改轉向信仰之後，奧爾貢變成這樣的人。現在的情況顯示這樣的人，應該要有一群喜歡享受人生單純樂趣的家人。我們的角色奧爾貢必須將這些世俗的活動視為罪惡。這樣的人會走到一個極端，要改變在他影響力之下的人的生活方式。他會試圖去改變他們，而他們會憎惡他如此做。

這種決心迫使衝突發生，而且因為作者有一個清晰明確的前提，故事就從這個角色開始發展。

作者一旦找到一個清晰明確的前提，要找到那一個角色能夠扛起前提的擔子，就像是孩子的遊戲一般。我們若是接受「偉大的愛情比死更堅強」這個前提，自然會想起一對能抵抗傳統、父母反對，甚至死亡的戀人。什麼樣的人有能力做到這一切？當然不是哈姆雷特或是一位數學教授。他必須年輕、驕傲又衝動，他就是羅密歐。羅密歐適合演出被分配到的角色，就像奧爾貢在「偽君子」中的角色一樣。他們的角色造成衝突。沒有角色的情節只能算是隨便湊合的裝置，像穆罕默德的棺材般懸掛在天和地之間，不上不下。

如果我們宣稱，經過冗長又辛苦的研究之後，我們發現蜂蜜對人類有所助益，但是蜜蜂的重要性僅為次要，因此蜜蜂是牠的產品的輔助者，讀者會如何反應？如果我們說香味比花朵重要，鳥鳴的樂音比鳥本身重要，你會怎麼想？

在此處我們想要略加更動這一章開頭時，所引述艾默森的話。為了達到我們的目的，它應該更動如下：

「角色是什麼？一個價值還未被發現的要素。」

7. 為自己刻劃情節的角色

「淺薄的人相信運氣。」艾默森（Ralph Waldo Emerson）說。易卜生戲劇的成功與運氣無關。他認真研究、計畫、努力工作。我們來試試走入他的工

作室，親眼目睹他如何工作。根據前提和角色的原則，在「玩偶之家」的諾拉和罕姆開始自己架構情節時，我們試著來分析他們。

毫無疑問地，易卜生對於當時女性之不平等待遇深有所感。（劇本撰寫於1879年。）在當時他是一位先驅者，想要證明「婚姻中的不平等帶來不快樂」。

一開始，易卜生知道他需要兩個角色來證明他的前提：丈夫和妻子。隨便挑選一對夫妻無法達到他的目標。他必須找到一位能夠代表當時丈夫自私心態縮影的角色，還要一位象徵當時所有被壓制妻子的角色。換言之，他在尋找一位自我中心的男人和一位自我犧牲的女人。

他選擇了罕姆和諾拉，這時他們僅只是戴著「自私」和「不自私」的標籤。很自然地，下一步就是全面塑造他們的個性。作者當時在塑造角色時必須非常小心，因為之後衝突發生時，他們要自行決定什麼該做，什麼不該做。既然易卜生有一個他急著要證明的前提，他的角色們必須能夠不靠作者的幫助就能獨立行事。

罕姆在銀行升到經理。他一定是個勤奮又本著良心做事的人，才能在如此重要的機構爬升到最高階層。他全身散發出一股責任感，在遵守原則上他自認比任何人都優秀，毫無情面可言。難怪他會要求屬下要準時，要奉獻自我。對於自己的職分他懷抱過度的驕傲，知道自己的地位很高，所以極其小心地維護它。他的最高目標是受人尊崇，為了要達到這個目標，他隨時可以犧牲其他一切，連愛情也不例外。簡而言之，罕姆是個部屬憎惡但是上司喜愛的人。只有在家裡他才是一般人，然而卻懷抱著報復心理。他對家人的愛沒有窮盡，通常受人憎惡和害怕的人都是如此，因此他比一般人需要更多的愛。

他大約38歲，普通高度，意志力堅定。就連在家裡，他說話的方式都是沉重嚴肅，語帶訓勉。他來自中產階級，生性誠實，並不太富有。他很愛自己的銀行，常常思考銀行的營運，似乎顯示他身為年輕人懷抱的雄心壯志就應該是在這樣的組織中擁有這樣的職位。他對自己的表現極端滿意，對未來更上層樓也不抱懷疑。

他沒有壞習慣，不抽菸、不喝酒，只有在特殊場合才喝上一兩杯。因此，我們認為他是一個自我中心又擁有高道德標準的人，同時他也要求別人要像他

一樣遵守這些標準。

所有這一切都可在劇中看到。儘管這些只是粗略的角色研究，但卻表示易卜生一定很瞭解罕姆。他一定也知道，這個女人必須要反對這個男人所代表的一切理想。

因此，他塑造了諾拉。她像個小孩：花錢不手軟、不負責任、愛撒謊，跟孩子一樣。她像隻小雲雀，喜歡跳舞、唱歌，無憂無慮但是全心全意愛先生和孩子。她的本性讓她深愛丈夫，甚至願意爲他做一件從前她連作夢都不會想到爲其他任何人做的事。

諾拉的頭腦不錯，也善思考，但是對於自己所身處的社會卻知之甚少。因爲她深愛並且仰慕罕姆，所以自甘做個娃娃妻子，結果是她雖聰明，心智發展卻不足。她是個被寵壞的女兒，嫁給先生後繼續被寵愛。

她大約是28或30歲，迷人又美麗。她的背景不像罕姆一樣潔白無暇，因爲她的父親也是位隨遇而安的人。他有些怪異的想法，有人說他的家族中有些見不得人的祕密。諾拉的內心深處，想要看到每個人跟她一樣快樂。

現在這裡有兩位會產生衝突的角色。如何產生？我們看不到任何一絲三角戀情發生的可能性。什麼樣的衝突，有可能會發生在如此相愛的夫妻之間？如果我們有任何的懷疑，就要回到角色研究和前提去尋覓線索。尋覓之後，我們的確找到一個。既然諾拉代表不自私和眞愛，她會願意爲家庭，尤其是丈夫，做一件他無法諒解的事。但是這會是哪一種行爲呢？說到這裡，我們要再次回到角色研究來找答案。罕姆代表「備受尊崇」，非常好。諾拉的行爲應該要貶低，或是威脅到他現有的地位。但是既然她不自私，這個行爲必須是爲「他」而做的。而他的反應必須告訴觀眾：和受尊敬相較之下，他的愛顯得非常空洞淺薄。

什麼樣的行爲會讓這個男人失控到一旦自己的地位被威脅，寧可放棄其他的一切也要保存地位？只有一種行爲可以做到這點：那就是「從他自身經驗」的觀點來看，是一件最可鄙又最丟臉的行爲，一件牽扯到金錢的行爲。

偷竊嗎？有可能，但是諾拉不是小偷，也缺乏接觸大量金錢的途徑。但她所做的事必須要跟保存金錢有關。她必須需款孔急，而且金額必須比她能掌握到的要來得大，但是也要小到可以不用大費周章就能夠到手。

往下走之前，我們必須知道她要拿到這筆錢的動機在某種層面來說，無法得到她丈夫的贊同。其實這種說法很含蓄。也許他負債？絕對不可能，罕姆絕對不會借無法償還的債務。也許她需要買某個家庭用品？不會，罕姆不會對這種事過於在意。生病？太棒了！罕姆自己生病了，而諾拉需要一筆錢來照顧他。

　　諾拉的推論挺容易理解。她不懂金錢。因罕姆的緣故她需要一筆錢，但是「罕姆寧可死也不願意借錢」。她不能找朋友幫忙，害怕罕姆發現她的行為會覺得羞恥。我們也知道她不能去偷。現在唯一的辦法是去錢莊。但是她也知道身為女人，她一個人簽字不夠。她不能去找朋友為她背書，因為對方一定會問她一些她想避免的問題。找陌生人幫忙？她不可能隨便找個男人來幫忙而不牽扯到道德問題。她非常愛丈夫，不會背著他做這樣的事。只有一個人會願意為她做這件事──她的父親。但是他病得很重，命在旦夕。如果他很健康，就會幫她籌錢，但是這樣一來劇本就走不下去了。角色們必須經由衝突來證明前提的可信，因此諾拉的父親必須死去。

　　父親的離去，讓諾拉很難過。突然之間她有個念頭：她可以假冒父親的簽名。一旦找到這個方法，她就開心起來。這個完美的辦法讓她興奮不已。她不但找到拿到錢的辦法，罕姆也無從得知錢從哪裡來。她會告訴丈夫是父親遺留給她這筆錢，他就沒辦法拒絕接受，會願意拿來用。

　　她按照這個方法拿到錢，極端的快樂。

　　整個計畫中有一個關鍵點。錢莊老闆認識這個家庭，他在罕姆的銀行工作。從頭到尾他都知道簽名是仿冒的，但是這件事比最棒的抵押品都值錢。假使諾拉無法按期償還，罕姆就要用上1000倍來賠償。罕姆之所以是罕姆，就是因為如此。想到別人可能不再尊敬他，他可能會失去現在的職位，他什麼都會答應。放款者很心安。

　　仔細研讀諾拉和罕姆的角色刻劃，你會發現他們的個性讓故事言之成理。

問題　什麼原因逼得諾拉做出如此的行徑？她為何不能思考過各種可能性之後，去合法地借貸？

回答　前提迫使她只有一條路可走，也就是證明前提可信的那一條路。你會

說並且我們也會同意：人有選擇一百種各式各樣的方法，來達到目的的權利。然而若是有一個清楚明確的前提等待你去證明，事情就「不是」如此。經由詳細的檢驗和消除法，你必須找到那條「唯一」能引導你到達目的地的道路，來證明你的前提可信。易卜生選擇一種方法，也就是刻劃出能夠根據本性行事來證明前提可信的角色。

問題 我不懂爲什麼塑造衝突只能有一種方法，我不相信除了假造她父親的簽名之外，沒有別的方法。

回答 你希望她採用什麼別的方法？

問題 我不知道，但是一定有別的方法。

回答 如果你拒絕思考，那麼這場爭辯已經結束。

問題 好吧！爲什麼偷竊不能取代假冒簽名呢？

回答 前面我們已經指出她不知道去哪裡偷，現在假設她知道。她要從哪個人身上偷呢？當然不是罕姆，因爲他沒有足夠的錢。親戚們？好，但是等他們發現她偷錢之後會不會舉發她呢？一旦這樣做就會有辱門風，所以有可能他們會保持沉默。她有可能會從鄰居和陌生人那裡偷嗎？這不像她會做的事。但是假設她眞的這樣做，也只會讓事情變得更複雜。

問題 你不是想要衝突嗎？

回答 只有在衝突能證明前提時，才是如此。

問題 偷錢無法做到這點嗎？

回答 不能。假造簽名只會危及到她的先生和她自己，但是偷錢會傷害無辜的人，原本跟故事無關的人。除此之外，一旦偷錢，前提便隨之改變。害怕被發現和無可避免的羞辱，將會蓋過原本的前提。前提變成譴責偷竊，不再是尋求女性的平等地位。

但是你問，假使諾拉去偷卻不被發現呢？此舉可證明她是個不錯的小偷，不是一個應該得到同等待遇的女性。如果她偷錢被逮到呢？罕姆會像英雄般努力營救她出監牢，然後拋棄她。他的受人尊敬會迫使

他如此做，才能爲你剛才提出的新前提做反面證明。不，我的朋友。「你的前提在這一邊，完美的角色研究卻站在另一邊。你必須沿著兩旁有這些限制路標的直路往前走，不要走到岔路上去。」

問題 看起來你似乎離不開前提。

回答 似乎是如此。「前提就像暴君，只准你走那條擁有毫無爭議之證明的道路。」

問題 諾拉爲何不能去賣淫？

回答 賣淫能證明她肩上扛著家庭的重擔和責任嗎？她與男性平等嗎？玩偶之家不應該再存在嗎？可能嗎？

問題 我怎麼會知道？

回答 如果你不知道，這場辯論就此結束。

8. 關鍵角色

關鍵角色就是「主角」。根據《韋氏大辭典》的解釋，主角是「一個在任何運動或理想中帶頭的人。」

任何與主角作對的人，就是他的對手或是「反面人物」。

沒有關鍵角色就沒有戲劇。關鍵角色製造衝突，使劇情往前邁進。關鍵角色知道他要些什麼。若缺少了他，故事就原地踏步；事實上，根本沒有故事可言。

在「奧塞羅」中，關鍵角色艾爾格（Iago）是個行動派。因爲被奧塞羅瞧不起，他用散播不滿和嫉妒作爲復仇的手段。衝突從他開始。

在「玩偶之家」中，克羅史坦（Krogstad）堅持要恢復他家族的名譽，幾乎逼得諾拉去自殺。他是關鍵角色。

在「僞君子」中，奧爾貢堅持要全家人接納塔爾圖夫，衝突因此展開。

關鍵角色不能只是想要某件東西。他必須強烈地想要把它拿到手，因此在努力達到目標的過程中，會毀掉他人或是自我毀滅。

你可能會說：「假設奧塞羅把艾爾格強烈想要的職位，給了他呢？」

如此一來，這齣戲劇就不存在。

要成為一個好的關鍵角色，他必須要對某樣東西有強烈的企圖心，例如：復仇、榮譽、野心等。

　　一個好的關鍵角色，「必須有一樣可能會失去的東西」。

　　不是每個人都可成為關鍵角色。

　　一個恐懼感比欲望強烈，或是一個沒有燃燒般熱情的人，或是一個有耐心卻不懂得反對的人，都不可能做一個關鍵角色。

　　附帶一提，耐心有兩種：正面的和反面的。

　　哈姆雷特沒有耐心去忍受（反面），但是有耐心去堅持到底（正面）。「菸草路」中，吉特・萊斯特擁有的耐心會讓你對人類的忍受力驚嘆。殉道者面對酷刑折磨的忍耐是一種強烈的力量，我們可以在劇本或是任何一種作品類型中加以運用。

　　有一種正面的忍耐是殘酷無情的，它可以對抗死亡。然而，另外有一種反面的忍耐，面對艱難時，它缺乏彈性和內在的力量。

　　關鍵角色一定是積極的、不屈服的，甚至是殘酷無情的。

　　雖然從表面來看，吉特・萊斯特像是個「反面的」角色，但他仍然與「積極的」艾爾格一樣讓人興奮。兩者都是關鍵角色。

　　這裡我們要闡明一下，所謂的「反面」和「正面」（積極的）關鍵角色。

　　大家都清楚什麼是積極的角色，但是我們來解釋一下所謂的「反面」角色：能夠為真實或想像中的理想而忍受飢餓、酷刑、身體和精神的痛苦，如同擁有荷馬史詩中的偉大力量。這種反面力量其實是積極的，因為它能激發反面的行動。哈姆雷特的窺探，吉特・萊斯特發狂般堅持留在自家土地上，直到餓死，兩者都是一定會激發反面力量的行動。

　　兩種力量都適合作為任何型態的寫作題材。

　　再度重申，關鍵角色一定是積極的、不屈服的、甚至殘酷無情的，不論他是「反面」或「正面」人物。

　　關鍵角色是一種驅策力，並非因為他決定要成為如此。他之所以變成今天的自己，純粹是因為某種內在或外在的必要迫使他做出行動。他可能會喪失某件重要的東西：榮譽、健康、金錢、保護、報復或是一種強烈的熱情。

　　「伊底帕斯王」中的伊底帕斯，堅持要找到謀殺國王的人。他是關鍵角

色。他的積極來自於阿波羅神的威脅：如果不找到殺人犯就要用瘟疫來懲罰他的國家。爲了人民的福祉，他必須成爲一個關鍵角色。

「埋葬死者」中的六名士兵拒絕被埋葬，不僅是因爲當時大多數工作階層所受的強烈不公平待遇，而是要爲全人類發聲。

「玩偶之家」的克羅史坦殘酷無情，因爲他想爲自己的孩子們恢復家族的名譽。

哈姆雷特不是爲自己才認眞找出殺父仇人，而且因爲他要讓有罪之人受審判。

所以我們看到，一個關鍵角色絕對不是因爲「他想要」而變成關鍵角色，實在是被他內在和外在的情境所逼。

關鍵角色的成長不能像其他角色那樣大幅度。舉例說明，「另外的」角色可能從「恨」轉爲「愛」或是從「愛」轉爲「恨」。然而關鍵角色並非如此，因爲「在劇本一開始，關鍵角色已經心中充滿懷疑或是已計畫要殺人」，從懷疑到發現伴侶不忠的路程要比從全然信任到發現伴侶不忠的路程短上許多。因此，假使一個一般角色從愛到恨要走十步，那麼關鍵角色就只需要最後的四步、三步、兩步，或甚至一步。

哈姆雷特從一件他確認的事情開始（他父親的鬼魂告訴他自己死於謀殺），以謀殺他人結束。「哀悼」中的拉芬妮雅從仇恨開始，策劃復仇，最後以寂寞孤獨終了。

馬克白從覬覦國王的寶座開始，以謀殺和死亡告終。

從盲目服從到公開反叛的轉變，遠比壓迫者的「怒氣」變成「報復」一個背叛者來得大許多，然而兩者都經歷轉變。

羅密歐和茱麗葉經歷過仇恨、希望、絕望和死亡，而他們身爲關鍵角色的父母只經歷仇恨和懊悔。

我們說貧窮鼓勵犯罪時並非只是在攻擊一種抽象的概念，而是在撻伐讓貧窮成爲可能的社會勢力。這些勢力殘酷無情，它們用「一個人」作爲代表。在戲劇中，我們經由撻伐這個人來撻伐背後塑造他的社會勢力。這位代表人物「不能」寬容，因爲他背後的勢力在挺他。而且如果他眞的軟弱下來，你就會知道挑錯了角色，需要找另外一位代表來忠實地爲背後的勢力效力。

關鍵角色的情感強度能夠與他的對手相抗衡，但是相較之下，他的發展空間比較小。

問題 關於成長，我還是有些問題。前幾天我去看了「錦繡山河」（Juarez），電影中的每一個角色都經歷轉變：馬西米連從猶疑不決變為有決心，卡娜塔從愛變為瘋狂，迪亞茲從相信理想轉為動搖。只有喬亞瑞沒有成長，但是他的堅持到底和不動搖的信心讓他成為一個標竿人物。哪裡出了問題，他為什麼沒有成長？

回答 事實上他一直在成長，只是不像其他人那麼明顯。他是關鍵人物，他的力量、決心和領導能力是衝突發生的原因。我們會再回到這點，瞭解一下為何他的中心位置使他的成長較不明顯。但是，首先我們要讓你看到他的確有成長。他警告馬西米連，之後將威脅付諸實行。這是成長。當他發現自己的力量無法與法國人對抗時，「他改變策略」，解散他的軍隊，這是成長。我們看到他的轉變。我們聽到牧羊小男孩敘述他的狗如何團結起來與狼爭鬥時，就瞭解他為什麼改變想法。我們看到喬亞瑞在自己陣營中如何面對敵人和應付謀反。他從一群持槍劊子手中間走過的那一幕告訴觀眾，他身處於真實的衝突之中，也讓我們確認他是個非常勇敢的人。

他對馬西米連的毫不寬容，可以證明他如何愛自己的跟隨者。隨著他的個性持續向觀眾展現，我們就瞭解他的動機是誠實和無私的。

當他對馬西米連的棺材喃喃說道「原諒我」時，我們看到一個不易察覺的轉變。最終他的愛顯現出來，我們知道他的殘酷並非針對馬西米連，而是針對帝國主義。

問題 這樣說來，他的成長是從「反抗」到「更強烈的反抗」，而非從「仇恨」到「饒恕」。我瞭解了。為什麼喬亞瑞的改變，不需要像馬西米連一樣大呢？

回答 喬亞瑞是關鍵人物。請記住，關鍵人物的成長比其他角色要小的多。原因很簡單，他「在故事開始之前」就已經做出決定。喬亞瑞的力量就是那些願意為自由奮鬥至死的群體的力量。

他不孤單。他抗爭並非因為他想要抗爭。生存的必要強迫一個愛好自由的人試圖毀滅他的壓迫者，寧死也不願向奴役低頭。

倘若一個關鍵角色除了突發奇想的動機之外，並沒有內在或外在的必要去抗爭，那麼在任何一刻他都有可能不再是驅動力，因此也使得前提和戲劇本身失去效力。

問題 那些想要寫作、表演、唱歌和繪畫的人又如何呢？你會把這種想自我表達的內在衝動視為突發奇想嗎？

回答 百分之九十九的人，都可能是突發奇想。

問題 為什麼是百分之九十九？

回答 因為百分之九十九的人，通常在有機會做出一點成就之前就放棄了。他們缺乏毅力、耐力和生理或心理的力量。內心那種想要創造的衝動不夠強烈。

問題 像冷、熱、火、水這樣的元素，可能成為關鍵角色嗎？

回答 不行。當原始人類在黑暗中摸索前行時，這些元素是地表最嚴酷的統治者。那時它們是永恆不變的現狀，幾十億年來無人去質疑、挑戰它們的存在。原生動物、細菌和阿米巴原蟲對於對抗現存的秩序毫無貢獻，人類卻做出貢獻，他們開啟了衝突。在生存的戲碼中，人類居關鍵角色。人類不但掌控了這些元素，而且藉著最近發現的盤尼西林和磺胺類藥物，人類已經幾乎能征服多樣的疾病。

人類和這些元素之間的積極抗爭並非源於突發奇想，而是因為迫切的需要，由高度的智慧來實現。需要和智慧迫使人類分解原子，製造出存在中最讓人懼怕也最強大的毀滅力量——原子彈。然而如果他必須生存，這種「懼怕」會迫使他再度使用原子彈，為的是提升而非毀滅人類。這種作法的動機並不高貴，但是若有純粹的「必要性」存在，他就不得不再度出手。

再度重申：關鍵角色純粹是因為必要而被迫成為關鍵角色，並非因為他想要如此。

9. 反面角色

任何反對關鍵角色的人，自然變成對手或「反面角色」。反面角色的主要作用是勒住那殘酷無情、往前猛衝的關鍵角色。在那位殘酷無情的角色用上他全部的力氣、所有的狡詐並且絞盡腦汁之際，他就是那股反對的力量。

倘若反面角色因為任何原因無法好好打一場持久戰，你最好另請高明。

任何戲劇中的反面角色必須要像關鍵角色一樣強大，而且當時機成熟，也必須像他一樣殘酷無情。只有在雙方勢鈞力敵時，這場爭鬥才有意思。「玩偶之家」中的罕姆是克羅史坦的反面角色。主角和反面角色必須對對方深具威脅，雙方都必須同樣殘酷無情。「銀色繩索」中的母親在她的兒子們帶回家的女人中，找到一位可敬的對手。「奧塞羅」中的艾爾格是那位殘酷無情、滿肚子壞水的主角。奧賽羅是他的反面角色。奧塞羅的權威和權力大到艾爾格無法公開他的技倆，然而他依舊鋌而走險，他自己的性命也隨時在危險之中。奧塞羅就是一位值得尊敬的反面角色。「哈姆雷特」也是同樣的狀況。

容我再次重申：反面角色必須像主角一樣強大。兩位人格有衝突的角色，必須對撞。

假使一位野蠻的人霸凌一位小個子，我們會群起反對他，然而這並不代表我們會屏住呼吸，等著看這場大小懸殊爭鬥的結果。我們早已預知結果會如何。

無論是小說、戲劇或任何類型的寫作，事實上所描述的就是一場危機，從一開始到結束之間逐漸發展成熟，往它必要的結局前進。

10. 角色刻劃

準備好為你的劇本選擇角色之前，要小心刻劃它們。假如所有的角色都是同一類型，例如：全都是霸凌者，劇本就會像是一個全都是鼓的管弦樂團，沒有其他的樂器。

在「李爾王」中，蔻妮迪亞溫柔有愛心又忠誠。兩個姐姐葛娜瑞和蕾根冷漠無情，滿腦子陰謀詭計。國王本身輕率固執，動不動就毫無理由地發脾氣。

任何劇本中緩慢上升的衝突要成立，好的角色刻劃一定是其中一項因素。

在一個劇本中選擇兩個說謊者、兩個妓女和兩個小偷有可能做到，但是他們的脾氣、人生哲學和說話方式一定會不同。一個小偷可能會為人著想，另一個殘酷無情。一個可能很懦弱，另一個天不怕、地不怕；一個尊重女人，另一個瞧不起女人。倘若兩人擁有同樣的個性，對人生有同樣的看法，衝突就不會發生，戲劇也就不存在。

在易卜生為「玩偶之家」選擇諾拉和罕姆的時候，無可避免地他必須選擇一對已婚夫妻，因為前提講的是婚姻生活。這種選擇方式很容易理解。

劇作家若是選擇同類型的人，並且試圖在他們之間製造衝突，他的麻煩就會開始。

我們想到馬茲（Maltz）的「黑洞」（Black Pit），喬和艾歐拉非常相似。他們都充滿愛心，願意為人著想。他們有同樣的理想、欲望和恐懼。難怪喬幾乎在沒有衝突的情況下做出致命的決定。

諾拉和罕姆也彼此相愛。但是罕姆「跋扈」時，諾拉很「順服」；罕姆小心謹慎地要把事情做到「準確」，諾拉卻像孩子一樣「撒謊欺騙」；罕姆認真負責做每一件事，諾拉漫不經心。「諾拉正好是罕姆的相反，他們的角色刻劃地極其完美。」

假設罕姆與林德太太結婚。她心智成熟，瞭解罕姆的世界和標準。她和罕姆也許也會爭吵，但是他們絕對不會像罕姆與諾拉那樣製造出極大的衝突，因為後者的個性對比太鮮明。像林德太太這樣的女人幾乎不可能偽造簽名，但是如果她真的如此做，也會瞭解此一行為的嚴重性。

就像林德太太和諾拉的不同，克羅史坦也和罕姆不同。而倫克博士（Dr. Rank）跟他們所有的人都不一樣。這些對比鮮明的角色們像樂器一樣相輔相成，奏出協調又優美的旋律。

角色刻劃必須涵蓋定義清楚、彼此對立不妥協的角色們，經由衝突從一個極端邁向另一個極端。說到「不妥協」時，我們想到哈姆雷特，他執意朝著目標前進，執意要找出謀害他父親的凶手，就像一隻偵查犬跟蹤獵物一般。我們想到罕姆，他對自身職責的自豪使他嚴格遵守原則，不願改變。這點正是劇本的起頭。我們想到「偽君子」中的奧爾貢，因為宗教狂熱把家產奉送給一個惡

棍，並且自願讓自己年輕的妻子暴露於對方的垂涎之下。

　　觀賞戲劇時，嘗試找出各種勢力如何排列。它們有可能是一群一群的，就像人一樣：法西斯主義對抗民主主義，自由對抗奴役，宗教對抗無神論，並非所有與無神論對立的宗教分子都相同。他們個性之間的差異，可以像天堂和地獄那樣有天壤之別。

　　在「八點的晚宴」（Dinner at Eight）一片中，凱蒂和派克刻劃的很好。雖說凱蒂在許多方面與派克非常相似，但他們之間卻有一道鴻溝存在。他們兩人都希望被上流社會接納，但派克希望在政治領域出人頭地；凱蒂厭惡政治和華府。她無所事事；他沒有一秒鐘能放鬆。她躺在床上等愛人來到；他為工作四處奔波。在這兩個角色之間，衝突有無數多的可能性會發生。

　　每個大的改變包含一些小改變。假設在劇本中，一個大改變是從「愛」轉為「恨」，那麼它包含的小改變是什麼？從「包容」到「不包容」是一個，它也可以分解成從「冷漠」到「氣惱」。現在，你為劇本選擇的改變會影響角色的刻劃。為從「愛」到「恨」的改變而刻劃的角色會顯得過於暴力，不適合從「冷漠」到「氣惱」這種較小的改變。契科夫的角色們，很契合他為自己劇本所挑選的改變。

　　舉例來說，凱蒂和派克絕對不適合「櫻桃園」（The Cherry Orchard），而且「櫻桃園」的角色也完全不能適用於「李爾王」。你的角色們應該在你選用的改變範圍內，儘量的對比。好的劇本可以僅僅採用小的改變，但是就算在小範圍內衝突也必須是尖銳的，如同契科夫的戲劇所呈現出的一樣。

　　某人說「今天下雨」時，我們其實並不知道他指的是哪一種雨。雨有好些類型：

　　　　　　　霧雨（像霧一樣）

　　　　　　　小雨（細小的水珠）

　　　　　　　雨（穩定落下）

　　　　　　　傾盆大雨（嘩啦嘩啦）

　　　　　　　暴風雨（雨加上出現變化的氣壓）

同樣地，有人可能會說「某人是壞人」，而我們卻完全不知道「壞」代表什麼。意思是他：

> 無法信任
> 不可靠
> 愛撒謊
> 會偷東西
> 敲詐勒索
> 強姦人
> 殺人

我們必須清清楚楚地知道，每個角色隸屬於那個範疇。身為作者的你要知道每位角色確切的真相，因為你要刻劃他和他的對手。各式不同的變化，需要不同的刻劃內容。刻劃是不可或缺的：「定義清楚的、強大的，並且面對衝突不妥協的角色們，才能與戲劇的變化相呼應。」

假使，舉例來說，戲劇的變化是：

> 從
> 冷漠
> 到
> 厭倦
> 到
> 不耐煩
> 到
> 不愉快
> 到
> 氣惱
> 到
> 憤怒

你的角色們不可能非黑即白，也許他們應該是淺灰對比深灰，「但是他們會經過精心的刻劃」。

如果你的角色們就像「玩偶之家」或「偽君子」或「哈姆雷特」那樣被正確地刻劃出來，他們的對白也必須有同樣的對比。舉例來說，如果一個角色是純潔的處女，另外一個是情場浪子，兩者之間的對話會反映出他們各自的性格。第一個角色沒有經驗，想法幼稚。相反地，大情聖的豐富經驗會反映在他所說的每一件事上。兩者之間任何一次會面，一定會顯現出一個人的閱歷和另一個人的無知。假使你忠於自己的三種面向角色大綱，你的角色們也會在言語和態度上忠於自己，你也不用害怕要如何描繪對比。假使你讓一個英語教授與一位詞不達意的人面對面，你不需費力就能得到一切必要的對比。如果這兩位角色正處於證明前提有效的衝突之中，那麼衝突會因為說話方式的對比而更加刺激有趣。「對比必須是角色的潛在因子」。

衝突因為角色的成長而持續。幼稚的處女可能會變得聰明；在婚姻中，她可能會為大情聖上一課，而後者卻失去自信。教授可能說話變得比較隨意，另一位男士卻變得口才雄辯。請記得蕭伯納的「賣花女」（Pygmalion）中，伊萊莎（Eliza）所經歷的成長。小偷可能改邪歸正，誠實的人也可能淪為慣竊。情場浪子變得忠於婚姻，忠貞的妻子卻習慣性出軌。經過訓練後，做事毫無條理的工人愈來愈上手，當然這些僅只是粗略的大綱。任何角色的成長都有無限的可能，但成長絕對不可或缺。沒有成長，你會失去在劇本一開始時本來可能存在的對比。成長若不存在，代表衝突也不存在；衝突不存在，代表你沒有用心刻劃你的角色。

11. 對立的結合

就算戲劇中的角色刻劃得很好，我們要如何肯定反面角色不會在中途停火，或是辭職不幹？這個問題的答案可以在「對立的結合」中找到。對於這個詞語，許多人一開始不是不會應用，就是有所誤解。對立的結合不代表任何對立的力量或想法彼此衝撞。錯誤的運用會導致一種狀況發生：角色無法順利演出衝突到結束。為避免這種災難發生，我們第一步必須下定義：何謂對立的結合？

倘若群眾中有一個男人被陌生人撞到，雙方都發出一些侮辱性的話語之後，被撞的人動手打人，打架的結果會是對立的結合帶出的結果嗎？

　　從表面來看是如此，但是實質上不是如此。兩個男人血氣方剛，自尊受損的結果是想利用肢體動作來復仇。「但是他們兩人之間的歧見並不深，不須一定要用受傷或死人才能解決。」這些反面角色可能會演到一半後決定不幹。他們可能會講道理、解釋、道歉，並且握手言和。「而在真正的對立的結合之中，妥協不可能發生。」

　　在運用人類法則之前，我們必須再次用大自然舉例。想像人體內的致命病菌和白血球妥協，這有可能嗎？這場戰役至死方休，因為對立兩方的本質就是要殲滅對方才能存活，沒有別的選擇。病菌不能說：「噢，這個白血球太難打敗，我要搬到別的地方去生活。」同樣的，白血球如果想放病菌一條生路，就得犧牲自己。它們是對立的兩方，但是聯合起來毀滅對方。

　　現在我們把同樣的原則運用在劇院上。諾拉和罕姆在許多事情上結合在一起：愛情、家庭、孩子、法律、社會、欲望，但是他們是對立的。為了個人的緣故，這種結合必須要拆毀，否則其中一位就必須完全向另一位屈服，因此而犧牲自己的特有本質。

　　如同病菌和白血球的關係一樣，這種結合可以拆毀，然後劇本「唯有在其中一位角色的某個主要特質上『死去』才能結束。」這裡指的是劇本中諾拉的順服聽話。當然，在劇院中上演的死亡不必然是人真正的死亡。諾拉和罕姆之間的結合被拆毀時帶來極大的痛苦，一點也不容易。結合得愈緊密，拆毀時愈艱難。同時，儘管人的特質已經在其中有所轉變，這種結合仍舊影響牽涉在內的角色。在白癡的喜樂一片中的角色們，彼此之間沒有任何牽連。如果其中一位和別人格格不入，他大可以離開。

　　在另一方面，於「旅程的終點」（Journey's End）中，毫無疑問地，士兵之間已經建立起如鋼鐵般的緊密結合。我們確信他們必須要待在濠溝裡，甚至死在裡面，儘管他們盼望能夠身在千里之外。其中一些人藉著喝酒壯膽，希望能盡到士兵的本分。我們來分析一下他們的情況，他們身處的社會中某些特定的矛盾在戰爭時達到高峰。他們不想打仗，也沒有意願去保家衛國，但是仍然被送上戰場去殺人，因為掌權者決定用戰爭來解決經濟問題，他們只有聽從的

分。再者，這些年輕人從小就被教導爲國家捐軀是光榮的。他們活在矛盾的情結中，無法自拔：做逃兵代表別人會唾棄他們是儒夫，留下來代表榮譽和死亡。戲劇就在這兩種情感的擺盪之間上演。這個劇本是闡述對立的結合的一個極佳例子。

在自然界中，沒有一樣東西是「被毀滅」或「死去」，只是轉變爲另一種型態、實質或是成分。諾拉對罕姆的愛情，轉型爲自由以及對更多知識的飢渴。他的自滿轉變爲重新尋找自我和他與社會之間的關係。不再存在的平衡試圖爲自己尋找一個新的平衡。

以傑克開膛手爲例：這個殺人不眨眼的男人從未被逮，因爲他的動機不明。他似乎與被害人毫無關聯與結合可言。在他的犯行上找不到怨恨、怒氣和嫉妒。他和被害人代表缺乏結合的對立兩方，我們無法找到他的動機。許多差勁的犯罪劇本存在，就是因爲它們缺乏動機可言。爲了金錢去偷竊或殺人，好在女人面前炫耀，從來都只是表面而非眞正的動機。我們無法瞭解犯罪後面那股阻擋不了的力量。罪犯之所以爲罪犯，是因爲他們的背景阻礙他們做出比較正常的行爲，因而必須犯罪。「假使我們有機會看到一位殺人犯被生活、環境和內心及外在的矛盾所逼而犯罪，我們就能親眼目睹對立的結合眞實上演。」適切的動機會在對立的兩方之間，將結合建立起來。

拉皮條的人向妓女要更多的錢。她要給嗎？她必須給，因爲她深愛自己生病的丈夫。如果她拒絕給錢，他可能會洩漏她的祕密。

你侮辱朋友，他生氣離開，再也不回來。但是假如他曾經借給你一萬美元，他會這麼隨便就離開，再也不回來嗎？

你的女兒愛上一位你痛恨的人。她可以不再住在你的屋簷下嗎？當然可以。但是假如她期待你支持她的未來丈夫進入你的企業工作，她會離開嗎？

你和你的岳父是工作夥伴。你不喜歡老頭子工作的方式。你可以拆夥嗎？我們看不出來爲何不行。唯一的麻煩是老頭子手上有一張你僞造簽名的支票，只要他高興，隨時可以將你送進牢房。

你和繼父住在一起。你痛恨他，但是仍舊堅持住在他的屋簷下。爲什麼？因爲你有個可怕的想法，懷疑他殺了你的父親，所以你留下來尋找證據。

你把財產平分給孩子們，只要求在他們的豪宅裡有一個房間好棲身。後來

他們脾氣變得很暴躁，甚至侮辱你。在沒有剩錢可以獨立生活的情況下，你可以收拾行李走人嗎？

（前面兩個例子可能聽起來很熟悉，應該是如此，因爲它們就是哈姆雷特和李爾王的翻版。）

不是你死就是我活的法西斯主義和民主制度，就是一個對立的結合之完美例子。其中一個必須被摧毀，另外一個才能存活。這裡還有一些其他的例子：

科學 —— 迷信

宗教 —— 無神論

資本主義 —— 共產主義

這份名單毫無止境，有無數多的對立之結合可拿來舉例，其中的角色們關係緊密到毫無可能妥協。當然這些角色必須具備會走到極端的個性。對立兩方的結合必須非常強烈，只有在其中一方或雙方到最後都精疲力竭、被打倒在地或是被澈底擊潰，僵局才會打開。

假使李爾王的女兒們能體諒父王的苦情，這齣劇就沒有什麼好看的。假使罕姆能夠看到諾拉僞造簽名的出發點，瞭解一切都是爲了他，那麼「玩偶之家」就不會被寫成。假使一個正在打仗的政府能夠眞心理解士兵們的極度恐懼，就會讓他們返鄉，停止戰爭。然而政府眞的會這樣做嗎？當然不行。李爾王的女兒們殘酷無情，因爲她們天性如此，已下定決心要這樣做。兩個政府陷入戰爭，因爲內部的矛盾迫使他們走上毀滅的道路。

下面是一個簡短的劇情摘要，隨著劇情的進展，對立的結合逐漸成形。

一個陰冷的多天晚上，你在下班回家的路上。一隻小狗緊緊跟著你。你說：「乖狗狗。」因爲在你們之間尚無交集，你繼續走，忘記狗狗的存在。到達家門口時牠還跟著你，好像牠領養了你一般。但是你不想跟牠有所牽扯，所以說：「走吧！狗狗，走吧！」

你上樓，和太太一起吃晚餐、閱讀、聽廣播，然後上床。第二天早晨，你看到狗狗還在原地，嚇了一跳。牠搖著尾巴，滿懷期待等你出現。

「眞有耐心！」你說，心生憐憫之情。你走向地鐵站，狗狗跟在後面。你

進到站內就看不到牠了。幾分鐘之後，你就把牠給忘了。但是到了晚上，你回到家，正要進門時差點又踩到狗狗身上。顯然牠一直在等你，而且像是歡迎許久不見的老朋友一樣地歡迎你。牠全身凍僵，餓了好久，但是好開心見到你，希望你會帶牠進門。如果你有養狗的念頭，你會的。你不想養狗，但是這隻笨狗瘋狂般的堅持，卸除了你的心防。牠要你，愛你，而且似乎寧可死在你家門口也不願放棄你。

你帶牠上樓。牠的固執已經在你們之間，建立起一種對立的結合。

但是你的太太很生氣，一點也不願意跟狗狗有任何關聯。你為自己的行為辯護，卻產生不了作用。她堅持立場說：「要狗還是要我，由你選。」所以你只好投降。餵飽狗狗之後，你告訴太太說：「你帶牠出去，我不忍心。」她迅速地把狗放出去，但是之後想到狗狗在外面受凍，心裡有些難過。

她開始三心二意，生氣自己被迫要如此無情。但是話說回來，她從來不想要養狗，尤其是現在。

今天晚上毀了。你用一種奇怪且敵視的眼神看著自己的太太，好像第一次看到她的真面目。

第二天早上你又看到狗狗，現在你真的生氣了。牠在你和太太之間製造出第一道真正的裂痕。你試圖趕走這隻可恨的狗狗，但牠拒絕離開。牠再次護送你到地鐵站，但是現在你很確定你晚上回家時會再次撞見牠。

一整天你都在想狗狗和太太。你認為牠現在一定已經凍死了。你決定自己一定要做點什麼，你等不及要趕快回家。

回到家，你沒看到狗狗。所以你不進去，開始去附近尋找。牠毫無蹤影，你極度失望。你想要帶牠進門，不理會太太的堅持。假如她因為狗決定離開你，就讓她走吧！反正她從未愛過你。

你心懷怨恨上樓去，眼前一幕你從未看過的奇怪景象。你看到這隻小流浪狗坐在你家最好的扶手椅上，洗過澡，全身的毛梳理得整整齊齊，你的太太跪在牠前面，像跟嬰兒講話般哄著牠。

這隻狗是這個故事中的主要角色。牠的決心改變了兩個人。一種平衡消失之後，另一種平衡出現。即使你的太太不願意接納狗狗，舊的關係也同樣會崩毀。

只有在一個或多個角色的特質或主要的特點有全盤改變時，真正的對立的結合才會崩毀。在真正的對立的結合上，妥協不可能發生。

　　在你找到前提之後，最好立刻確認角色之間是否有對立的結合。如有必要，可以做個測試。如果他們之間缺乏這種強大又打不破的關聯，你筆下的衝突永遠也不可能升級成為高潮。

衝　突

1. 衝突的根源

風的吹拂是一種動作，就算是微風也不例外。

「雨」也是一種動作，動詞和名詞其實是同一個字（rain）。

我們的祖先——穴居人，為了填飽肚子而獵殺，那當然也是一種動作。

人的走動是一種動作，鳥的飛行、房子的燃燒和閱讀書籍全都是動作。每一種生命的彰顯，都是「動作」。

那麼，我們是否可以將動作視為一種獨立的現象？

我們來研究「風」。所謂的風是圍繞在我們周圍看不見的大氣層之集體壓縮和擴張。冷和熱創造出這種稱之為「風」的動作。不同因素的互相作用，使風形成。光靠靜態的風自己是辦不到的。

「雨」是太陽和其他因素結合的結果。沒有它們，就沒有雨的存在。

穴居人獵殺，這也是一種行動，但是行動的背後是人為了種種原因不得不獵殺：為了食物、自衛或榮譽。獵殺雖然是一種「動作」，但僅僅是某些重要因素造成的結果。

太陽之下沒有任何動作，既是根源又是結果。每一件都是另一件的結果，「動作不能自行產生」。

且讓我們再來尋找動作的根源。

我們知道動力等同動作。動力從何而來？有人告訴我們動力是物質，而物質是能量，然而既然通常大家認為能量就是動力，我們又回到原點。

來舉一個實際的例子：原生動物。這種單細胞生物很積極，藉著吸收功能來吃和消化，進行必要的生命行動。很顯然地，這些活動是獨特的原生動物的延伸。

原生動物的動作是從基因遺傳而來，或是後天學習而來？我們發現這種生物的化學組成包含氧、氫、硫、鐵、鈣，全都是複合的元素，「每一種元素本身都很活躍」。看起來似乎原生動物遺傳了「動作」，而它的其他特徵則來自它眾多的父母親。

我們最好在這裡打住，免得這個研究發展到太陽系去。我們無法找到任何一種純粹又與其他因素無關的動作，儘管它常常是一些其他狀況的結果。於是我們安心地做出結論是：動作不比那些造成它的因素更為重要。

2. 原因和結果

在此章中，我們將衝突劃分成四大類型：第一是「靜止的」，第二是「跳躍式的」，第三是「緩慢上升的」，第四是「伏筆式的」。我們會檢視這些不同類型的衝突，以瞭解為何有的衝突是靜態的，而且不論你做些什麼都是靜止的；為何第二種衝突是跳躍式的，與現實及正常的想法唱反調；為何第三種緩慢上升的衝突在不需要劇作家的過度努力的情形下就能自然成形，以及為何沒有伏筆式的衝突，任何戲劇都無法立足。

首先，我們來對一個衝突抽絲剝繭，研究它成形的過程。

假設你是一個生性溫柔、不喜與人衝突的年輕男子。你從未傷害過任何人，也從未有觸法的念頭。你獨身，在一個你本來不打算去的派對中認識了一位女孩。你喜歡她的微笑、說話的語調、身上穿的洋裝，她的品味和你相符合。簡言之，這似乎是一段長期戀情的開端。

心裡極為七上八下的你，邀請她去看表演，她答應了。事情的發展很順利，沒有不尋常的地方，然而卻可能成為你生命中的轉捩點。

　　你在家裡打開衣櫥，裡面有唯一一套你穿到所有重要場合的西裝。現在從你批判的眼光來看，它完全缺乏一套正式西裝應該具備的條件。第一，你認為它的式樣已經不流行。第二，它看起來又廉價又陳舊。她又不瞎，一定會注意到。

　　你決定要買一套新西裝，但是手頭沒有錢，怎麼辦？你的薪水都交給母親，她為你和兩個妹妹操持家務。父親已過世，所以你的薪水必須負擔全家所需，例如：妹妹們的鞋子、母親看醫生等，加上馬上又要付房租了……。不行，你沒辦法去買一套新西裝。

　　一輩子第一次，你感覺自己老了。你想起自己才剛過25歲，要好多年後大妹或小妹才會長大到可以工作。現在計畫帶這個女孩去看戲與計畫未來有什麼用呢？不論結果如何都走不下去的，所以你不再和她來往。

　　這個決定讓你在家裡忿忿不平，在辦公室提不起勁。你可能會煩惱自己的現況，非常擔憂。你整天想著這個女孩，想著她一定會對你有什麼看法，想自己是否該鼓起勇氣打電話給她，想自己一定再也碰不到她了。在辦公室你失魂落魄，沒多久就被炒魷魚。你的脾氣變得更糟。你開始瘋狂地找工作，但一無所獲。你申請失業救濟金，經過好長一段受苦、難受又羞辱的歷程之後，才終於拿到手。你感覺自己像個被榨乾的檸檬一樣無用。拿到手的失業救濟金少得可憐，不能讓你過像樣的生活，只夠讓你不餓死。

　　如同你所看到的，這個衝突和幾乎所有的衝突一樣，其原因可以回溯至環境，也就是這個個體和群體之間的狀況。

　　現在，問題是你是什麼樣的人？你的決心有多大？你的韌性有多強？你能忍受多少痛苦？對未來有哪些盼望？你能看得多遠？你有想像力嗎？你有能力為自己做一個長程計畫嗎？你的身體狀況能夠配合你所做的計畫嗎？

　　假如你受的刺激夠大，就會做出一個決定。然後這個決定會啟動某些動力，阻礙它的進行。你可能不知道這個過程存在，但劇作家必須知道。當時的你絕對知道自己邀請這個女孩去看戲時，你開啟一連串的事件，最後迫使你不得不決心採取行動。假如你夠強壯，衝突就會誕生；它是一個漫長且具革命性

質過程的結果，其開端可能是一件每天都可能上演的平凡事件，例如：一樁邀請。

假如這位年輕男子做出一個決定，但是缺乏執行它的力量，又或者他是一個懦夫，那麼這齣劇會是靜態的，緩慢地往前行進，然後停駐在平地上。作者會盡力不去打擾這樣的角色，因為他還不夠成熟，無法參與這種持久的衝突。假使劇作家有遠見，他可能能夠想像這個角色在一個特殊心理狀況時刻的模樣，也就是行動的時刻（the point of attack）來臨之時。在那時，一個弱者或懦夫不但能坦然迎戰，還能進到對方的陣營之中。在「行動的時刻」這一節，我們再來進一步討論。

倘若這個年輕人看到西裝如此陳舊之後，當下就決定去搶銀行或是搶劫一位過路人，跳躍式的衝突就會發生。這位生性溫和的年輕人如此迅速地做出這種結論並不合乎邏輯，必須要有其他帶來壓力的事件，一件比前一件更緊迫又更令人痛苦，才能迫使他走到這最後一步。人在真實生活中，有可能在挫折和絕望的時刻做些平常不會做的事，但是在劇院裡這種事不會上演。在劇院中我們希望看到自然的順序，角色按部就班的發展。我們要看看一位角色高尚的外衣——高度的道德標準——如何被他自身和周遭環境的力量一片一片地剝除。

每一個發展中的衝突首先都需要有個伏筆，也就是幾股堅決不動搖的力量彼此對峙。在接下來的內容中會有更明確的闡述，但是在這裡先要強調一點：在大的主要衝突中的所有小衝突，都會在劇本的前提中具體呈現。我們稱之為「轉折」的小衝突，帶領角色從某種心態進展到另一種心態，一直到他不得不做出決定為止（請看「轉折」這一節）。歷經這些轉變或是小衝突之後，角色會在緩慢平穩的節奏中成長。

在另一節中，我們討論過「快樂」一詞的複雜定義。只要把它的任何一部分拿走一點點，你就會看到「快樂」的架構失去其整體性，開始歷經激烈的改變。此一改變在重心重新調整的過程中，可能會把「快樂」變成「不快樂」。這條法則掌控極小的細胞、人類和太陽系。

1938年12月30日，美國科學發展協會（The American Association for the Advancement of Science）年會在維吉尼亞州的瑞區蒙市開議之前，德慕瑞博

士（Dr. Milislaw Demerec）在《遺傳期刊》（*Heredity*）讀到一篇報告。他寫到：

　　基因系統中的平衡機制極其敏感，幾萬個基因中若是缺少一個基因都會使系統出錯到無法運作的程度，進而造成此有機體不能存活。再者，記錄顯示，無數多個基因交互作用的例子證明：「某個基因的改變會影響到另一個看似毫無關聯的基因之功能。」將所有證據列入考慮之後，顯然基因的活動乃是由三個內部因素所決定：1.基因本身的化學構造；2.其隸屬的基因系統的基因構造；3.基因在它的基因系統中的位置。這三種內部因素加上環境形成的外在因素，一起決定了有機體的原形（從遺傳來的特徵之總合）。

　　因此，基因應被視為一個構造良好系統的單一部分，而染色體是有機體裡更高的一個階層。從這個理論來看，擁有特定屬性的獨立單位基因並不存在，但是它們是另一個更大系統的構成單位，其屬性一部分由此系統決定，這一點不容否認。

　　基因是一個獨立單位，同時是構造良好的基因群體之一部分。同樣地，個人是一個單位，也是構造良好的人類社會的一部分。影響社會的變動，也影響個人；發生在個人身上的事，也會影響社會。

　　在你周遭充斥著衝突。仔細觀察你的家庭成員、朋友、親戚、認識的人、工作上的同事，看看你是否能找到下列任何一種特徵：溫情、施虐、傲慢、貪婪、精確、彆扭、無恥、吹噓、狡猾、混亂、精明、自大、蔑視、聰明、笨拙、好奇、懦弱、殘酷、自尊、虛偽、縱欲、忌妒、熱誠、自私、浪費、善變、忠貞、節省、歡樂、多話、英勇、慷慨、誠實、猶豫不決、歇斯底里、粗心、壞脾氣、理想主義、衝動、懶惰、性無能、放肆、仁慈、忠誠、口齒清晰、生病、惡意、神祕主義、謙虛、牛脾氣、過於自謙、祥和、耐心、假裝、熱情、不安、順服、諷刺、簡單、懷疑主義、野蠻、嚴肅、懷疑、禁欲、偷偷摸摸、敏感、勢利、背叛、溫柔、不整潔、多才多藝、報復心、粗俗、熱情。

　　以上任何一項以及其他幾千個特質，都能成為衝突萌芽的溫床。讓一個懷

疑論者和一個好戰的基督徒唱反調，衝突就會出現。

　　冷和熱相遇，便製造出衝突：打雷和閃電。讓立場對立者面對面，衝突便無法避免。讓上面述及的每一個形容詞代表一個男人，來想像一下他們相遇時可能衍生的衝突：

節省—浪費

道德—不道德

骯髒—一塵不染

樂觀—悲觀

溫柔—殘忍

忠貞—善變

聰明—愚蠢

平靜—暴戾

開朗—生病

健康—害怕生病

幽默—沒幽默感

敏感—感覺遲鈍

細緻—粗俗

純真—世故

勇敢—懦弱

　　當我們的穴居人祖先去尋找食物時，他和一個活生生的敵人作戰：一個代表食物的巨大野獸，衝突就此展開。為了生存，他拼死和野獸搏鬥。這就是緩慢上升的衝突：衝突、危機、結果。

　　一場足球賽代表危機。雙方球隊勢鈞力敵，兩個強大的隊伍面對面。（請看「角色刻劃」）既然勝利是目標，比賽一定很激烈，要費盡力氣才能取勝。

　　拳擊是衝突。所有競爭性的運動都是衝突。在酒吧發生的爭鬥是衝突。人或是國家之間的爭強奪勝是衝突。從出生到死亡，生命的所有層面的彰顯都是

衝突。

　　有更複雜的衝突型態存在，然而它們全都是從下面這個簡單的基礎開始：攻擊和反擊。「反面角色有勢鈞力敵的對手時，我們就會看到緩慢上升的衝突出現。」一個高大又技巧純熟的男人和一位又病又弱的對手互打，實在沒有看頭。不論在競技場上或舞臺上，勢鈞力敵的雙方都要拼盡全力才能取勝。每個人會表現出他對如何做統帥瞭解多少，他在緊急狀態下頭腦如何運作，他會哪些防禦手法，他究竟有多少實力，面臨危險時他是否能調動任何防禦的後備戰力。攻擊，反擊；衝突。

　　假使我們試著把衝突當作獨立的現象來檢驗，就有走入死胡同的危險。與周圍環境或是與其存在的社會次序毫無關聯的東西，事實上並不存在。沒有任何個體只為自己存在，每樣東西都與另一樣東西互補。

　　衝突的軌跡，可以在家中的任何東西、任何一處尋找到。如果你問人他對生命的野心是什麼，不見得每個人都知道答案。但是他一定有一個答案，不論對哪天、哪個星期、或哪個月分來說是多麼微小。而且從那個微小的、看起來無關緊要的野心中，會生出一個緩慢上升的衝突。衝突可能會愈來愈嚴重，變成危機，接著進入高潮，這個人因此被迫要做出一個會大大改變他生命的決定。

　　大自然對於傳播各種植物的種子，有一套複雜的系統。假使每顆種子在一年內都得到機會成熟長大，人類會窒息而死，所有的植物也會。

　　每個人都有某種野心，視個人的角色而定。假如一百個人有類似的野心，很可能只有一位具備他自身和其周遭世界的完美組合，讓他能夠達到目標。因此我們又回到針對角色的討論，回到為何一位角色可以持久，而另外一位卻不行。

　　毫無疑問，衝突是從角色發展出來的。「衝突的強度大小視具備三面向之主角的意志力強弱而定」。

　　一顆種子可能在任何時刻落下，但不見得會發芽。同樣地，任何地方都有野心存在，但是它能發芽與否要看它隸屬的那個人的生理、與群體的關係和心理狀態而定。

　　假使每個人的野心都以同樣的強度燃燒，人類的末日也同樣會到來。

從表面上來看，一個健康的衝突由兩股對立的勢力所組成。但是在最深處，每股勢力都是按照時間順序的許多複雜狀況的產物，因此創造出很棒的張力，到最後高潮必然爆發。

我們來親眼目睹，另外一個衝突成形的例子。

「腳鐐」（Brass Ankle）是海華斯（Du Bose Heyward, 1930）的作品，從中可以清楚看到衝突如何誕生。

賴瑞（驚嚇的丈夫）：露絲和我決定不會留下這孩子，醫生。你絕對不會認為我們會在家裡養個黑小孩吧！

魏萊特醫生：當然這得由你們決定，由你和露絲共同決定。無論如何，他是你的兒子。

賴瑞：我的兒子是個黑人！

賴瑞是小城鎮的模範帶頭公民，非常認真要分隔白人和黑人。他深信就算一個人的體內只有一滴黑人的血，他也沒資格和白人平起平坐。而現在他的妻子卻生出一個黑人嬰兒。這是一場個人的悲劇，如果鎮上的人聽到風聲，他會成為大家終身的笑柄。這是一種愈演愈烈的衝突，賴瑞被迫得做出決定：承認孩子是他的，或是不承認自己是孩子的父親。但是，現在我們對於事情將來的變化不那麼感興趣，反而要來追溯此一衝突的源頭。我們要知道衝突從何而起。

作者寫道：

賴瑞年約30，個高挺拔又好看，頭髮顏色淺，兩頰微紅。他的手勢又快又多，顯示他內心緊張，情緒容易激動。

我們敢說結婚前他很懶散。許多女人寵溺他，他可能談過不少場戀愛。但是約翰・查爾頓的孫女露絲，一位深色皮膚、萬分動人的美女，跟村裡其他女孩截然不同。她是位淑女，從來沒有正眼看過賴瑞，但是賴瑞從未停止過他的追求，而且努力改變自己，到最後她投降嫁了給他。

到目前為止，有任何預期衝突會出現的線索嗎？有許多，但是故事若正好發生在紐約，這些線索便毫無意義。別忘記地點極端重要，等一下我們就會知道原因何在。

再複述一次賴瑞的生理面向：好看、被寵壞、對女人很有一套。否則他絕對娶不到露絲，悲劇也就無從發生。

現在來看當時的環境和事情發生的時代背景。南北戰爭後至此已有兩個世代，被解放的黑奴和黑白混血兒住在鎮上，另外還有外表看似白人卻擁有部分黑人血統者。鎮上有好幾個良好且受尊敬、外表是白人的家庭，但是村裡的醫生知道他們是黑人，因為他為其中大部分人接生，也只有他知道所有人的底細。他知道露絲有黑人血統，儘管大家都認為她是白人。事實上，她認為自己是白人，還有一個顯然是白人的8歲女兒。第二個孩子是一個發生機率極小的錯誤。

露絲很美麗，又是個淑女，這兩點在即將到來的衝突中也很重要。

賴瑞：我老早就發誓要娶個淑女，不是只要玩玩而已。

在另一處：

賴瑞：……這全都歸功於你。娶你之前，我從來沒有任何雄心壯志。

因為露絲的影響，賴瑞目前是一家成功店鋪的老闆。

生理層面的特質使他們彼此吸引。環境把賴瑞塑造成他現有的模樣：懶散、傲慢、被寵壞。環境也將露絲塑造成一位有尊嚴、說話溫和的人。對他來說，她是個理想目標；對她來說，他只是個孩子。她的尊嚴吸引他，因為他缺乏尊嚴；他天塌下來自有高個撐住的調調吸引她，因為她不容易放輕鬆。他深愛她，使她確信自己可以幫助他成為一個男人。

再談談環境：小城鎮，年輕人很少。如果女孩多一些，賴瑞可能不會娶露絲。但是女孩很少，同時他跟妻子在一起很快樂。他的雄心壯志愈來愈大，鎮民希望他能在這逐漸擴大的社區做第一任市長。

艾格妮絲（鄰居）：李（她的丈夫）說，你已經準備好把傑克森家小孩的案子
　　　向教育局長提出。你知道我花了不少力氣。如果不是我追著他不放，他是
　　　不會出面的。我說，如果他要我為他生小孩，他就得確保他們去上學時旁
　　　邊不會坐著有黑人血統的人。

賴瑞（用疲倦的聲音）：是的，艾格妮絲，我們知道你出了不少力。

　　這段對話透露出鎮民的反黑人情結，因此賴瑞也不得不隨聲附和。這也顯
示出他是領袖，而且我們知道他想一直做領袖，「因為他愛露絲」。所以他和
群眾一起叫囂，使得即將到來的衝突愈演愈烈，最後壓垮自己。

　　所以，看起來衝突的確是從角色身上發展出來的。而且，如果我們想知道
衝突的架構，首先必須瞭解角色。但是既然角色被環境影響，我們必須也瞭解
環境。從外表看來，衝突是從單一的原因即興發生，但這並不正確。許多原因
的結合塑造出一個單一的衝突。

3. 靜止的衝突

　　在戲劇中不能做出決定的角色要為靜止的衝突負責，或許我們該怪罪那位
選擇角色的劇作家。「從一個什麼都不要或是不知道自己要什麼的人身上，你
不能期待緩慢上升的衝突。」

　　靜止代表不動，不釋放出任何能量。既然我們打算對於什麼讓戲劇動作靜
止進行詳細分析，在這裡我們必須指出就算是最靜止的衝突，也會有某些動
作。在自然界中，任何東西都不是絕對靜止的。一個沒有生命的物體卻充滿肉
眼看不見的動作。在戲劇中死掉的一幕同樣也蘊含動作，只是慢到看起來是靜
止的。

　　「任何不能助長衝突的對話都無法使戲劇往前邁進，甚至最聰明的對話也
不例外。唯有衝突能夠產生更多衝突，而且第一個衝突來自於努力要完成目標
的自覺，此一目標乃是由戲劇的前提所決定。」

　　一個劇本只能有一個主要前提，但是每個角色各自擁有一個與其他角色不
調和的前提。水流與暗流交會、再交會，但它們必須推動主要生命線 —— 劇本

的主要前提——往前邁進。

　　舉例來說，假設一位女士認為自己的生活毫無意義，她大哭一場，在房間內不停踱步，但是卻不採取任何行動改變這種狀況，那麼她就是一個靜止的角色。劇作家可能會讓她說出最驚悚的對白，但是她仍然無能、仍然停滯不前。單單憂傷並不足夠創造衝突，我們需要一種自覺「意志力」，主動來解決問題。

　　下面是一個有關靜止性衝突的好例子：

他：你愛我嗎？

她：噢，我不知道。

他：你不能下定決心嗎？

她：我會的。

他：什麼時候？

她：噢……很快。

他：我能幫得上忙嗎？

她：這樣子有點不公平吧？

他：在愛情裡，每樣事情都公平，只要我能讓你相信我就是你要的男人。

她：你打算如何辦到？

他：首先，我要吻你……

她：噢，可是我不會答應的，要等到我們訂婚才行。

他：如果你不讓我吻你，那你到底要怎樣才會知道你愛不愛我？

她：如果我喜歡和你共處……

他：你喜歡和我共處嗎？

她：噢，我還不知道。

他：那這個爭辯已經有結果了。

她：什麼結果？

他：你剛剛說……

她：但是過一陣子，我有可能會喜歡和你共處。

他：要多久？

她：我怎麼會知道？

我們可以一直這樣下去，沒完沒了，然而仍舊看不到這些角色有任何實質轉變。這當中的確有衝突存在，但是是靜止的。他們雙方仍舊停留在原來的層次。我們可以把這種靜止狀態歸咎於角色刻劃得很差。雙方是同類型的人，同樣欠缺深刻的信念。甚至那位追求女士的男士，也欠缺一種來自根深蒂固信念的決心，確信她就是他唯一想要的伴侶。他們可以月復一月地重複此一模式。他們可能會逐漸疏遠，或是這位男士可能會在最後強迫自己做出一個決定，天知道他要等到何時。從現在的狀況來看，他們不是劇作家的好選擇。

缺乏攻擊和反擊，就不可能有緩慢上升的衝突。

她從「不確定」那端開始，到最後她還是不確定。他從「希望」這端開始，到最後，他還是抱持著同樣的想法。

假使一位角色從「美德」開始，最後邁向「邪惡」，我們來研究看看她需要歷經哪些階段：

1. 美德（貞潔、純潔）
2. 受到阻礙（在表現美德時受挫）
3. 不正確（犯錯，行為不合宜）
4. 不合禮儀（她做出不入流的行為）
5. 身心失調（不受控制）
6. 不道德（淫亂）
7. 邪惡（墮落、卑鄙）

假使角色在第一或第二階段時停下，並在進入下一階段前停留太久，戲劇會進入靜止狀態。通常在戲劇缺乏前提的驅動力時，這種靜止狀態便會發生。

下面是一個有趣的靜止劇本「白癡的喜樂」（Idiot's Delight），作者是羅伯特・薛伍（Robert E. Sherwood）。儘管該劇本的寓意深遠，作者也實至名歸，但這是一個標準的劇本寫作錯誤示範（請看第246-247頁的摘要）。

這齣劇本的前提是：武器製造商是否引發麻煩和戰爭？作者的答案是肯定的。

這個前提選得不好，非常膚淺。劇本原本有預定的方向，但是在作者選擇一個被隔離的少數民族團體作為和平的主要敵人之時，他否定了真理。我們可以說太陽是下雨的唯一原因嗎？當然不能。沒有海洋和其他的因素存在，就不會有雨水。如果世界經濟夠穩定，人民生活幸福，任何武器製造商都引發不了麻煩。武器的製造業是軍事主義、國內和國外市場缺乏、失業盛行等因素的延伸。雖然薛伍先生在他的劇本附錄中談到這些人，很悲哀地，在「白癡的喜樂」中他卻忽略他們的存在。

在他的戲劇中沒有人的存在，沒有真正重要的人存在。我們看到凶惡的武器製造商韋伯先生說若是沒有買主，他就不會賣武器。他說的對。問題的核心是：他們為什麼要買武器？薛伍先生對這點什麼也沒提到。既然前提背後的觀念很膚淺，他的角色們自然就變成呆板無趣。

他的兩位主角是哈利和艾琳。哈利的歷程是從「無情」到「真誠」和「不懼怕死亡」。艾琳的歷程從「鬆散的道德觀」開始，以和哈利同樣崇高的地位結束。

假如在這兩個極端之間有八個階段，那麼他們在第一個階段開始，停留在此兩幕半之後，跳過中間的第二、三、四、五、六階段，如同他們從未存在一般，接著又在劇本的最後一部分開始從第七往第八階段移動。

角色散漫地進進出出，卻沒有特定的動機。他們進場，自我介紹，接著就離場，因為作者想介紹另一個人。然後他們為某個假造的理由又進場，述說他們的想法和感覺，接著又散漫地離場，好讓下一批人再進場。

盼望劇評家能夠同意我們認為一齣劇，一定要有衝突的理念。「白癡的喜樂」鮮少有衝突出現。角色不忙著處理衝突，反而向觀眾談論自己，這點違逆一切戲劇規則。親切良善的哈利和背景多采多姿的艾琳無法好好發揮，多麼可惜！下面是幾則典型的摘要：

我們坐在蒙地蓋伯旅館的雞尾酒酒廊，此時戰爭一觸即發。因為邊界已經關閉，客人無法離去。我們來翻到第6頁：

唐：這裡也挺好的。

雪利：但是我聽說現在這裡人滿為患，我和我太太原本希望這裡會比較安靜一點。

唐：其實現在這裡的確蠻安靜的。（沒有衝突）

　　翻到第32頁，大家還在漫無目的的進場離場。昆利走進來，坐下。五個士兵進來，用義大利文交談。哈利進來，跟醫生沒有重點地交談。醫生離開，哈利和昆利交談。過了一會兒，昆利沒有任何特別的原因稱呼哈利爲「同志」。作者在昆利進場時說他是「一個極端的激進社會主義者，但仍然是法國人」。觀眾眼中的他，在大部分時間是瘋瘋癲癲的。爲什麼？當然因爲他是個激進的社會主義者，而極端的激進社會主義者全都瘋瘋癲癲。後來他因爲嘲諷法西斯主義者而被殺害，但是他和哈利現在在談論豬、香菸和戰爭，一些空泛之語。接著這位社會主義者說：「記住現在不是1914。從那時開始，我們聽到一些新的聲音，非常大聲。我只需要提到其中一位 —— 列寧 —— 尼可來‧列寧。」既然這位極端的社會主義者是個瘋子，而且其他角色也是這樣看待他，那麼觀眾可能會相信他們聽到的是另一個極端的激進社會主義者（同義詞：瘋子）。接著昆利和哈利談到革命和無用的理想主義，而後者不瞭解他在說些什麼，這一點顯示出這些極端的激進社會主義者有多麼瘋狂。

　　現在已進展到第44頁，角色們仍然在進進出出。醫生哀嘆自己運氣差，得留在這裡。他們喝酒、聊天。戰爭可能一觸即發，但是仍舊看不到絲毫靜止性衝突的影子，也看不到真正的角色，除了一個剛剛提到的瘋子以外。

　　現在翻到第66頁，相信劇本走到現在一定該有一些動作出現。

韋　伯：你要點杯酒嗎？艾琳。

艾　琳：不用，謝謝。

韋　伯：你呢？路西洛上尉。

上　尉：謝謝。白蘭地蘇打，敦普弟。

敦普弟：是的，先生。

貝　比：（大叫）艾德娜！我們要喝酒！

（艾德娜進來）

韋　伯：我要琴夏洛。

敦普弟：是的，先生。（他走向酒吧）

醫　生：真是不可思議。

哈　利：無論如何，醫生，我還是個樂觀主義者。（他看著艾琳）就讓懷疑充
　　　　斥著今天夜晚吧！黎明會帶著真理的光來到！（他轉向雪莉）來吧！
　　　　甜心，我們來跳舞。（他們跳舞）

幕落

　　我們揉揉眼睛，這就是第一幕的結尾。假如任何年輕劇作家膽敢呈上一本
這樣的劇本給任何經理人，他就要冒著被趕出去的風險。如果要克服這種沉重
的無力感，觀眾得要像哈利那麼樂觀才行。

　　薛伍一定看過或讀過「旅程的終點」，劇中在最前面壕溝中的兵士們在緊
張等待爬出壕溝的過程中變得支離破碎。「白癡的喜樂」中的人們也在等待戰
爭的來臨，然而兩者有所不同。在「旅程的終點」中，我們看到熟悉的有血有
肉的角色，他們努力保持勇敢。我們感覺到，我們知道，「最後一擊」隨時可
能發生，到那時他們沒得選擇，只能面對，然後死去。在「白癡的喜樂」中的
角色們，並沒有立即的危險。

　　毫無疑問地，薛伍撰寫該劇時立意甚佳，然而這樣並不足夠。

　　「白癡的喜樂」最棒的戲劇化時刻在第二幕，非常值得來看一下。昆利從
一個技工處聽到一個可能錯誤的訊息，義大利人已經轟炸了巴黎。他發狂大
叫。

昆利：你們這些天殺的刺客！

少校和兵士（跳起來）：刺客！

哈利：朋友，聽著……

雪莉：哈利！別趟渾水！

昆利：你看，我們站在同一陣線！法國、英國、美國！我們是盟國！

哈利：閉嘴！法國。少尉，沒問題，我們來處理。

昆利：他們不敢跟英國和法國作對！民主國家起來對抗法西斯暴政！

哈利：天哪！看在上帝份上，別再搖擺不定了！

昆利：英國和法國在為人類的希望作戰！

哈利：一分鐘前，英國還是穿著西裝的屠夫。現在我們是盟國了！

昆利：我們站在一起，我們永遠站在一起！（轉向兵士們）

　　作者要這位可憐的角色轉向義大利士兵們。他害怕士兵們會發動攻擊，導致這個偉大的場景崩壞。因此，這個可憐的傻瓜轉向士兵們。

昆利：願上帝詛咒那些把你們送上死亡列車的那些混蛋！

上尉：法國佬，你再不閉嘴，我們就不得不逮捕你了！

　　這是邁向衝突的第一步。當然，和一個瘋子對幹並不公平，但是這總比什麼事都不發生要好些。

哈利：沒關係，上尉。昆利先生是和平的擁護者，他馬上要回法國阻止戰爭爆發。

昆利（對哈利）：你沒有資格對我說話。我對自己要說的話很有信心，我要說的是「打倒法西斯主義！打倒法西斯主義！」。

　　當然，他說完這些話之後，他們就射殺了他。其他人繼續跳舞，假裝自己冷漠以對，但是卻騙不了我們。

　　在這當中，有一度艾琳對艾奇利發表一場「精彩的演說」，但是在那之前和之後，什麼也沒有發生。

　　另外一個較不明顯的靜止衝突，可以在諾亞‧寇華（Noel Coward）的「生活的設計」（Design for Living）中找到。

　　吉兒達周旋在兩個愛人之間，一直到她嫁給愛人們的一個共同朋友才停止。這三個男人彼此是朋友，後來兩位愛人宣稱吉兒達屬於他們，他的丈夫當然火冒三丈。在第三幕的結尾，四個人都在場。

吉兒達（溫和地）：現在是怎樣？

李　歐：對極了！現在是怎樣？

吉兒達：你們打算做什麼？

奧　圖：又來了，真會耍嘴皮！天哪！天哪！天哪！

吉兒達：你們兩個人穿著睡衣，看起來挺有趣的！

恩尼斯（丈夫）：我這輩子從來沒有這麼火大過！

李　歐：恩尼斯，我看得出來你很受不了。非常抱歉。

奧　圖：是的，我們兩人都很抱歉。

恩尼斯：我無法忍受你們兩個自大的傢伙。我真是無言，我沒辦法，我非常非
　　　　常火大！看在老天爺的份上，吉兒達，叫他們走吧！

吉兒達：他們不會走的，除非我大發雷霆。

李　歐：沒錯。

奧　圖：沒有你，我們不會走的。

吉兒達（微笑）：你們兩個好貼心。

　　這些角色身上看不出有什麼明顯的成長，所以衝突是靜止的。假使角色為
了某種原因脫離了現實，它就失去創造緩慢上升之衝突的能力。

　　就算我們想描繪一場無聊的場景，也不需要讓觀眾厭煩。同樣地，要展現
膚淺的人格特質，劇情也不需要變得一樣膚淺。如果角色缺乏自我認知，我們
必須知道如何激勵他。要描繪出腦袋空空的角色，作者在寫作時絕對不能也腦
袋空空。沒有任何詭辯，可以勝過這個事實。

吉兒達（溫和地）：現在是怎樣！

　　「現在是怎樣」的意思是「你們打算做什麼？」僅止於此；沒有任何挑釁
的意味，或是攻擊會導致的反擊。這句話從淺薄的吉兒達口中說出，毫無效
果，只能得到它應得的答案：「對極了！現在是怎樣？」

　　即使吉兒達的評論蘊含著無法察覺的動作，李歐的反應也很空洞；他不但
讓她的小小挑戰落空，而且根本毫無對策。此處看不到任何動作的發生。

下面的對白很諷刺，但是那三句「天哪」不單單是一種挑戰，同時也是顯現出說話者無力挽回頹勢。假如你懷疑我的說法，請看下面這句對白：「你們兩個人穿著睡衣，看起來挺有趣的。」顯然根本沒人注意到奧圖的諷刺。吉兒達一點也不受影響，劇情停滯於此。

在此處，作者最起碼可以展現吉兒達個性的另一面，我們藉此可能一窺吉兒達愛情生活背後的動機：她的水性楊花。但是我們只看到一句多餘的評論，出自於假人般的「角色們」。其實，是作者假藉他們的口說話。

恩尼斯：我這輩子從來沒有這麼火大過！

任何會說這種話的人，都不用怕他。他會哀嚎，可是對戲劇的整體效果既不能加分，也不能減分。他的宣示主權不會使狀況更糟，不具威脅性，不包含任何動作。軟弱的角色有何特質？就是為了某種原因無法做決定的人。

李歐：恩尼斯，我看得出來你很受不了，很抱歉。

這是一句空洞的臺詞，帶著一絲絲的冷漠。李歐根本不在乎恩尼斯，但是衝突還是停留在原地不動。接著奧圖介入，向恩尼斯保證他也很抱歉。假使你覺得劇情有趣，那是因為在現實生活中這種態度既粗魯也毫無感情。能夠展現這種幽默感並且維持其英雄形象者其實不存在，也根本無法製造衝突。

恩尼斯接下來說的話透露許多真相。這位反面角色承認他無法忍受任何型態的鬥爭，所以必須請他的目標人物（吉兒達）代勞。吉兒達、奧圖和李歐想達到他們的目的，沒有半個人試圖阻止他們。這段兩行的打諢插科可能很有趣，但是對戲劇的衝突卻非必要。

假如你重新讀一次這段對白，就會發現劇本開頭的第一行與最後一行相比，劇情幾乎沒有變動；其變化非常微小，連續好幾頁都是如此。

在海華德的「腳鐐」中，幾乎整個第一幕全是角色介紹，但是第二和第三幕彌補了第一幕的不足。在「生活的設計」一開始的情況中，我們可看到衝突的原由，但是因為角色過於膚淺，衝突從未成形。最後發生的是一種靜止的衝突。

4. 跳躍式的衝突

跳躍式的衝突有一個極大的危險，那就是作者相信衝突在緩慢上升之中。他厭惡任何堅持他筆下的衝突是跳躍式的批評家。作者應該尋找哪些危險訊號？他怎麼知道自己正往錯誤的方向行進？下面是幾點指引。

誠實的人不會在一夕之間變成小偷；小偷也不可能在短期內搖身一變轉為誠實。心智健全的女人不會沒有原因就驟然離開丈夫。小偷不會一想到去搶劫就立刻動手。「心理上沒有準備好」，就不會有暴力的行動。所有的船難背後一定有其原因：船的重要零件可能不見了，船長可能過勞或經驗不足或患病。即使在船和冰山相撞時，背後一定也有人為疏忽。建議你讀韓哲曼（Heijermans）的「好望」（Good Hope），看看一艘船就是因為如此而滅頂，導致一場慘絕人寰的悲劇。

假使你想避免跳躍式或靜止的衝突，最好預先知道你的角色們要走上哪一條道路。

下面是幾個例子，它們可以從：

醉酒到清醒
清醒到醉酒
膽怯到厚顏無恥
厚顏無恥到膽怯
單純到裝腔作勢
裝腔作勢到單純
忠貞到不忠，……。

「假使你知道自己的角色要從一個極端走向另一個極端，要確定他或她穩定地成長，這樣一來你才能掌握優勢。」你不是在摸索，相反地，你的角色們有一個終極目標，而且他們極其認真地朝它邁進。

假使你的角色從「忠貞」起頭，然後縱身一躍直接抵達「不忠」，省略中間所有的步驟，這就是一種跳躍式的衝突，你的劇本將深受其害。

下面就是一個跳躍式的衝突：

他：你愛我嗎？

她：噢，我不知道。

他：別當個笨蛋，下定決心好嗎？

她：你當自己很聰明，是嗎？

他：會愛上你這種女人，我不覺得自己聰明。

她：你等著，我要賞你幾記耳光。（她走開。）

在這個例子中，「他」從「喜歡」進展到「嘲弄」，中間沒有任何過度期。「她」從「不確定」起頭，一躍而進入「憤怒」。

從一開始，這個男性的角色就很虛假，因為假使他愛她，就不會在希望對方也愛他的同時，又說她是個笨蛋。如果他一開始就認為她很笨，就不可能希望得到她的愛。

再一次，這兩人是同樣類型：衝動、容易興奮。這類型角色的轉換就像閃電一樣快。你還沒注意到，這一景就結束了。當然你可以延長它，但是既然他們飛速往前邁進，按道理很快就會打成一團。弗瑞茲‧莫那（Ferenc Molnar）劇作中的「屬里恩」（Liliom）跟此一場景中的「他」是同一類型，但是與屬里恩演對角戲的茱莉與他恰恰相反，她卑躬曲膝、忍耐、慈悲。

刻劃得很糟的角色們通常會創造靜止或跳躍式的衝突，儘管刻劃得很好的角色有時，甚至經常，會跳躍起來，「尤其是在缺乏適當的轉折時」。

假如你想創造跳躍式的衝突，只需要強迫角色演出他們覺得陌生的動作。要求他們不經思索就演出，你的方法會成功，但是你的戲劇不會。

舉例來說，假設你的前提是「一個受羞辱的人能夠藉著自我犧牲改過自新」，那麼戲劇的起點便是一個受到羞辱的人，而目標是同一個人被眾人讚揚、完全改過，也許被當眾表揚，在這兩極之間有一個仍然是「空蕩蕩」的空間。他要如何填滿這個空間全在於角色本身。假使作者選擇那些相信並且願意為前提來奮鬥的角色們，他就走對了方向。下一步是儘量透澈地研究這些角色，這種研究方式可以再次確認他們是否能夠達到前提的期待。

假使作者仿效好萊塢的手法，讓這位「受羞辱的人」救出一位房子失火的老婦人，接著立刻在眾人面前接受表揚，這種作法行不通。前面必須有一連串合乎邏輯的事件發生，最後再帶到自我犧牲。

在冬天和夏天之間是秋天和春天，在尊榮和羞辱之間也有一定的步驟，每一步都不能省略。

「玩偶之家」中的諾拉打算離開罕姆和孩子時，她告訴我們如此做的原由，而且我們非常清楚這是她唯一的一條生路。在現實生活中的她可能總是閉緊雙脣，不發一語，只敢在離開時大力摔上房門。假使她在舞臺上如此做，這就是一個跳躍式的衝突。我們應該不能夠瞭解她為何有這種舉動，儘管她的動機絕對正確。

我們一定要完全瞭解狀況，但是在跳躍式的衝突中，我們所瞭解的僅止於表層。「真正的角色必須有機會展現自我，而我們也必須有機會觀察到在他們身上發生的重要改變。」

「我們提議拿掉『玩偶之家』第三幕的最後一部分，留下必要的部分，然而這樣做仍舊營造不出好的效果。」這裡是該劇的大結局。罕姆剛剛才告訴諾拉他不允許她把孩子帶大，此時門鈴響起，有人送來一封信，裡面有信函和那張偽造簽名的借據。罕姆大叫道，他有救了。

諾拉：那我呢？

罕姆：你當然也有救了。我們兩個，你和我，都有救了。我已經原諒你了，諾拉。

諾拉：謝謝你願意原諒我。（她走出去。）

罕姆：不，不要走──（往裡面看）你在裡面做什麼？

諾拉（從裡面）：脫掉我的漂亮衣服。

罕姆：好的，脫吧！想辦法平靜下來，不再擔心，我可憐受驚的小雲雀。

諾拉（穿著平日的衣服進來）：我把自己的東西都打包好了。

罕姆：為什麼？這麼晚了。

諾拉：因為，我無法再和你住在一起。

罕姆：諾拉！諾拉！你瘋了！我不允許你這樣做！我不准！

諾拉：你再也沒辦法不准我做任何事了。

罕姆：你不再愛我了。

諾拉：我不愛了。

罕姆：諾拉！你居然說得出口！

諾拉：說這種話我很痛苦，但是我也沒辦法。

罕姆：我懂了，我懂了。我們兩人之間有一道鴻溝，一定是這樣。但是諾拉，我們還是有可能把它填滿吧？

諾拉：現在的我，已經不再是你的妻子了。（她手裡拿著外套、帽子和一個小袋子。）

罕姆：諾拉，現在不要走！明天再說吧！

諾拉（穿上外套）：我無法忍受待在一個陌生男子的房間內過夜。

罕姆：一切都完了！都完了！諾拉，你再也不會想起我嗎？

諾拉：我知道自己一定會常常想起你和孩子們與這間屋子。再見！（她穿過走廊走出去。）

罕姆：（跌坐在門口的椅子裡，兩隻手蓋住臉）：諾拉！諾拉！（朝四處看，站起來。）空蕩蕩的，她走了。（樓下傳來關門的聲音。）

結尾

　　在這裡我們看到最糟糕的一種混合式衝突：既不是靜止的，也非一直是跳躍式的。這是一種跳躍和緩慢上升衝突的混合，可能會使年輕的劇作家感到混淆。因此，我們要更仔細地來檢驗。

　　諾拉宣布她要離開時，一種緩慢上升的衝突正在進行中。罕姆不准她離去，但是她還是走了。這點沒問題，但在其他地方也有跳躍式的衝突存在。第一次是諾拉對罕姆原諒她的反應。她感謝他，接著離開房間。她躍過一道鴻溝才做到如此。她說很感謝罕姆是真心的，還是語帶諷刺？諾拉不是諷刺的高手。她很清楚自己身受的不公平，不可能想藉此開玩笑，不論她是否帶著恨意。然而這也不是一個適合她表達感謝的時刻，因此在她離開房間時，我們著實摸不著頭緒。

等她回來宣布她無法再留在罕姆身邊，一切都顯得太突兀，走到這一步之前的準備工作並不足夠。

但是最大的跳躍是罕姆對於諾拉不再愛她的反應：

我懂了，我懂了，我們兩人之間有一道鴻溝。

像罕姆這樣個性的男人不經過強有力的反駁就能夠表達理解，著實讓人難以置信。來讀一下原始版本中這一章的結尾，你就會瞭解我們的用意。

諾拉在此一場景（我們的版本）的結尾離家，這並不是從她的問題衍生出來的決定。這是一種跳躍，一種衝動。我們從她的行為中，看不到絕對的必要。也許她是出於任性，明天就會反悔。不論她的理由為何，諾拉如此離開罕姆（也是在我們的版本中）的作法無法使我們信服。跳躍式的衝突，無可避免地會有這種結果。

一旦衝突拖拖拉拉、突然高漲、中途停止或跳躍起來，回到你的前提去。它夠清楚明瞭嗎？夠主動嗎？修正其中的任何錯誤，然後轉向你的角色們。也許你的主角太弱，無法承擔起戲劇的擔子（差勁的角色刻劃）。「也許某些角色沒有持續成長」。不要忘記靜止是一個無法下定決心的靜態角色直接帶出的結果，同時也不要忘記他的靜態可能源於他不是個三種面向角色。從前提的觀點來看，全方位的角色們就會帶出真正緩慢上升的衝突。觀眾對這樣的角色所做的一切行為都能理解，也都認為有趣。

假使你的前提是「忌妒害人害己」，你知道，或是應該知道，劇本中的每一句對白和角色的一舉一動皆必須強化此一前提。如果針對某一種狀況有許多解決方案，「你的角色只能選擇其中那些能強化前提的方案」。一旦你決定前提是什麼，你和角色們立即成為它的奴隸。每一個角色必須強烈感受到前提決定的行為，是「唯一可能的行為」。再者，劇作家必須確信他的前提就是真理，否則角色們只是無意義地重複他那無法消化又膚淺的信念。請記住，戲劇不是生命的仿作，而是生命的要素。你必須濃縮一切重要和必要的東西。下面你將會看到，在「玩偶之家」中的諾拉別無他法，必須要離開丈夫。就算你不同意她最後的決定，也能夠理解。對諾拉來說，除了離開，她別無選擇。

如果角色一直繞圈圈，「沒辦法做出決定」，觀眾絕對會覺得這齣戲很悶。但是只要角色持續地成長，就沒有什麼好害怕的。

經由衝突，關鍵角色要負責成長一事的發生。要確認你的關鍵角色殘忍無情，無法也絕對不會妥協。哈姆雷特、克羅史坦、拉芬妮雅、海達·嘉寶、馬克白、艾爾格、「群鬼」中旳曼達斯、「黃熱病」（Yellow Jack）中的醫生們──他們全都是寧死不屈的關鍵角色。如果你的戲劇發展出跳躍式或靜止的衝突，一定要確定對立的結合屹立不搖。重點是角色之間的關聯不能打破，除非某項特質或是某人的個性有所轉變，或是有死亡的事件發生，才會有例外。

現在我們再一次回到諾拉身上。她逐步邁向一個小小的高峰。然後她以此為基礎，抵達另一個更高的高峰。她向更高處前進，不停地奮鬥，清除路上所有的障礙物，一直到她抵達終點才停止。從前提中，我們看到這個終點是什麼。

也許現在你該閱讀原始版本。括號內的句子（舞臺指導當然不包含在內）是我們特意挑選出來，用在跳躍式的衝突之中。

玩偶之家

第三幕

女僕：（衣服沒有穿好，來到門口）給夫人的信。

罕姆：給我。（拿過信來，關上門）是他寫的信。你不准讀，我來讀。

諾拉：好，讀吧！

罕姆：（站在燈旁邊）我根本沒有勇氣讀。它可能會毀掉我們兩個。不，我必須要知道內容。（撕開信封，看了幾行和其中夾帶的文件，發出歡呼聲。）諾拉！（她狐疑地看著他）諾拉！不行，我得再讀一遍──是真的！「我得救了！諾拉，我得救了！」

諾拉：「那我呢？」

罕姆：「當然你也是，我們兩個都得救了，你和我。」你看，他把你的借據送回來了。他說他做錯了，真心地悔改──他的生命有個快樂的轉變──

別管他說些什麼！我們得救了，諾拉！沒有人可以把你怎麼樣。噢！諾拉，諾拉！不，我首先要毀掉這些可怕的東西——（看一眼借據）不，不，我不要看。這整件事只是一場惡夢而已。（把兩封信撕碎，丟到火爐中，看著它們燒光殆盡。）好了，它再也不存在了。他說自從耶誕夜起，你就——對你來說，過去三天一定很可怕，諾拉。

諾拉：過去三天，我打了一場很辛苦的仗。

罕姆：而且身心煎熬，無路可走——不，我們不要再去想這些可怕的事情。我們只會歡呼，並且一直說：「全結束了！全結束了！」聽我說，諾拉。你好像不清楚一切都結束了。為什麼掛著一張冷漠的臉呢？我可憐的小諾拉，我完全懂。你不認為自己可以相信我已經原諒了你，但是這是真的，諾拉，我發誓，我已經完全原諒你了。我知道你所做的，是出於愛我。

諾拉：那是真的。

罕姆：你愛我，就像妻子應該愛先生一樣，只是你對自己採取的方式缺乏全盤理解。你認為自己無法負起責任，我就不那麼愛你嗎？不，不是的，我的肩膀讓你靠。我會給你忠告，為你領路。你身為女性的無助，使你在我眼中更加動人。你一定不要再去想我一開始陷入絕望時說的話，那時我真的覺得自己走投無路。「我已經原諒你了」，諾拉，我發誓我已經原諒你了。

諾拉：「謝謝你願意原諒我。」（她走到門外，朝右轉。）

罕姆：「不要走——（往裡面看）你在裡面做什麼？」

諾拉：「（從裡面）脫掉我的漂亮衣裳。」

罕姆：「（站在打開的門外）脫掉吧！試著平靜下來，讓自己再次放鬆，我可憐受驚的小雲雀。」好好休息，你很安全，讓我寬闊的翅膀庇護你。（在門外走來走去。）我們的家是多麼的溫暖舒適，諾拉。這裡是你的庇護所，我會保護你，如同保護我從老鷹爪子下救出的鴿子一般，我會讓你可憐狂跳不已的心再次平靜下來。平安會來的，一點一點的來到，諾拉，相信我。明天早上你會有全新的看法，很快一切就會回到從前。很快你就不需要我再向你確認，我已經原諒你了。你自己就會很清楚我

已經原諒你了。你難道認為我會拒絕你，或甚至責備你嗎？你完全不清
楚一個真男人的心，諾拉。對男人來說，知道自己已經原諒他的妻子真
是非常甜蜜和滿足，那是一種打從心底完完全全的原諒。她有全新的生
命，這樣一來，她似乎加倍地屬於他，好像他給予她新的生命一樣。而
她也在某種方面變成他的妻子和孩子。所以，這件事之後你會是我可憐
害怕的小甜心。諾拉，不要擔心任何事，只要對我完全坦白，讓我做你
的意志和良心──你在做什麼？不去睡嗎？你換了衣服？

諾拉：（穿著平日的衣服）是的，托瓦，「我已經收拾好東西了」。

罕姆：這是為什麼？──現在這麼晚了。

諾拉：今晚我不睡了。

罕姆：但是我親愛的諾拉──

諾拉：（看著手錶）現在不算晚。托瓦，坐下來，你和我有很多話要說。
　　　（她在桌子一邊坐下。）

罕姆：諾拉──你怎麼了──為什麼一副冷面孔？

諾拉：坐下。這要花點時間，我有很多話要跟你說。

罕姆：（在桌子對面坐下）你讓我很緊張，諾拉！我不知道你要做什麼？

諾拉：的確，你不瞭解我，在今晚之前，我也從來沒有瞭解過你。請不要打斷
　　　我，請你一定要專心聽我說。托瓦，我們要釐清一切。

罕姆：你是什麼意思？

諾拉：（短暫沉默之後）我們已經結婚八年了，你有沒有想過這是我們──丈
　　　夫和妻子──第一次認真地討論問題。

罕姆：什麼叫做認真？

諾拉：這八年來，其實更久，從認識開始，我們從來沒有認真地談過話。

罕姆：我怎麼可能老是告訴你，那些你無法幫助我承擔的憂慮？

諾拉：我說的不是你的公事，我指的是我們從來沒有認真地坐下來，把事情的
　　　前因後果談清楚。

罕姆：但是，最最親愛的諾拉，這對你又有什麼好處呢？

諾拉：就是如此，你從來沒有真正地瞭解我。你們都錯認我，先是父親，之後
　　　是你。

罕姆：什麼？我們兩個？我們兩個在這世界上最愛你的人？

諾拉：（搖頭）你們從未愛過我，只是覺得愛我挺愉快的。

罕姆：諾拉，你在説什麼？

諾拉：這是千真萬確的，托瓦。沒結婚前我跟父親住在一起，他總是告訴我他對一切事情的看法，所以我也和他完全看法一致。如果我和他看法不同，也不敢講，怕他不高興。他叫我娃娃，跟我玩的方式就像我從前跟洋娃娃玩的方式一樣。等我和你結婚同住之後——

罕姆：你用這種方式來形容我們的婚姻？

諾拉：（不為所動）我是説自己只是從父親的手中，被轉移到你的手中。你按照自己的喜好安排一切，因此我也和你有同樣的喜好，要不然我就假裝自己和你一樣。其實我也不清楚哪一樣是真的，應該兩者都有吧！現在當我回顧過往，覺得自己就像是住在這裡的一個可憐女人，僅僅夠餬口而已。我存在的目的僅僅是為你玩把戲而已，托瓦，但這就是你所要的。你和父親在我的身上犯了極大的罪行，我至今一事無成，是你的錯。

罕姆：你真是無理取鬧又不知感恩，諾拉！你在這裡不快樂嗎？

諾拉：我從來沒有快樂過。我曾經以為自己快樂，但是並非如此。

罕姆：不快樂！

諾拉：不快樂，只是高興而已。你一直待我很好，但願我們的家只是一個遊戲間，我只是你的洋娃娃妻子，就像在父親家裡我是他的娃娃孩子一樣，在這裡孩子們也像我的洋娃娃一樣。你和我玩耍時我曾經認為很有趣，如同我和他們玩的時候，他們也覺得很有趣一樣。這就是我們的婚姻，托瓦。

罕姆：你的話有些地方很真實——想法又誇大又硬梆梆，但是未來會不一樣。遊戲時間結束了，上課時間到了。

諾拉：誰要上課？我還是孩子們？

罕姆：你和孩子們，我親愛的諾拉。

諾拉：天哪，托瓦，你沒有資格教導我怎麼做你的理想妻子。

罕姆：你居然這樣説！

諾拉：至於我，我夠格養大我們的孩子們嗎？

罕姆：諾拉！

諾拉：不久前，你不是說你不信任我可以養大他們嗎？

罕姆：那是氣話！你怎麼還記得？

諾拉：事實上你說得很對，我不適合做這個工作。另外，有項工作我必須先完成。我必須嘗試教育自己，你沒辦法幫助我，我必須自己來。所以，我現在要離開你。

罕姆：（跳起來）你說什麼？

諾拉：如果我要完全瞭解自己，我必須獨立生活。「因為如此，我不能再和你住在一起。」

罕姆：諾拉，諾拉！

諾拉：我現在立刻要離開，相信克莉絲汀會讓我今晚住她家——

罕姆：「你瘋了！我不准！我禁止你這麼做！」

諾拉：「現在你禁止我做什麼都沒用。」我會帶走屬於自己的東西。無論現在或將來，我都不會向你伸手。

罕姆：你到底發的是什麼瘋？

諾拉：明天我要回家去，我的老家。在那裡找到事做，對我應該是最容易的。

罕姆：你這個女人又瞎又蠢！

諾拉：我必須嘗試認識自己，托瓦。

罕姆：拋棄你的家庭、先生和小孩！你不在乎別人會說些什麼！

諾拉：我沒辦法管別人說什麼，我只知道我必須這麼做。

罕姆：太可怕了！你居然忽略你最神聖的責任。

諾拉：你認為我最神聖的責任是什麼？

罕姆：我需要告訴你嗎？難道丈夫和孩子不是你最神聖的責任嗎？

諾拉：我還有其他神聖的責任在身。

罕姆：你還有什麼其他的責任？

諾拉：對我自己的責任。

罕姆：你的首要責任是做妻子和母親。

諾拉：我不再認為如此。我認為自己最重要的責任是做一個明理的人，像你一樣。無論如何，我必須嘗試成為這樣的人。我知道得很清楚，托瓦，大

部分的人會認同你，在書本上多的是這種觀點。但是，我不再在乎別人或書本的看法，我必須對事情有獨立的思考。

罕姆：你不能夠瞭解你在家庭的責任嗎？在這種事情上，你沒有一個可信任的導師嗎？你沒有信仰嗎？

諾拉：托瓦，我恐怕並不真正清楚信仰是什麼。

罕姆：你是什麼意思？

諾拉：我受堅信禮時，只知道神父所說的，其他一概不知。他告訴我，信仰是這樣、那樣。等我離開這裡，獨自一人時，我會好好思索這件事。到時候再來瞭解說的是否為真，或者，無論如何，對我是否為真。

罕姆：我從未從一位你這種年紀的女孩，聽到過這樣看法！但是如果信仰無法導正你，讓我試試敲醒你的良心。我想你還有道德感吧？或者——回答我——難道你沒有嗎？

諾拉：托瓦，我很肯定這不是個容易回答的問題。我真的不知道，心裡很困惑，只知道你和我的想法差異很大，我也在學習中。法律是另一個與我從前想法不同的東西，但是我無法接受法律是對的。法律說女人沒有權利資助她年邁病弱的父親或是挽救丈夫的生命，我沒辦法接受這點。

罕姆：你說這些就像個小孩子一樣，你不懂這個世界的真相。

諾拉：我是不懂，但我現在要嘗試去懂。我要看看自己是否能夠弄懂，我跟世界哪個才是對的。

罕姆：你病了，諾拉，在發囈語，我幾乎要認為你瘋了。

諾拉：今晚是我這輩子頭腦最清楚、最肯定的時候。

罕姆：你在頭腦最清楚、最肯定的現在，決定遺棄你的丈夫和孩子們？

諾拉：是的。

罕姆：那麼只有一種解釋可能成立。

諾拉：是什麼？

罕姆：「你不再愛我了。」

諾拉：的確如此。

罕姆：「諾拉！你真的說得出口？」

諾拉：「托瓦，我很痛苦，因為你一直對我很好，但是我沒辦法。」我不再愛

你了。

罕姆：（力求鎮定）你真的清楚肯定？

諾拉：是的，絕對清楚肯定。也因為如此，我不能在這裡待下去。

罕姆：你可以告訴我，我做錯了什麼，讓你不再愛我嗎？

諾拉：沒問題。就在今晚，因為那件最棒的事情沒有發生，我因此瞭解你跟我
　　　想像的不一樣。

罕姆：講清楚一點，我聽不懂。

諾拉：我已經耐心等待八年之久，我向來知道最棒的事情不會每天都發生。
　　　然後這件厄運降臨到我的頭上，那時我非常肯定這件最棒的事情終於就
　　　要發生了。克羅史坦的信件來到時，我萬萬想不到你會同意接受他的條
　　　件。我完全以為你會對他說：你就對全世界公開吧！然後──

罕姆：什麼？這樣一來，我的妻子不會被唾棄和羞辱嗎？

諾拉：然後，我完全以為你會挺身而出負起責任，並且說：是我做的。

罕姆：諾拉──！

諾拉：你是要說我絕對不會願意你為我犧牲？我當然不願意，但是我的肯定
　　　跟你的犧牲無法相比。這就是我一直盼望並且害怕的事，為了避免它發
　　　生，我決定要自殺。

罕姆：我寧可心甘情願日日夜夜為你工作，諾拉，也願意為你擔憂害怕和缺衣
　　　少食。但是，沒有人會為他所愛的人犧牲自己的榮譽。

諾拉：成千上萬個女人，都會願意如此做。

罕姆：噢，你的思想和說法都像一個無知的小孩。

諾拉：也許，但是你的思想和說法也不像個我願意與他共度一生的人。一旦
　　　你不再害怕，而且不是害怕別人用來威脅我的事，而是害怕你會被怎麼
　　　樣。等到整件事過去，從你的角度來看，似乎什麼事都沒有發生過。就
　　　像從前一樣，我還是你的小雲雀和洋娃娃，將來你會加倍溫柔地疼愛
　　　我，因為我好脆弱。（站起身）托瓦，就在那一剎那我發現八年來自己
　　　一直和一位陌生人住在這裡，還為他生了三個孩子──天哪！我沒辦法
　　　再想下去！我的心要碎裂了！

罕姆：（悲傷地）「我懂了，我懂了。我們之間有一道鴻溝，絕對是這樣。但

是諾拉，我們還是可以填滿它，不是嗎？」

諾拉：「現在的我，不再是你的妻子。」

罕姆：我知道自己可以變成一個不一樣的男人。

諾拉：如果你的洋娃娃離你而去，也許你可以。

罕姆：但是要分開，與你分開！不，不，諾拉，我不懂你為何要這麼做。

諾拉：（從右邊出去）所以，我更加確定非這樣做不可。（「她進來，穿著外套和戴著帽子，將一個小袋子放在椅子旁邊的桌上。」）

罕姆：諾拉，諾拉，不要現在就走！等到明天再說。

諾拉：「（穿上外套）我不能在陌生男人的房間過夜。」

罕姆：我們不能像兄妹一樣住在這裡嗎？

諾拉：（戴上帽子）「你很清楚這樣是行不通的。」（披上圍巾）再見，托瓦。我就不和孩子們說再見了。我知道你比我更會照顧他們，現在的我，沒辦法為他們做什麼。

罕姆：但是將來，諾拉，將來有一天？

諾拉：我怎能預測未來？我完全不知道自己將來會如何。

罕姆：但是不論在你身上發生任何事，你都是我的妻子。

諾拉：聽我說，托瓦。我聽別人說，如果妻子遺棄她的丈夫和孩子，就像我現在所做的，在法律上做丈夫的就無需對妻子盡任何義務。無論如何，我現在免除你對我的任何義務，你是自由之身。你和我一樣，完全都不需要覺得自己有所牽絆，雙方皆擁有完全的自由。現在我把婚戒還給你，你也把我的還來。

罕姆：這個也要？

諾拉：這個也要。

罕姆：你拿去吧！

諾拉：很好，一切都結束了。鑰匙放在這裡。女傭們知道怎麼打點家裡的一切，比我做得還好。明天我離開克莉絲汀家之後，她會來這裡整理我帶來的嫁妝，我會請人把東西送到我娘家去。

罕姆：「一切都結束了！一切都結束了！諾拉，你不會再想起我嗎？」

諾拉：「我知道自己一定會常常想起你和孩子們，還有這間房子。」

罕姆：我可以寫信給你嗎，諾拉？

諾拉：不，絕對不行。你不可以寫。

罕姆：至少讓我送給你──

諾拉：我什麼都不要。

罕姆：你有需要時，讓我幫助你。

諾拉：不，我不能接受陌生人的餽贈。

罕姆：諾拉，對你來說，我會永遠都是陌生人嗎？

諾拉：（拿著皮包）啊！托瓦，那件最棒的事情必須要先發生才行。

罕姆：告訴我，那件最棒的事會是件什麼樣的事！

諾拉：你和我必須先改變到一個程度，然後──。喔！托瓦，我再也不相信那件最棒的事情會發生了。

罕姆：但是我相信。告訴我，改變到一個程度，然後呢？

諾拉：然後我們生活在一起才會像是真正的夫妻，再見。（她沿著走廊走出去。）

罕姆：（沉坐在門邊的椅子上，臉埋在雙手裡）諾拉！諾拉！（四處張望，站起來）空蕩蕩的，她走了。（他的腦海中突然閃過一絲希望。）那件最棒的事？（從樓下傳來關門的聲音。）

幕落

　　現在再閱讀一次跳躍式的衝突，從中你可以看到若是該有的轉折被省略了，緩慢上升的衝突就會轉變成跳躍式的衝突。

5. 緩慢上升的衝突

　　緩慢上升的衝突是三種條件結合的結果：清楚明確的前提、刻劃良好兼三面向全部具備的角色、角色之間的結合非常扎實。

　　「驕傲自大者自取滅亡」是易卜生所著「海達‧嘉布勒」的前提。在片尾，海達自殺，因為她愚蠢地掉進自己精心設計的陷阱。

　　劇本一開始，戴斯曼和新婚妻子海達前一天晚上剛度完蜜月歸來。從前和

戴斯曼同住的姑姑戴小姐一早就來拜訪，確認一切都好。她和臥病在床的妹妹將兩人微薄的年金拿去抵押，讓這對新婚夫婦有房子住。她視戴斯曼如子，戴斯曼也視她如父又如母。

戴斯曼：哇！你買的這頂遮陽帽真是美麗！（他手拿著遮陽帽，從各個角度來欣賞它。）

戴小姐：我因海達的緣故買的。

戴斯曼：因海達的緣故？

戴小姐：這樣子，假如碰巧我們要一起出去，我就不會讓她丟臉了。（戴斯曼放下帽子，海達終於進來，臉上帶著怒容。戴小姐給戴斯曼一個包裹。）

戴斯曼：天哪！你真的為我保存它們，茉莉亞姑姑！海達，你不覺得很感動嗎？

海　達：裡面是什麼？

戴斯曼：我的舊拖鞋！

海　達：是啊！我記得在國外時你常常提到。

戴斯曼：是的，我非常想念它們。（走向她。）現在你可以親眼看到了，海達！

海　達：（走向爐子）謝謝，我真的沒有興趣。

戴斯曼：（跟著她）想想看，蕾娜姑姑在病中還為我繡這雙拖鞋，你無法想像這雙拖鞋代表多少意義。

海　達：（在桌子旁）我看不出有任何意義。

戴小姐：對海達來說當然沒有意義，喬治。

戴斯曼：現在她是家庭的一分子，所以我以為——

海　達：（打斷他）我們絕對不能再用這個傭人了，戴斯曼。（傭人其實是戴斯曼的奶媽。）

戴小姐：不再用柏莎？

戴斯曼：為什麼？親愛的，你為什麼會有這樣的怪念頭？

海　達：（手指著）你看那裡！她把她的遮陽帽隨便丟在椅子上。

戴斯曼：（在擔憂中，拖鞋掉在地上。）為什麼，海達——

海　達：要是有人進來看到會怎樣想？

戴斯曼：但是海達——那是茱莉亞姑姑的帽子！海達。

海　達：真的嗎？

戴小姐：（拿起帽子）的確是我的，而且它並不是舊的，海達夫人。

海　達：我剛才真的沒有仔細看，戴小姐。

戴小姐：（把帽子綁好）我要告訴你，這是我第一次戴它，完全是第一次。

戴斯曼：而且這是一頂很美麗的帽子。

戴小姐：噢，它並沒有什麼了不起，喬治。（四處張望）我的陽傘——？
　　　　喔，在這裡。（拿起來）這也是我的——（喃喃自語）不是柏莎的。

戴斯曼：新遮陽帽和新陽傘！想想看，海達！

海　達：的確很好看。

戴斯曼：的確！姑姑，你走之前好好看一眼海達，她真的好漂亮！

戴小姐：親愛的，這不是新聞。她一直都很美麗。（走開）

戴斯曼（跟著她）當然，但是你沒注意到她現在更好看嗎？旅行之後，她胖了
　　　　一些。

海　達：（走過房間）噢，別再說了！

　　劇本一開始的幾頁，將三個完整的角色清楚呈現在讀者面前。我們瞭解他們；他們會呼吸，是活生生的人。但是在「白癡的喜樂」中，作者需要用兩幕半的篇幅才能在劇本的最後一幕，呈現出兩位主角如何對抗充滿敵意的世界。

　　「海達‧嘉布勒」中的衝突為何而起？首先，對立的結合存在，同時，角色們三面向發展成熟，擁有「堅強的信念」。海達鄙視戴斯曼和他所代表的一切。她很無情，結婚只是圖方便，好利用丈夫爬到社會的更高階層。她有可能腐化這個純潔、謹小慎微又誠實的靈魂嗎？

　　如果沒有一個定義清楚明確的前提，任何劇作家都無法召集這些截然不同的人們。

　　在死亡奮鬥中毫不妥協的角色們，可以帶出張力。前提應該能夠展現目標，而且角色應該朝著目標前進，如同希臘戲劇中的命運一般。

在「僞君子」中，緩慢上升的衝突乃是拜奧爾貢之賜。他是主要的角色，衝突因他而起。他不願意妥協。一開始，他就如此宣告：

「他（塔爾圖夫）將我的靈魂抽離出來，教會我不把心思放在塵世的事物之上。現在，假使我親眼見到我的母親、妻子或孩子死去，我最多也只會突然感到一陣心痛而已。」

任何會做這種評論的人都會製造衝突，他也的確做到了。

奧爾貢瘋狂般的不能忍耐，爲他帶來一切的不幸。在這裡我們要強調「瘋狂般的不能忍耐」這項特質。「奧塞羅」中的艾爾格很「無情」。哈姆雷特「鬥牛犬般的韌性」將他帶往痛苦的結局。伊底帕斯堅持要找出謀殺國王的凶手，此一「根深蒂固的欲望」使他陷入悲慘的結局。這些擁有鋼鐵般意志力的角色們在定義清楚明確又容易瞭解的前提驅策之下，絕對能夠將戲劇推向最高點。

「兩股決心堅定又絕不妥協的勢力一旦進入戰鬥模式，就會創造出陽剛味十足的緩慢上升之衝突。」

不要相信只有某些類型的衝突，才具備戲劇性或可演出的價值。只要你的筆下有三面向的角色們和清楚明確的前提，任何類型都行。在歷經衝突之時，這些角色們逐漸顯露本性，呈現出戲劇性的價值和懸疑性，以及其他所有劇院術語稱之爲「戲劇性的」屬性。

在「群鬼」（Ghosts）中，曼德斯對艾爾文太太的反對一開始很溫和，但是逐漸發展成緩慢上升的衝突。

曼德斯：啊！聽完你的閱讀，我們有些感想。它結出了美好的果子，就是這個令人討厭的、破壞性的、充滿自由思考的作品！

（可憐的曼德斯，他的譴責多麼有正義感。他以爲自己的話會讓艾爾文太太無法反駁，只能認輸。譴責就是他的攻擊。現在反擊來了，造成衝突。假如被譴責的人默認一切，譴責本身並不會變爲衝突。但是，艾爾文太太直接進行

反擊。）

艾爾文太太：我的朋友，你錯了。你讓我開始思考，這一切都要歸功於你。

（難怪曼德斯在驚愕中喊道：「我！」反擊必須比攻擊更強烈，衝突才不會停留在靜止狀態。因此，艾爾文太太瞭解對方的行徑，但是將錯誤歸咎於指控她的對方。）

艾爾文太太：是的！因為你強迫我承擔起你認定是屬於我的責任和義務，因為你大力頌揚一件我會用整個生命來反抗的令人厭惡的東西，因此我開始用批判的眼光來檢驗你的教導。當時我只想要揭開其中的一點，但是一旦開始如此做，整塊布料便裂成碎片，原來它是機器做的。

（她強迫他進入防禦狀態，他猶豫了一下。攻擊，反擊。）

曼德斯：（溫和且帶著感情）我生命中最辛苦的奮鬥，只得到這些許的成就嗎？

（在這關鍵的時刻，艾爾文太太等待他的反應。他提醒她在拒絕她時，他所做的犧牲。這個溫和的問題是一項挑戰，艾爾文太太正面迎戰。）

艾爾文太太：就把它當成你一生中最可恥的失敗吧！

每一個字都使衝突更形激烈。

假使我稱呼某人為小偷，就表示衝突可能發生，但僅止於此。如同女性需要男性才能受孕一般，挑戰也需要其他因素才會引發衝突。被指控者可能會如此回應：「看看誰在說大話」，但是拒絕反擊，衝突便無從發生。但是如果他反擊說「你」才是小偷，衝突就有可能發生。

戲劇不是生活的影像，而是其本質所在。我們必須將它濃縮。在眞實生活中，人們年復一年地爭吵，卻從來沒有一次下定決心挪去造成麻煩的原因。但是在戲劇中，一切必須濃縮成基本的要素，不用多餘的對話就能顯現出多年來的眞相。

　　有一件事情很有趣，「僞君子」和「玩偶之家」在緩慢上升的衝突上採取不同的方式。在易卜生的劇本中，衝突意味著角色之間眞正的對抗。而在「僞君子」中，莫里哀的衝突始自團體間的戰爭。奧爾貢堅持自我毀滅並不能稱之爲衝突，反而是使緊張的情勢上升。我們來觀察他這個角色。

奧爾貢：這的確是一件禮物，我已經完成所有合法程序，現在要把我所有的財
　　　　產轉移給你。

　　（這些話顯然不是攻擊。）

塔爾圖夫：（後退）給「我」？噢，兄弟，兄弟，你怎麼會有這個念頭？

　　（這也不是反擊。）

奧　爾　貢：說實話，是你所說的故事給我這個念頭。
塔爾圖夫：我的故事？
奧　爾　貢：是啊！有關你在里昂——我是說在里莫葛——的朋友的故事。你
　　　　　當然沒有忘記吧？
塔爾圖夫：我想起來了。但是兄弟，如果當時我知道你聽了這故事會如此
　　　　　做，我就算割掉舌頭也不會告訴你。
奧　爾　貢：你不可能會拒絕我吧？
塔爾圖夫：不，我不能接受這麼沉重的責任。
奧　爾　貢：為什麼不行？那個人就接受了。
塔爾圖夫：兄弟，但是他是聖人，我只是個卑賤的器皿。
奧　爾　貢：沒有人比你更像聖人，我最信任的人就是你。

塔爾圖夫：如果我接受你的請託，貝來歐城的人會說我利用你的單純占你的便宜。

奧　爾　貢：我的朋友，大家都瞭解我，我可不容易上當。

塔爾圖夫：我不在意他們說「我」什麼，兄弟，而是說你什麼。

奧　爾　貢：那你不用害怕，我的朋友，我很樂意看到他們閒言閒語。而且你想想看，你永遠會擁有多大的權力。有這種權力，你可以整頓我亂七八糟的家，一次把長時間以來這些鬆散無秩序清除殆盡，你溫柔的靈魂就再也不用擔憂了。

塔爾圖夫：這權力的確會帶給我一些新的機會。

奧　爾　貢：哈！你承認了，那麼為了他們和我的緣故，難道接受它不是你的責任嗎？

塔爾圖夫：我從來沒有從這個觀點思考過，你說的可能也對。

奧　爾　貢：的確如此。兄弟，他們的得救就靠你了，難道你要讓他們永遠沉淪嗎？

塔爾圖夫：你說服了我，親愛的朋友。我不應該猶豫不決。

奧　爾　貢：那麼，你願意接受信託？

塔爾圖夫：願上帝的旨意在這件事和其他所有事上成就，我願意接受。（他將房地契放入衣服內。）

　　到目前為止並沒有衝突發生，但是我們知道不但是上當的奧爾貢會被這件事毀滅，他可愛高尚的家庭也不例外。我們要屏住氣來觀看塔爾圖夫如何運用這新到手的權力，此一場景的確是為衝突所做的預備：伏筆式的衝突。

　　現在我們遇到的緩慢上升的衝突跟從前詮釋過的不同。哪一種方式比較好？答案是兩者都好，只要它能幫助衝突上升。莫里哀讓全家結合起來擊敗塔爾圖夫（團體對抗團體），藉此創造出緩慢上升的衝突。塔爾圖夫不願接受奧爾貢的好意顯得既虛偽又軟弱，其實根本稱不上是衝突。「但是奧爾貢將財產雙手奉上給塔爾圖夫不只營造張力，同時也為他和家人之間未來的爭鬥埋下伏筆。」

　　我們暫時回到「群鬼」。曼德斯說：

「啊！聽完你的閱讀，我們有些感想。它結出了美好的果子，就是這個令人討厭的、破壞性的、充滿自由思考的作品！」

假使艾爾文太太回答道「真的嗎？」或「關你什麼事？」或「你對書本懂多少？」或是其他類似的言論，都只是反駁曼德斯，而不是攻擊他，衝突即刻變成靜止的。但是她回答道：

你錯了，我的朋友。

一開始她先籠統地否定他，再諷刺地加上「我的朋友」。下一句話才投下炸彈，直搗敵軍陣營，讓對方猝不及防，幾乎癱瘓。

你讓我開始思考，這一切都要歸功於你。

曼德斯的「我！」相當於競技場上的「哎呀！」，或甚至是「犯規！」
艾爾文太太乘勝追擊，一拳接一拳揮向可憐的曼德斯，最後再補上一記上鉤拳，但是差了一公分，沒有命中。假如艾爾文太太能夠成功地完全殲滅她的對手，這齣劇就結束了，但是曼德斯並不是一個卑鄙的戰鬥者。蹣跚了幾步後，他奮力要重回主場，接著又猛烈反擊，這是一種緩慢上升的衝突。

艾爾文太太：就把它當作你一生中，最可恥的失敗吧！

（這一擊沿著曼德斯的下巴擦過。）

曼德斯：（奮力地）這是我生命中最偉大的勝利，海倫。我戰勝了自己。
艾爾文太太：（疲倦但是準備好迎戰）這對我們兩人來說都是個錯誤。
曼德斯：（立刻乘隙而入）錯誤？當你來找我時，憂心忡忡地對我喊「我在這裡，我是你的。」我盡全力說服身為妻子的你，回到你合法的丈夫身邊，那是錯的嗎？

衝突愈演愈烈，洩漏出角色們內心深處的感覺、他們所做所為背後的力量、他們如今抱持的立場，還有他們目前正朝往的方向。每一個角色在生命中都有一個清楚明瞭的前提，他們知道自己要什麼，而且正在為目標奮鬥。

　　尤金‧歐尼爾的「哀悼」是緩慢上升之衝突的絕佳範例。唯一的問題是其中的角色們儘管拼個你死我活，卻缺少根深蒂固的動機。

　　從本書最後的摘要中，你可以找到角色背後一股強而有力、無法阻擋的力量，驅策著他們向那無可避免的結局邁進——拉芬妮雅要報殺父之仇，克莉絲汀想掙脫先生的枷鎖。

　　衝突如波浪般湧入，來勢洶洶，愈湧愈高，其勢不可當，直到我們開始細察這些角色。然後，我們很難過地發現一切的流血和騷動全是假的。他們無法取信，因為他們不是活生生的人，而是作者筆下的成品。這位作者活力和創意極其充沛，讓他們做出有意識的人類會做的行為。然而作者一旦放手，他們就因為自己存在的重擔而瓦解。

　　作者要他們往那裡走，他們就堅持到底，沒有自己的想法。拉芬妮雅冷酷地仇視母親，因為這樣可以製造衝突。她發現一些關於父親的真相，原本可以讓她對他出於保護的熾熱之愛略微降溫，但是她卻置諸腦後。她必須如此，假如她要詮釋出作者要她飾演的部分。

　　布萊特恨曼寧一家，因為他們讓他母親餓死。但是他自己拋棄母親多年，讓她被命運擺布，這卻一點也不重要。衝突必須持續。

　　克莉絲汀仇視她的先生，因為她的愛已轉為恨，所以她殺了他。然而什麼原因使她的愛轉為恨？作者卻從未解釋。

　　歐尼爾有個好理由不去洩露這個祕密：他自己也不知道。他的前提並不存在。

　　他模仿希臘戲劇的模式，認為自己用命運來取代前提，就能確保其驅動力相當於古希臘的經典戲劇。但是他失敗了，因為希臘戲劇的前提藏在命運的偽裝之下，而歐尼爾只有盲目的命運，卻沒有前提。

　　我們看到膚淺、動機很糟糕的角色們也可以製造緩慢上升的衝突，但這種戲劇不是我們想要的。在劇院中，我們可能深受震慽或甚至飽受驚嚇，但是它們很快就會成為過眼雲煙，因為它們與我們所知的現實面毫無關聯。這些角色

們不是三面向的角色。

　　現在我們再次重申：緩慢上升的衝突就是清楚明確的前提、對立的結合，再加上三面向的角色們。

6. 變化

　　辨識出風暴就是衝突，很簡單。然而我們所經歷並稱之為「風暴」或「颶風」的，其實就是高潮。高潮是幾百、幾千個小衝突帶出的結果，每一個小衝突都比前一個更大、更危險，一直到危機 —— 暴風雨前的寧靜 —— 出現為止。在這最後的一刻，角色會做出決定，風暴不是繼續發展就是用盡全力傾倒出它的憤怒。

　　想到大自然的各種現象時，我們通常認為它們僅由一種原因造成。我們會說風暴是這種或那種方式開始的，而忘記每一個風暴都有不同的背景，儘管結果基本上相同。好比死亡是由不同的狀況導致，但是在本質上，死亡就是死亡。

　　衝突是由攻擊和反擊組成，但是衝突和衝突之間並不相同。在每個衝突上總是有微小到幾乎察覺不出的變化存在，那就是轉折。這些轉折決定你該採取哪一種緩慢上升的衝突。轉折乃是由個別的角色來決定。假使某個角色要花較長的時間思考，或是拖拖拉拉，那麼他的轉折就會因為這種拖拖拉拉而影響到衝突本身。就好像沒有任何兩個人有完全相同的思想模式，也沒有任何兩個轉折和衝突會一模一樣。

　　來觀察諾拉和罕姆，研究一下他們自己都不瞭解的動機。為什麼諾拉對罕姆在爭吵中所做的決定表示同意？一個簡單的句子裡藏著什麼涵義？

　　罕姆方才發現偽造簽名一事，怒火中燒。

罕姆：你真是無可救藥！你做了什麼？

　　（這不是攻擊。他非常清楚她做了什麼，但是因為過於害怕而難以置信。各種情緒在他心中波濤洶湧，他需要片刻的喘息。上面這句臺詞是可怕的攻擊即將來臨的「伏筆」。）

諾拉：讓我離開吧！你不該因為我的緣故而受苦。你不可以為我受過。

（這也不是反擊，但是衝突持續上升。她還不知道罕姆不打算為她承擔罪名，也並不完全清楚他對她非常生氣。她知道他冒火了，但他應該不是認真的。在她心中還留著一絲絲的幼稚念頭，對照即將迎面而來的危險，她的純真尤其顯得動人。這句話並非要挑起爭端，而是一個讓衝突上升的轉折。）

假使我們不瞭解罕姆、他的個性和道德上的顧忌、他近乎瘋狂的誠實，那麼諾拉與克羅史坦的戰爭絕對不會是衝突，觀眾也沒有任何場面可期待。問題是兩人中誰會占上風。「那麼小的變化只有在與大的變化相比較時，才顯得重要。」

「乾草熱」（Hay Fever）可用來闡明此一論點。我們所截取的場景不包含大的變化，其中沒有任何東西處於危險之中，也沒有讓小的變化顯得重要的東西存在。若是某個角色被淘汰出局，整體劇情不會影響，明天又是嶄新的一天。儘管這是個喜劇，也不該有這樣嚴重的缺陷，還有更多其他的事實證明這不是一齣好喜劇。

放在每一句對白之後的括弧內的評論——攻擊、衝突、反擊——顯示出這句對白有發展成不同衝突的潛力。

諾雅·考華德（Noel Coward）的「乾草熱」，一個由下列成員組織成的家庭：母親是退休演員，父親是迷人的小說家，有兩個除了迷人之外還是迷人的孩子。一家人邀請客人來度週末。母親茱迪邀請她的新男友，父親大衛邀請他的新女友，女兒蘇蕊邀請她的新男友，兒子賽門也邀了新女友。他們為誰睡哪裡爭吵不休，一直到客人進門才停。四個客人很平凡，在劇中扮演丑角。

蘇蕊：我早就該想到，你已經不再鼓動那些又笨又膚淺、被你的名氣所迷惑的年輕男人來追求你了。（攻擊）

茱迪：也許你說的對，但是只有我自己有資格發言。我曾經希望你長大會是個好女兒，不是個愛批評的阿姨。（反擊，緩慢上升。）

蘇蕊：你的行為真是廉價。（攻擊，緩慢上升。）

茱迪：廉價？胡說八道。你的外交官又怎樣？（反擊）

蘇蕊：當然有些不同吧！親愛的。（靜止）

茱迪：假如你認為自己碰巧是個活力充沛又涉世未深的19歲女郎，所以有資格壟斷周遭一切的愛情冒險，那麼我絕對有責任讓你早點夢醒。（攻擊）

蘇蕊：但是，母親——（緩慢上升）

茱迪：照你這種態度，大家都會以為我80歲了。沒把你送去寄宿學校真是個錯誤，要不然你回家時大家就會以為我是你的姐姐。（靜止）

賽門：這招沒有用的，大家都知道我們是你的兒子和女兒。（靜止）

茱迪：都怪我從前太笨，你還是小嬰兒時，我在螢光幕前逗你玩。我就知道自己不該這麼做。（靜止）

賽門：我不懂你為什麼要裝年輕。（攻擊，緩慢上升）

茱迪：親愛的，以你現在的年紀，如果你裝年輕的確很不恰當。（反擊）

蘇蕊：但是，親愛的母親，你難道不知道，你四處去炫耀年輕男人實在很丟臉。（攻擊）

茱迪：我從來不炫耀。在道德上，我一輩子都可算是謹守分寸。而且，假使從事些小娛樂可以讓我開心，又有何不可。（靜止）

蘇蕊：但是，這種行為不該讓你開心才對。（攻擊）

茱迪：你知道，蘇蕊，你一天比一天更散發女性魅力。我真希望當初換個方式把你養大。（反擊）

蘇蕊：我很驕傲自己有女性魅力。（攻擊）

茱迪：你真可愛，我愛你。（親吻她）而且你真是美麗，我非常忌妒你。（靜止）

蘇蕊：真的嗎？你真好。（靜止）

茱迪：你會好好對待山弟吧？（靜止）

蘇蕊：他不能睡在那間「小地獄」嗎？（靜止）

茱迪：親愛的，他運動神經太發達了，那麼多水管會讓他精力衰弱。（靜止）

蘇蕊：水管也會讓李察精力衰弱。（靜止）

茱迪：他不會注意到的，他可能已經習慣那些在熱帶像火爐般的大使館，屋頂

上裝著風扇等等。（靜止）

賽門：他一定很無趣。（靜止）

蘇蕊：你太冷漠，太會挑剔了，賽門。（跳躍）

賽門：一點也不會，我只是厭惡對你的男性朋友們熱情而已。（攻擊）

蘇蕊：你從來沒有對我的朋友有禮貌過，男的、女的都一樣。（反擊）

賽門：不論如何，日本房是女生的房間，應該讓女生睡。（靜止，甚至對它想
　　　製造的轉折來說都是如此。）

茱迪：我已經答應給山弟睡了，他愛一切有日本味的東西。（靜止）

賽門：麥拉也愛日本味。（跳躍）

茱迪：麥拉！（緩慢上升）

賽門：麥拉‧艾倫德，我邀請她來。（緩慢上升）

茱迪：你什麼？（緩慢上升）

　　真是出人意料！除了觀眾以外沒有人想到賽門可能也邀了人。此一場景直
到這裡才觸及到這點，完全浪費了好幾頁的篇幅。既然大的變化不存在，所以
小的變化也沒有意義；劇情更是缺乏轉折，因為角色們讓人一眼就可看穿，只
擁有兩個面向。

　　你想發動車子，這是你的前提。首先你點燃汽油，一滴汽油會爆炸，假使
為某種原因沒有更多的爆炸（衝突），車子會停留在靜止狀態（你的戲劇也是
如此）。但是如果汽油流動得很順，一個爆炸會引發另一個爆炸（衝突製造衝
突），接著引擎就會用穩定的嗡嗡聲開始振動。

　　許多個小爆炸導致車子往前行進。要讓輪子往前滾動需要許多個爆炸，不
是一或兩個。

　　在戲劇中，每個衝突導致下一個衝突發生，每一個新的都比前一個更激
烈。想要達到目標的角色製造出衝突，這些衝突驅使戲劇往前邁進。角色的目
標就是「證明前提有效」。

　　現在讓我們回到我們的老朋友諾拉和罕姆，來看看他們的衝突如何變化和
更動。

罕姆：請不要裝可憐。（鎖上走廊的門）你就待在這裡，向我解釋清楚。你知道自己做了什麼荒唐事嗎？回應我，你知道自己做了什麼荒唐事嗎？

　　（這些對白代表節奏加快。鎖上門使他說的話分量更重，他的發話就是攻擊。）

諾拉：（目不轉睛地看著他，說話時臉上的表情愈來愈冷酷）是的，我現在開始完全瞭解了。

　　（諾拉的答案不是反擊。攻擊和反擊是製造衝突最直接和快速的方法，但是從頭到尾只用同一個方法只會令觀眾厭煩，戲劇也會太快結束。
　　諾拉的答案是否定的，但是我們必須知道原因何在。對於罕姆不耐煩地要她做出解釋，她「拒絕從命」。她不做解釋，但是她的答覆中顯示她正在甦醒，這是罕姆將會得不償失的第一個徵兆。那麼，諾拉的回答帶著火氣嗎？絕對如此。其中的冷漠和語氣是危險臨頭的警示，但是怒火上升的罕姆卻視而不見。他的怒氣愈升愈高，無法控制。）

罕姆：（在房間內來回走動）我真是大夢初醒，好可怕！這八年來，她為我帶來多少歡樂和驕傲，原來她是個偽君子、騙子，而且更糟糕的，她居然是個罪犯！她的醜陋無以名狀！丟人啊！丟人啊！（諾拉不發一語，緊盯著他。他在她面前停下。）

　　（罕姆的攻擊已經惡毒到諾拉若是用任何方式來打斷，都會毀掉易卜生已達成的效果。沉默道盡她的一切想法，比莎士比亞可能想出來的任何對白還棒。
　　我們看到衝突變成直接攻擊和反擊的一種變化。諾拉的沉默是一種微妙的反擊，一種準備進入戰鬥的抵抗。）

罕姆：我早該懷疑這種事情會發生，我早該預想到。你父親的缺乏原則——安

靜！你父親的缺乏原則在你身上一覽無遺。沒有信仰、沒有道德觀、沒有責任感。現在我因為假裝看不到他犯的錯還要受懲罰！我這樣做是為了你，你居然如此回報我。

（罕姆的攻擊很直接、難以抵擋，諾拉的回答很有趣。）

諾拉：是的，的確如此。

（她的贊同證實他的觀點，但這是有原因的。她想要離開，因為她方才第一次發現過去八年是個惡夢。再一次，她的答案是否定的；這不是傳統的反擊，而是她大夢初醒後選擇反抗的第一個徵兆，同時也讓罕姆更加憤怒。想跟人打架卻找不到對手的人益發有威脅感。我們不想暗示諾拉蓄意要激怒先生。相反地，她現在看到和他在一起過日子沒指望。她同意，因為已下定決心要離去，而且也因為他說的是事實，只是她現在才察覺。易卜生利用她的狀況，使衝突更進一步。）

往下讀，我們看到罕姆藉著強勢的爭論把諾拉踩到腳下。這似乎是場一面倒的戰爭，其中一方拳如雨下，對手毫無招架之力。但是諾拉也不示弱，耐心地等待最佳還手的時機。每一拳都讓她站得更穩，她的反抗本身就是反擊。

這種類型的衝突跟之前討論過的不同。它不一樣，但是效果並不差。

問題　它的確有用，但是我看不出「分別」。

回答　你記得我們引述「群鬼」中的一景嗎？曼德斯和艾爾文太太的這一場景，包含所有直接衝突的元素。整個劇本完全架構在攻擊和反擊之上，只有少許的例外。但是我們不能因此宣示因為它在「群鬼」中很成功，所以一切優良的劇本都要從這個原則出發。

問題　為什麼不行？

回答　因為狀況和角色均不同。看待每一個衝突，一定要觀察其中的角色和牽涉到的狀況。「群鬼」一開始就情勢緊張。艾爾文小姐內心苦毒，懂得人情世故，對未來不抱希望。她與耳根軟、被寵壞又像個小孩的

諾拉完全相反。這些角色們當然會製造出不同類型的衝突。艾爾文太太的衝突在劇本的「開頭」就出現，原因是她用忍耐盡力維持形象。諾拉的大衝突在劇本的「結尾」出現，原因是她對處理錢財的無知。當然她們需要不同的處理方式。然而，儘管不同的角色適合不同類型的衝突，然而衝突本身必須貫穿整個劇本。

7. 伏筆式的衝突

假如你覺得必須向親戚或朋友朗誦你的腳本，儘管去做。但是不要要求他下評論。他可能懂得比你少很多，他的評論也可能對你弊多於利。如果他沒有資格做專業的建議，你等於是勉強他，讓他痛苦。

假如你必須對某人朗誦腳本，請要求他在覺得疲倦或厭煩的當下立刻告訴你。這代表你的腳本缺少衝突，也顯現出你的角色們刻劃的很糟：他們缺少戰鬥力，沒有對立的結合，並且在你的作品中缺少絕不妥協的重要角色。如果這一切都不存在，代表你的作品沒有整體性，只是文字的堆積。

你可能會爭辯說，觀眾的知識水準並沒有高到要看高水準的作品。這代表什麼？上面提過的論點仍然成立嗎？是的，它仍然成立，因為一個聰明人如果沒辦法在一開始就偵測到「伏筆式的衝突」，他很快就會感到厭煩。

衝突是所有寫作的心臟。如果事先沒有伏筆，衝突便不存在。衝突是一種巨大無比的原子彈威力，由一個爆炸製造出一連串的爆炸。

夜晚來臨之前必定有黃昏，清晨之前必有黎明，冬天抵達前必有秋季，夏天來到前必先有明媚春光。它們全都是未來事件的伏筆，而伏筆也不盡相同。事實上，從來沒有兩個春天或黃昏是相似的。

沒有衝突的戲劇製造出一種荒蕪感，分解和腐敗似乎就在眼前上演。

衝突若不存在，地球不可能有生命，宇宙間亦然。寫作技巧僅只是複製宇宙法則，小到原子，大到星球，全俯伏在這宇宙法則之下。

讓任何兩個狂熱分子或團體彼此對立，你就能為強烈到讓人喘不過氣的衝突預留伏筆。

電影「東京上空三十秒」（Thirty Seconds over Tokyo）完美地表達出我

們的想法。電影的前三分之二沒有任何衝突上演，但是觀眾仍舊耐心坐著觀看，像被催眠一般。到底為什麼？作者施了什麼魔法讓觀眾乖乖聽話？答案其實很簡單，他們已經看到衝突的伏筆。

一位軍官告訴一群飛行員：「男孩們，你們全都志願執行一件極其危險的任務。因為它危險的程度，為了安全，你們最好不要討論可能要前往的目的地。」

這個警告是故事的跳板。接下來角色們忙著參與一個內容緊湊繁重的訓練課程，為危險的旅程做準備。

預留伏筆效果奇佳，在我們的例子裡，衝突就是結果。

在這個故事中，漫長的等待是否值得並非重點。該記得的重點是觀眾屏息等待兩小時之久，只為了在伏筆中讓人預期要發生的東京上空三十秒。

兩個旗鼓相當的拳擊手在場上面對面時，觀眾的預期心理立刻高漲，舞臺上亦復如此。

你同意這個看法，但是你該如何在一開始就把強勢、絕不妥協的角色們帶到舞臺上，為衝突預留伏筆呢？

我們認為對作者來說，這是最簡單的一件事。用「玩偶之家」的罕姆來舉例。他連最微小的罪行都無法放過的態度，代表未來麻煩絕對會出現。等他發現諾拉用他的身分偽造簽名時會如何反應？他會寬容嗎？我們不知道。有一件事是確定的：一定會有麻煩。「任何不肯妥協的角色，都能製造出同樣的預期效果。」

「埋葬死者」中的六個死去的兵士，向不公平的待遇提出抗議。這種行為為衝突預留了伏筆。（他們絕不妥協。）

在戲劇術語中，預作伏筆的衝突就是「張力」。

一般大眾通常把心理學稱為「常識」。任何低估觀眾「常識」的作者，面對現實時都會很痛苦。

一個坐在訓練有素的劇評家旁而且從未聽過佛洛伊德的人，也會對你的劇本做出評斷。如果你的劇本缺少衝突，任何託辭或華麗的詞藻都無法影響這位沒有經驗的觀眾。他知道這齣戲很糟。為什麼？他覺得無聊，他的常識和天生辨別好與壞的能力給他這種感覺。他睡著了，不是嗎？這肯定代表他覺得這齣

戲很糟。對我們來說，他的反應意味著戲劇缺少衝突，或甚至缺少衝突的伏筆。

一般人不相信陌生人，唯有藉著衝突你才能「證明」自己。在衝突中，你顯露真實的自我。在舞臺上和現實生活中，不能先「證明」自己的人都是陌生人。在困境中願意與你並肩而站的人，才是被「證明」過的人。你不可能愚弄觀眾。就連文盲也知道禮貌和花言巧語不代表誠懇或友誼，犧牲卻是。再說一次，為角色的「任何特質」預留伏筆絕對必要，就如同呼吸對人絕對必要一般。

為衝突預留伏筆代表觀眾會看到生存的本質。在這世界上，大多數人不願意顯露本相，總是隱藏內心真正的想法，因此我們很想看到人在衝突的壓力之下現出原形。預留伏筆的衝突還不是衝突，但我們熱切等待願望成真。在衝突中，我們「被迫」要顯露本相。似乎每個人對於自己或他人的顯露本相，都極端著迷到危險的程度。

我們並不認為必須要向作家強迫推銷，非要有伏筆不可的念頭。重要同時也是最困難的事，是如何運用。舉例來說，在克利夫・歐戴斯（Clifford Odets）的「等待左撇子，暫譯」（Waiting for Lefty）中，劇本開頭的第一行就可嗅出愈來愈高的張力。

法特：你錯的離譜，我笑不出來。

法特和其他幫派分子正在「反對」一場罷工行動。而觀眾——同時也是劇中的角色們——則「贊成」罷工。

貧窮迫使這些打算罷工的人，為自己做一件大事。他們心中充滿苦毒，因此已經下定決心。他們常常挨餓，根本沒有什麼好怕的；如果要存活，就「必須」罷工。

另一方是法特和其他的幫派分子。若工會決定罷工，這些槍手就失去用處。他們比一般的幫派分子更罪大惡極，他們代表邪惡的工會領袖階層。一旦罷工開始，豐厚的保護費就泡湯了。這場罷工不僅是一場時常上演的罷工，而是革命。

雙方皆處於失去「一切」或得到「一切」的邊緣。雙方皆意志堅定，張力因此而生。在我們的術語中，這就是衝突的伏筆。

堅決不退讓的雙方必須對決，這是無情的衝突必帶來殘酷結局的伏筆。

下定決心的敵對雙方在任何情況下都不能也不願妥協，一方必須毀滅另一方才能生存。把這些全部加總起來，一定能夠爲衝突預留伏筆。

8. 行動的時刻

幕該何時升起？何時是行動的時刻？幕升起時，觀眾希望趕快知道舞臺上的這些人是誰？他們要什麼？他們爲何在那裡。他們彼此之間的關係如何？然而在某些戲劇中，角色們長篇大論地說些廢話。我們完全搞不清楚他們是誰，想要些什麼。

在傑洛德‧薩弗瑞（Gerald Savory）的「喬治和瑪格麗特」（George and Margaret）中，作者花了40頁把全家介紹給觀眾。在第46頁出現一個暗示：有人看到某個兒子進入女僕的房間，之後大家就不再提這件事。整個家庭生活按著既定的程序往前行進，每個成員的腦袋都有些狀況，沒有人在乎其他任何人。最後，終於在第82頁，我們確實知道一個兒子曾經進去女僕的房間。沒什麼了不起，你知道的，只是一件稀鬆平常的事。

儘管角色們刻劃的很好，就像精細的炭筆畫一樣，我們仍然奇怪他們爲何在舞臺上。他們想完成什麼任務？這齣戲劇略帶誇張，但是對該家庭的靜態生活描寫得鉅細靡遺。作者知道如何刻劃，其寫作技巧卻不到小學程度。

描述一個不知道自己要什麼或是不是很認眞想要某樣東西的人，並沒有意義。就算一個人知道自己要什麼，但是沒有內在和外在的必要性讓他「立刻」去完成這個願望，這個角色也會爲你的劇本減分。

什麼原因會讓一個角色開始從事一連串的事情，因此可能會毀掉他或幫助他成功？答案只有一個：「必要性」。一定有一樣極端重要的東西，正處於極大的危險中。

假使你擁有一個以上的角色屬於這個類型，你筆下行動的時刻一定很出色。

「戲劇可能正好在衝突要引發危機的一剎那開始。」

「戲劇可能在至少一位角色抵達生命轉捩點的一剎那開始。」

「戲劇可能藉由一個能夠促成衝突的決定開始。」

「戲劇一開始就有某個重要東西處於極大的危險中，這是一個好的行動的時刻。」

「伊底帕斯王」的起頭，是伊底帕斯決意尋找殺人凶手。在「海達‧嘉布勒」中，海達蔑視她的丈夫和他所代表的一切，這個起頭很棒。她的蔑視強烈到一個程度，讓她決定「不」認同這可憐人所做的任何事。我們瞭解戴斯曼的個性，會想知道他能夠忍受這種虐待多久？愛情會讓他順服還是反抗？

在「安東尼和克麗歐佩特拉」（Antony and Cleopatra）中，我們聽到安東尼的兵士們擔心克麗歐佩特拉挾制他們的將軍，於是立刻就看到他的愛情和領導能力之間的矛盾。他們相識在他的生涯最高峰，這次相識也是他生涯的轉捩點。身為羅馬帝國三人執政的一員，他命令她前來回答為何在戰爭中援助蓋烏斯和布魯特斯，他們兩人是這場戰爭的輸家。安東尼是原告，克麗歐佩特拉是被告，但是他卻愛上她，牴觸了自己和羅馬帝國的利益。

在上面的每個戲劇中，於每個人類可以毫不汗顏地稱之為戲劇的作品中，當其中至少一個角色抵達「他生命中的轉捩點」的那一剎那，幕就升起了。

在「馬克白」中，一位將軍聽到他將會成為國王的預言。這個想法從此就在他心中生根，直到他殺了合法的國王才停止。這齣戲劇在馬克白開始覬覦王位（轉捩點）開始。

「千載難逢」（Once in a Lifetime）的開始是主角們決定停止從前的活動，前往好萊塢。（這是一個轉捩點，因為他們的存款很快就會花光。）

「埋葬死者」的開始是六個死去的士兵，決定不要下葬。（轉捩點：幸福、快樂可能會喪失。）

「客房服務」（Room Service）的開始是旅館經理決定他的姐夫，必須付清他的劇院所欠的錢。（轉捩點：他可能丟掉工作。）

「死亡」（They Shall Not Die）的開始是警長說服兩個女孩，去控告斯卡波洛男孩們強姦她們。她們決定撒這個漫天大謊，免去自己的牢獄之災。（轉捩點：她們有可能失去自由。）

「厲里恩」（Liliom）的開始是男主角與員工們作對，而且做出錯誤決定，去跟一個女傭同居。（轉捩點：他可能會失去工作。）

　　馬達克（Madach）的「人類的悲劇」（The Tragedy of Man）的開始是亞當不遵守他對上帝的諾言，吃了禁果。（轉捩點：他可能會不再快樂。）

　　歌德的「浮士德」（Faust）的開始，是浮士德把靈魂賣給魔鬼。（轉捩點：他可能失去靈魂。）

　　馬羅（Marlowe）的「浮士德醫生」（Doctor Faustus）也有同樣的開始。

　　「守衛」（The Guardsman）的開始是做演員的丈夫因為忌妒，決定佯裝成一個守衛來測試他妻子的貞節。角色必須在某個當下做出決定時，就是行動的時刻。

問題　什麼叫做當下做出決定？

回答　這個決定在角色的生命中，同等於轉捩點。

問題　但是某些戲劇不是這樣起頭的，例如：薛尼茲勒（Schnitzler）的作品。

回答　的確如此。剛剛我們談的是劇情發展涵蓋兩個對立極端之間的所有步驟，例：愛與恨。在這兩個極端之間有許多步驟。你可能會決定僅只在某個大的發展中運用一、二或三個步驟，但是你必須要事先做出決定。當然這種類型的決定或是僅僅為決定做準備工作，不可能像重大發展那樣有全面性的效果。讀一下討論轉折的章節，你會發現人在做決定之前總有些枝微末節會浮現：懷疑、希望、下不了決心等。如果你想要運用這種心情的準備狀態來撰寫一個以轉折為中心的劇本，你必須放大這些枝微末節，大到可以讓觀眾注意的到。要撰寫這樣的劇本，作者必須對人類行為有非常透澈的瞭解。

問題　你會建議我去寫這種劇本嗎？

回答　你必須知道自己是否有足夠的能力，去處理這種問題。

問題　換句話說，你不鼓勵我這樣做。

回答　我並非要你打消此意。我們的功能是告訴你如何去撰寫或評論劇本，不是告訴你是否該選擇某個特定題材。

問題	很公平。戲劇有可能是準備狀態和當下做出決定的混合類型嗎？
回答	偉大的戲劇包含各種不同的混合類型。
問題	讓我想想我清楚了沒有。我們必須在做出決定的時刻爲戲劇起頭，因爲在這個時刻衝突開始，角色也得到機會表露出本相以及證明前提。
回答	對。
問題	行動的時刻必須是做決定的時刻或是預備做決定的時刻。
回答	對。
問題	好的角色刻劃和對立的結合代表衝突一定會出現；行動的時刻開啓衝突的到來，對嗎？
回答	是的，繼續。
問題	你認爲衝突是戲劇最重要的一部分嗎？
回答	我們認爲若是沒有衝突，任何角色都無法顯露本色；同時，沒有角色的存在，衝突也沒有意義。在「奧塞羅」中，僅只在選擇角色上就有衝突發生。一位摩爾人想娶貴族的女兒，但是對莎士比亞而言，戲劇一開始就介紹各個角色的背景沒有意義。舉例來說，薛伍在「白癡的喜樂」中卻如此做。我們會從奧塞羅和戴絲夢娜的愛情中，瞭解他們是何等人。他們的對話會告訴我們，他們的背景和性格。所以莎士比亞用艾爾格做開頭，衝突因他的性格而生。在很簡短的一景中我們瞭解他恨奧塞羅，我們瞭解奧塞羅的地位還有他和戴絲夢娜私奔了。換言之，我們從瞭解這兩人之間的偉大愛情開始，略微知道愛情遇到的阻礙，也瞭解艾爾格想要毀掉奧塞羅的幸福和地位。假使一個男人考慮要殺人，他並不會特別有趣。但是他若是與其他人同謀或獨自計畫，並且決定眞的要這樣做，戲劇就此開始。假使一個男人告訴一個女人他愛她，他們可以情話綿綿講上幾小時、幾天。但若是他說「我們私奔吧！」這就可能是戲劇的開始。這句話有許多意涵。他們爲何要私奔？如果她回答「那你的太太怎麼辦？」我們就懂得這個情況中最關鍵的問題。如果這個男人有足夠的意志力貫徹他的決定，那麼他

的每個行動都會伴隨著衝突出現。

問題　為什麼易卜生不在諾拉因罕姆的工作驚慌失措，瘋狂般四處找人幫忙時開始他的戲劇？在她決定要偽造她父親的簽名時，有好多衝突上演。

回答　沒錯。但是這些衝突「存在於她的思想中」，外面看不見。「反面的角色不存在。」

問題　有的。罕姆和克羅史坦。

回答　克羅史坦很樂意借款，因為他知道簽名是偽造的。他希望罕姆能聽命於他，所以不出手攔阻諾拉。同時簽名是因罕姆的緣故偽造的，罕姆本身並非阻礙。當時他正因病痛而受苦，所以諾拉必須要借錢。
在「玩偶之家」中，易卜生選擇的行動時刻並不恰當。他應該在克羅史坦變得不耐煩，要求還錢時為戲劇起頭。諾拉所承受的壓力會使她顯露本性，加速衝突的進行。

「戲劇應該在第一句對白時開始。」相關的角色們會在衝突的過程中顯露出本性。先蒐集證據、描述背景、營造氣氛，再讓衝突上演，這是糟糕的寫作方式。無論你的前提為何、角色為何，第一句對白應該要帶出衝突，開始往證明前提有效的目標前進。

問題　你知道我正在寫劇本，一個一幕劇。我已經有了前提，角色已挑選好，做好刻劃，也寫好了摘要。但是仍然有狀況：我的劇本缺乏張力。

回答　說說你的前提。

問題　絕望帶來成功。

回答　告訴我你的摘要。

問題　一個極度害羞的大學生愛上一位律師的女兒。她愛他，但是也尊敬並愛自己的父親。她讓男孩瞭解如果父親不贊成，她就不會嫁給他。男

孩和她的父親會面，父親能言善道，藉機好好嘲弄了男孩一番。

回答　然後呢？

問題　她很難過，告訴男孩她還是願意嫁給他。

回答　告訴我，你的行動時刻是什麼？

問題　女孩試圖說服男孩來她家和父親會面。男孩厭惡父親的介入，然後——

回答　什麼可能會失去？

問題　當然，是這個女孩。

回答　不對。如果她要父親贊成才能結婚，她不可能愛男孩愛得很深。

問題　但是這是他們兩人生命的轉捩點。

回答　為什麼？

問題　如果父親不贊成，他們可能要分開，失去幸福。

回答　我不相信。她還未做出決定，所以她不可能是緩慢上升衝突的原因。

問題　但是的確有一個緩慢上升的衝突存在，男孩非常不想去女孩家——

回答　等一下。我記得你的前提是「絕望帶來成功」。你現在已經知道，前提是戲劇摘要的縮影。劇本缺乏張力因為你忘記自己的前提。你的前提說的是東，摘要卻談的是西。前提指出「某人的生命有危險」，摘要卻不是這麼回事。為什麼不在女孩家，男孩正等著見她父親的時候開始這齣戲劇？男孩感覺絕望，並提醒女孩他在幕升起前對她所立下的誓言。

問題　他發了什麼誓？

回答　如果她的父親不贊同，他就要自殺，讓她一輩子良心不安。

問題　然後呢？

回答　你可以跟著摘要往下走。女孩的父親是有名的能言善道又狡猾，他著實拷問男孩一番。我們知道男孩至此已經絕望到如果失敗就要自殺。性命攸關的時刻當然就是他人生的轉捩點。父親或是男孩說的每一句話此刻都很重要。畢竟男孩會奮力一搏，也可能會做出出人意外

的事。危險臨頭時他可能完全不膽怯，反而會出言攻擊，讓他嚇一大跳。女孩也許會受他激勵，而起而反抗父親。

問題 但是他可以不威脅要自殺，而做到這一切嗎？

回答 可以，但是我記得你之前在抱怨你的劇本缺乏張力。

問題 沒錯。

回答 缺乏張力是因為沒有「任何重要的東西在危險之中」。行動的時刻錯了。像他們這樣身處困境的年輕人成千上萬，其中一些人過一陣子就不再如此沉迷於愛情，其餘的表面同意長輩的要求，暗地裡仍然偷偷見面。在這兩種狀況中，並沒有任何重要的東西處於危險之中。不會有人為他們的愛情故事寫劇本。另一方面，你筆下的戀人們卻是無比認真。至少男孩已抵達他生命的轉捩點，他把所有的賭注放在一張牌上，所以他是極佳的寫作題材。

就算你有很好的前提，角色也刻劃的很棒，但是若缺乏正確的行動時刻，戲劇就會拖沓，原因就在一開始時沒有一個重要的東西在危險中。

當然你聽過一句舊諺語：「每個故事必須要有一個起頭、中間和結尾。」

任何會幼稚到把這句忠告認真當一回事的作家，絕對會碰到麻煩。

如果每個故事真的都要有個開始，那麼所有的故事都應該是在角色成形時開始，在他們死亡時結束。

你可能會抗議說，這是對亞里斯多德的看法做過於字面上的解釋。也許如此，但是許多劇本的確因為作者基於某種原因或是下意識地遵守亞里斯多德的教條而遭殃。

「哈姆雷特」不是在幕啓時才開始，差的很遠。在這之前有一樁謀殺案，受害者的鬼魂剛剛才回來伸冤。

因此這齣劇不是在起頭開始，而是在「中間」，在這之前先有一樁卑鄙的罪行。

你可能會說亞里斯多德的意思是就算在「中間」，也必須要有個開始和結束。也許是，但是如果這是他的本意，他應該會表達的更加清楚才對。

「玩偶之家」不是在罕姆生病時開始，也不是在諾拉瘋狂地四處找錢來挽

救他的生命時開始。這齣戲劇不是在諾拉偽造她父親的簽名來借貸時開始，也不是在罕姆休養後回到家卻無業時開始。不，它不是在諾拉四處省小錢好償還債務的那些年開始，而是在克羅史坦發現罕姆即將擔任銀行經理的那一刻開始。克羅史坦緊接著開始勒索諾拉，戲劇就此開始。

「羅密歐與茱麗葉」不是在蒙塔古和凱普萊特家族的世仇起源時開始。它也不是在羅密歐愛上羅莎琳之時開始，而是在羅密歐不顧性命危險偷偷去到凱普萊特家，看到茱麗葉的那一刻時才真正開始。

「群鬼」的開頭並非是艾爾文太太離開先生，然後去到曼德斯家，向他獻身並且請求幫助；也不是在蕾琪娜的母親因艾爾文上尉而懷孕之時。它真正的開頭是奧茲華身心破碎地回到家，他父親的鬼魂在家裡再度陰魂不散的時候。

作者必須找到一位角色，讓他急切地想得到「某件東西」而無法再等待片刻；他的需求極其迫切。

原因何在？只要你能回答為什麼這個人必須如此急迫地做某件事，你的故事或劇本就到位了。無論答案是什麼，其動機必須要源於故事「開始」之前已經發生過的一件事。事實上，你的故事「說得通的唯一道理是它的起源就是那件從前發生過的舊事。」

你的故事絕對要從中間開始，在任何情況下都不可以從起頭開始。

9. 轉折 ── 第一部分

二、三十億年前，地球是一團繞著自己的軸旋轉的火球。雨不停歇地下了幾百萬年之後，它才終於冷卻。整個過程很緩慢而且察覺不到，但是一種逐漸的改變 ── 演化 ── 開始出現，地殼變硬，大幅度地隆起造成山丘、山谷和河水流經的深谷。接著出現的是生命的單細胞型態，地球開始充滿各種各樣的活物。

靠近生物最底層的是藻菌植物，它沒有真正的莖和葉子。再上去是頂生植物，又名無花植物，例如：有莖和葉的羊齒類。更上層是會開花的植物，例如：多子葉的樹木，再來是一般人所知的「森林樹木」和結果樹木。

大自然從不採取跳躍的方式。她好整以暇地工作，持續不斷進行各種實驗。哺乳類動物身上也可看到同樣的自然演化。

伍德羅夫（Woodruff）在「動物生物學」（Animal Biology）中說道：「陸地和水中哺乳類之間的差異，因著下面這些動物而消失：麝鼠、海狸、水獺、海豹，牠們在陸地和水中同樣悠遊自在。」

在魚類和哺乳類動物之間有些關聯，在鳥類和哺乳類、穴居人和現代人之間亦即如此。逐漸的改變——演化（轉折）——在各地上演，無聲無息地建構暴風雨並且摧毀太陽系。它讓人類的胚胎變成嬰孩、青少年、中年人、老人。

達文西在他的「筆記」（Notebooks）中寫道：

「……老人在死前數小時告訴我他已100歲了，說他除了虛弱以外不覺得自己有病。他在弗羅倫斯的新聖塔瑪麗亞醫院的病床上坐著，紋風不動，也看不出來有任何毛病，就這樣死去。為了查明他如此安詳逝世的原因，我做了驗屍，發現他血量不足、供應心臟的動脈有狀況，造成虛弱，也使得下肢非常乾枯和萎縮。我極端仔細又放鬆地完成驗屍報告，因為屍體缺乏脂肪或水分，造成器官的衰竭。健康良好的人死因是『營養不良』，原因是腸繫膜的血管壁愈來愈厚（作者：亦即動脈硬化），『這種狀況一直持續到毛細管也受影響』，首先完全閉鎖起來，這就是老人比年輕人更怕冷的原因。年紀很大的老人皮膚顏色往往像木頭或乾栗子，原因是營養完全流失。」

演化在這裡同樣靜悄悄地進行。動脈愈來愈阻塞，多年後皮膚萎縮，失去原本的顏色。

每個生命有兩個極端：出生和死亡。演化在兩者之間發生：

出生—童年
童年—青春期
青春期—青年
青年—成人

成人—中年

中年—老年

老年—死亡

我們來看看「友誼」如何演化至「謀殺」：

友誼—失望

失望—煩惱

煩惱—焦躁

焦躁—憤怒

憤怒—攻擊

攻擊—威脅（造成更大傷害）

威脅—預謀

預謀—謀殺

　　舉例來說，在「友誼」和「失望」之間，如同在其他的情感之間一般，還存在著其他更小的極端，擁有自己的演化過程。

　　假使你的劇本是從愛到恨，你必須找到邁向恨的所有步驟。

　　假使你嘗試從「友誼」跳到「憤怒」，當然會遺漏「失望」和「煩惱」。這是一種跳躍，因為你遺漏了戲劇架構中的兩個步驟，好比你的肺或肝一定是你身體的一部分。

　　下面是「鬼魂」中的一景，其中的轉折有大將之風。曼德斯神父對表面討喜卻謊話連篇的英格斯非常火大，覺得他必須把英格斯利用他的信任這筆帳一次算清楚。

　　可能的轉折是：

憤怒—拒絕

或

憤怒—饒恕

曼德斯的個性讓我們知道他會饒恕。仔細觀察這個「小衝突」中，又自然又平順的轉折。

英格斯：（在門口出現）很抱歉——

曼德斯：啊哈！哼！——

艾爾文太太：是你啊，英格斯！

英格斯：女傭都不在，所以我就直接敲門。

艾爾文太太：沒關係。進來吧！你有話要跟我說？

英格斯：（進來）不是，非常謝謝你，夫人。我想跟曼德斯先生說句話。

曼德斯：（在他面前停下）你要什麼？

英格斯：是這樣的，曼德斯先生。非常感謝你，艾爾文太太，我們已經拿到薪
　　　　水了。工作差不多結束了，我認為既然我們三人一起認真工作了這麼
　　　　久，今晚結束前一起禱告會很棒。

　　（這個大騙子！他想從曼德斯手上騙到一些東西，而且他知道只有假裝虔誠才有可能，所以提議禱告。）

曼德斯：禱告？去孤兒院禱告？

英格斯：是的，但是如果你覺得不合適，那麼——

　　（他願意撤回提議，只要曼德斯知道他的出發點好就夠了。）

曼德斯：喔，當然好，但是——

　　（可憐的曼德斯！本來他氣得很，但是他生氣的對象請他一起禱告，他能怎麼樣？）

英格斯：我已經養成每天晚上自己禱告的習慣——

艾爾文太太：真的嗎？

（艾爾文太太非常瞭解他的本性，知道他在撒謊。）

英格斯：是的，夫人，我經常禱告，接受一點啓迪。但是我只是個平凡人，沒
　　　　有適當的恩賜，所以我認為曼德斯先生恰好在這裡，也許——
曼德斯：你聽著，英格斯。首先我必須問你一個問題，你的精神狀態適合禱告
　　　　嗎？你的良心平安嗎？

（曼德斯並沒有完全被英格斯虛假的要求禱告騙倒。）

英格斯：願上帝可憐我這個罪人！我的良心不值得討論，曼德斯先生。
曼德斯：但是這就是我們必須思考的問題。對我的問題，你要如何回應？
英格斯：我的良心？當然有的時候會不安。
曼德斯：啊！你承認了。現在請你毫不隱瞞地告訴我，你和蕾琪娜的關係。

（英格斯總是聲稱蕾琪娜是他的女兒，事實上她是離去的艾爾文上尉的私
生女。英格斯娶太太時，收了七十英鎊的遮羞費。）

艾爾文太太：（匆忙地）曼德斯先生！
曼德斯：（安撫她）交給我。
英格斯：和蕾琪娜？老天爺，你真是嚇死我了。（看著艾爾文太太）蕾琪娜沒
　　　　問題吧？
曼德斯：希望沒有。我想知道的是，你和她是什麼關係？大家認為你是她的父
　　　　親，是吧？
英格斯：（有點猶豫）你知道當時我和我可憐的喬安娜之間的事吧！
曼德斯：別再歪曲事實了！你死去的太太在離職前，對艾爾文太太已經坦白一
　　　　切。
英格斯：什麼！你是說——？她還是說了？
曼德斯：你看，大家都知道了，英格斯。
英格斯：你是說儘管她曾經跟我發過誓——

曼德斯：她發過誓？

英格斯：不是，她只是用女人很嚴肅的方式向我立下保證。

曼德斯：我完完全全相信你，而這麼多年來你卻一直向我隱瞞實情。

英格斯：很抱歉，先生，我的確是如此。

曼德斯：你這樣對待我公平嗎？英格斯。我不是一直在能力範圍內，為你說好話和出力嗎？回答我！難道不是嗎？

英格斯：的確有好多次若不是有你，我早就遭殃了。

曼德斯：這就是你報答我的方式，讓我在教堂的出生冊上做出錯誤的記錄，而且之後這麼多年又違背良心不告訴我實情。你的行為完全不可饒恕，英格斯，從今天開始我們之間已經沒有什麼好說了。

英格斯：（嘆氣）是的，我瞭解你的意思。

曼德斯：當然如此，否則你要如何說服我你做的對？

英格斯：難道要我到處去說，讓那可憐的女孩更加羞恥地離去嗎？先生，你想一下，如果你自己和我可憐的喬安娜有同樣的窘境——

曼德斯：我！

（不久後他自己也會陷入同樣難堪的狀況，這一幕正好呼應他未來的行為。）

英格斯：老天爺，先生，我不是說同樣的窘境，我只是假設你做了一件世人都引為羞恥的事。我們男人不應該太苛刻地評斷一位可憐的女人，曼德斯先生。

曼德斯：我完全沒有這麼做，我怪罪的是你。

英格斯：先生，願意讓我問一個小問題嗎？

曼德斯：問吧！

英格斯：男人是否應該挽回墮落的人？

曼德斯：當然。

英格斯：男人是否該堅守諾言？

曼德斯：當然如此，但是——

英格斯：當喬安娜和這位英國人或美國人或俄國人發生這件不幸的事時
　　　　（「他並不知道這人是艾爾文上尉），她來到鎮上。可憐的女孩，在
　　　　那之前她拒絕過我一兩次，眼中只看到好看的男人，而我卻是個跛
　　　　腳。你應該記得我曾經去到一個滿是水手在喝酒作樂的舞廳。當我試
　　　　著要他們不要再犯罪時——
艾爾文太太：嗯哼！

（他撒的謊大到連艾爾文太太都要出聲阻止。）

曼德斯：我知道，英格斯，我知道——那些野蠻人把你扔下樓去，你以前告訴
　　　　過我。你的腿受傷是因為你做了對的事。

（只要是帶有宗教意味的事，曼德斯都樂意讓步。）

英格斯：先生，我不想為這件事爭什麼功勞。但是我要說當時她來到鎮上，又
　　　　氣又哭地告訴我這個祕密。先生，我聽了好難過。
曼德斯：這是真的嗎？英格斯，接下來發生了什麼？

（曼德斯已經開始忘記他正在生氣，轉折開始了。）

英格斯：然後我告訴她，「那個美國人到海上逍遙去了。但是你喬安娜」，
　　　　「你犯了罪，成為一個墮落的女人。但是我雅各‧英格斯在這裡」，
　　　　「我的雙腳堅定地站立著」，當然我用的是隱喻，先生。
曼德斯：我很瞭解。說下去吧！
英格斯：先生，這就是我挽救她和娶她做我合法妻子的經過，所以沒人會發現
　　　　她和那個陌生人之間發生的事。
曼德斯：你很有善心。我唯一不贊同的事，是你居然收下那筆錢——
英格斯：錢？我一文錢也沒收。
曼德斯：但是——

英格斯：噢，對了！等一下，我想起來了。你說的對，喬安娜當時的確有一筆錢，但是我不想和它扯上關係。我說：「這是不公不義的錢，是你犯罪得來的錢，我們應該把這骯髒的金子或鈔票丟回那美國人的臉上。」但是他已經消失在暴風雨的海上，先生。

曼德斯：事情是這樣嗎？我的好朋友。

（曼德斯明顯地軟化了。）

英格斯：是的，先生。所以喬安娜和我決定這筆錢應該用來做孩子的撫養費，後來它就這樣派上用場，而且我可以誠實地告訴你每分錢的去處。

曼德斯：我對這件事完全改觀了。

英格斯：這就是事情的經過，先生。而且我可以大膽地說我盡力做好蕾琪娜的父親，雖然我只是個常犯錯的平凡人，天哪！

曼德斯：別說了，我親愛的英格斯——

英格斯：是的，我要大膽地說我養大了這孩子，而且是可憐的喬安娜努力又付出的先生，我們遵守聖經的教誨。但是，我從來沒想過要為我做對的這件事去向你邀功。雅各‧英格斯做對事的時候是不會吹噓的。不幸的是這種事不常發生，我很清楚。而且每次我去找你都是因為我做錯事，惹了麻煩。就像我剛剛說過的，這全是因為有時候我的良心很不安的緣故。

曼德斯：手伸出來，雅各‧英格斯。

　　劇情的發展已經完成。兩個極端是「憤怒」和「饒恕」，兩者之間則是轉折。

　　兩個角色刻劃得極為鮮明。英格斯既是個善於說謊的人，也是個好心理學家，曼德斯則非常幼稚。等到英格斯離去後，艾爾文太太告訴曼德斯說：「你永遠都像個長不大的小孩」。

　　在另一方面，諾拉卻是個長大的小孩，在她與罕姆的那一幕中我們看到很

多她的成長。一個功力較差的作家有可能會把「玩偶之家」的最後一景描繪成煙火四射般熱鬧，因此創造出諾拉的跳躍式衝突。前面我們看到罕姆的緩慢改變，但還未見到諾拉的。假使沒有一個適當的轉折期，諾拉就表示她要離開，我們會非常驚訝，難以置信。在現實生活中，這種轉折有可能突然出現在思緒裡。但是易卜生把思緒轉變為行動，讓觀眾既能看到又能理解。

一個人在受到侮辱的那一刻，有可能立刻發火。在那個時刻他的思想也經歷下意識的轉折。頭腦接收到侮辱，衡量侮辱者和他之間的關係，發現侮辱者是個不知感激的人，不但利用他們之間的友誼，甚至還侮辱他。對他們關係的頓悟讓他憎恨對方的態度。憤怒和爆炸隨之而來。這個思考的過程，可能只在一秒內發生。我們認為立刻發火不是跳躍，而是一種思考過程的結果，但是速度很快。

自然界不可能有跳躍存在，舞臺也不能例外。一位好劇作家會記錄思想中的細微變化，如同地震儀記錄幾千里之外地殼的輕微振動一般。

罕姆發現克羅史坦的信件之後大發雷霆，於是諾拉決定離開他。在現實生活中，她可能看著他不發一語，心裡極端害怕。她可能轉身就走，丟下大吼大叫的罕姆。有可能，但是這會是跳躍式的衝突，很糟的劇情。作者必須描繪結局前的一切步驟，不論這個衝突的確發生了，還是只停留在他的腦海裡。

你可以圍繞著一個轉折寫出一個劇本。「海鷗」（The Sea Gull）和「櫻桃園」（The Cherry Orchard）就是如此，雖然我們認定極端是戲劇中的單一步驟。當然這種轉折式的劇本發展較慢，但是它們包含衝突、危機、高潮，只是規模較小。

現在在「野心受挫」和「憤恨」之間有個轉折。許多作者從一端跳躍到另一端，中間毫不停歇，認為這種情緒反應是立刻發出的。但是就算憤恨的情緒是當下發生的，仍然有一連串的細微變化，亦即轉折，造成這種情緒反應。

我們在意的是這些細微的，在一秒鐘之內發生的變化。對某個轉折加以分析，你就會發現自己比較能夠瞭解這些角色。

「偽君子」有一個很棒的轉折，就是這位表面聖潔的大壞蛋終於有機會和奧爾貢的妻子獨處之時。他一直假扮成聖人，同時卻想染指美麗的艾咪兒。我們來觀察他如何從聖徒跨越到提議婚外情，同時忠於本色。

覬覦艾咪兒這麼久，終於有機會和她獨處，他自然控制不住自己的情感，伸出手指著迷般撫摸她的裙子，但是艾咪兒很警覺。

艾咪兒：塔爾圖夫先生！

塔爾圖夫：是緞子吧！我說錯了嗎？真是柔軟！難怪在所羅門王的新娘之歌中，她穿著這麼美麗的服飾——

艾咪兒：不論她穿什麼，先生，都不關你我的事！

（她的回絕潑出一小盆冷水，塔爾圖夫開始有些戒心。）

艾咪兒：我們有比蕾絲更重要的事要討論。我想親耳聽你說，你是否想向我的繼女求婚。

塔爾圖夫：回夫人的話，我想知道你是否不同意這樁婚事。

（他現在小心行事，因為前面被回絕，一切要更謹慎。）

艾咪兒：你認為我可能會同意嗎？

塔爾圖夫：說實話，夫人，我也懷疑。請不要擔心，奧爾貢先生的確和我討論過這樁婚事。但是夫人，你不需要知道我盼望的其實是另一種更高層次的快樂。

艾咪兒：（鬆了一口氣）當然，你是說你的心並不追求這個世界的喜樂。

塔爾圖夫：別誤會，或者我該說，別假裝你誤解了，夫人。這「不是」我的用意。

（他揣測她應該約略知道他的想法，這裡沒有跳躍。他很平順地向目標前進，亦即宣示他愛上她。）

艾咪兒：那麼，也許你該告訴我你「真正的」意思。

塔爾圖夫：我是說，夫人，我的心不是石頭做的。

艾咪兒：這點很了不起嗎？

塔爾圖夫：現在它不是石頭做的，夫人，儘管它盼望那天上的事，但是它仍舊
　　　　　對世上的幸福有所眷戀。

（他上路了。）

艾咪兒：如果是這樣，那麼你應該盡力不讓自己陷入世間的情感，塔爾圖夫先
　　　　生。

塔爾圖夫：夫人，我怎能抵抗那無法抵抗的？我們看到造物主一件完美的作品
　　　　　時，怎能克制自己不去敬拜祂自己的形象？不可能，原因很簡單，
　　　　　因為如此克制自己是不虔敬的。

（戰場已備好，現在他可以進攻了。）

艾咪兒：我懂了，你熱愛大自然。

塔爾圖夫：非常熱愛，夫人，尤其是在我竟然有幸目睹如此神聖的身材，如此
　　　　　眩目迷人的美人的時候。我力圖抗拒你的魅力已有一季之久，認為
　　　　　那惡者要藉著你的魅力來絆倒我。然後上帝給我啟示，既然我的熱
　　　　　情是純潔的，我可以不羞愧也不犯罪地向你獻上我的心，雖然它不
　　　　　奢望你會接受。但是夫人，我把我的心放在你美麗的腳下，等待你
　　　　　的決定，不論它是否會帶我進入那無以言喻的歡樂，或是引領我進
　　　　　入絕望的深淵。

（藉著設想他若被拒絕將會有何下場，他得以降低自己大膽的程度。的
確，塔爾圖夫很懂得人的心理。）

艾咪兒：當然，塔爾圖夫先生，從沒想到你這樣嚴謹的人居然會如此告白，真
　　　　令人訝異！

塔爾圖夫：夫人，再嚴謹的人也無法抗拒你這樣的美人！天哪！我可不是約

瑟。

（他非常技巧地把責任推給她。任何女人被稱爲無法抗拒時，都不會生氣的。）

艾咪兒：這點很容易看得出來。但是我也不是波提法夫人，你似乎在暗示這個。

塔爾圖夫：但你「是的」，夫人，你就是。我不自覺地想要相信你就是那誘惑人的女士，不論我如何齋戒、如何跪在地上謙卑祈求，我都做不到。現在我深藏在心底的熱情終於洩堤，請求你給我回應，不要徹頭徹尾的蔑視我。想一想，我獻上的不只是無人能比的愛慕，而且你絕對可以放心，你的好名聲完全不會被玷汙。不用擔心我會是那種走了好運就四處吹噓的人。

（再三的保證洩露出塔爾圖夫十足是一個工於心計的混球，但是倒很符合他的本性。）

艾咪兒：難道「你」不害怕，塔爾圖夫先生，我去向我的先生重複這段對話，以致於他對你改觀嗎？

塔爾圖夫：夫人，我非常相信你會守密，我的意思是説，你的心地如此善良，不會去傷害一個唯一的錯誤是情不自禁愛上你的人。

艾咪兒：別的女人碰到這種狀況會如何反應我不知道，但是我不會對我先生談到這個——事件，塔爾圖夫先生。

塔爾圖夫：夫人，在這種情況下，我不適合勸你不這麼做。

艾咪兒：我替你守密，但是你要回報我，不論我的先生怎樣鼓勵你，你都不可以要求我的繼女嫁給你。

塔爾圖夫：噢！夫人，難道你要我再説一次，只有你是——？

艾咪兒：等一下，塔爾圖夫先生，你要做的更多，用你一切的影響力促成她和凡勒瑞結婚。

塔爾圖夫：如果我做到了，夫人，如果我做到了，可以期待得到什麼獎賞
　　　　　呢？

艾咪兒：當然，我就會替你保守祕密。

　　　（這個轉折之後，很自然這個場景已經到了衝突一觸即發的關頭。此時奧
爾貢的兒子達密斯突然介入，他竊聽到兩人的對話，非常憤怒。）

達密斯：不行，絕對不可以當這件事沒發生！

艾咪兒：達密斯！

塔爾圖夫：天哪！我親愛的年輕人！你把一句純真的話誤認為——

　　　（攻擊來的太突然，塔爾圖夫一下子反應不過來。）

達密斯：誤認！我每一個字都聽到了，我父親也會聽到。感謝上天我終於可以
　　　　讓他睜開眼睛看到他寵溺的是一個多麼低賤又虛偽的叛徒！

塔爾圖夫：你誤會我了，親愛的年輕人，你真的誤會我了。

　　　（他似乎又恢復本性了，再一次裝出虔誠的模樣。）

艾咪兒：達密斯，聽「我」說。絕對不可以洩漏這件事，我不希望大家知
　　　　道。我答應他如果他未來循規蹈矩，我就原諒他，我相信他一定做得
　　　　到。我不能背信。這件事真的太荒謬也太微不足道，不要拿來大做文
　　　　章，尤其是對你父親。

達密斯：這可能是「你的」觀點，但我卻不這麼認為。我受夠了這個故作虔誠
　　　　的老古板，這個完全控制了父親的騙子。他讓父親反對我和薇樂莉的
　　　　婚姻，還想把這間屋子變成祕密的宗教會社。我可能再也不會有這樣
　　　　好的機會了！

艾咪兒：但是，達密斯，我向你保證。

達密斯：不，我說了就要做到，一次終結他的囂張。現在鞭子已經到手，用起

來我會很痛快！

艾咪兒：親愛的達密斯，請你聽我的勸。

達密斯：抱歉，但是我不願意聽。父親一定要全盤知道。

　　（奧爾貢從左邊的門進來。）

　　這個轉折包含微妙的衝突，使張力緩慢地累積，以平穩的節奏往前進，最終到達轉捩點。第一個衝突高點是塔爾圖夫公開告白，第二個是達密斯指控他謀反。

　　奧爾貢出現後，我們再一次看到塔爾圖夫的轉變。他狡猾地承認自己犯錯，這點似乎很符合基督信仰的精神，因此使得奧爾貢更加尊敬他，轉而決定與親生兒子脫離關係。

　　衝突愈升愈高，在衝突與下一個衝突之間轉折持續地出現，帶來不斷變化的衝突。

　　多年前，一個朋友的父親過世。葬禮過後我們去到朋友家，發現他的家人都在極度的哀傷中。女人哭泣，男人凝視著地板，不發一語。氣氛非常凝重，我們只好出去散步。半小時後，我們回去，發現喪家笑得好大聲又好開心，一看到我們進來就立刻停止，覺得很羞愧。發生了什麼事？他們如何從真正的悲戚轉變為大笑？

　　從那時之後，我們碰過類似的狀況，覺得這種轉折饒富趣味。下面是「八點的晚宴」其中的一景，作者是卡夫曼（Kaufman）和范伯（Ferber）。現在我們要試著來追溯它的轉折。開始是「惱火」，接著朝「憤怒」前進。第三幕第一景的最後一部分：

派克：（大踏步走進房間）我美麗的女士，你最近的表現很可笑，我快要受不了了。

凱蒂：（不高興，還沒開始生氣，但是轉折已向生氣邁進。）是嗎？那又怎樣？

派克：（不想傷人，只是實話實說。）我告訴你，我賺錢養家，我付家裡的帳單，你要聽命行事。

凱蒂：（視之為挑釁，開始反擊。站起來，手上鬆鬆地拿著梳子。）你當自己在跟誰講話？你在蒙大拿州的第一個老婆嗎？

派克：（很不爽）你別扯到她！

凱蒂：（她嗅到血腥味，這是他的傷疤。她積怨已深，完全忘記要小心。）那個可憐的乾枯的平胸女人，她沒有膽量向你回嘴。

派克：（想要休兵。他轉為憤怒的過程很緩慢，需要被刺激。）我叫你閉嘴！

凱蒂：（刺激他）在糟透的礦坑破房子裡為你洗那油膩的連身褲、煮飯，做牛做馬。難怪她掛掉了！

派克：（憤怒地要動手——跳躍）你這天殺的！

凱蒂：（用梳子比手畫腳）你可別想這樣對我，別想踩在我臉上叫我往東走西，你這個囉嗦鬼！（轉身走開，把梳子丟在梳妝檯上的瓶瓶罐罐之中。）

派克：你這個賤貨，我要把你丟回到撿到你的地方，丟回哈勝特俱樂部的衣帽間，那個骯髒下流的地方。

凱蒂：你休想！（往上的發展非常迅速，轉折很快就會完成。）

派克：然後，你就可以回家和你那香噴噴的家人一塊住在帕西斯的鐵路後面。跟你的醉鬼老爸和一天到晚要我幫忙的犯人老弟在一塊。下次他可以去州立監獄蹲，我絕對會讓他進去。

凱蒂：你會比他先進去，你這個爛人。

派克：聽清楚，如果你那個討厭的討債鬼老媽再來我的辦公室哭哭啼啼，我會叫人把她從六十階的樓梯頂端丟下去，請上帝幫助我！（蒂娜在丹差不多要罵完時進來，手中拿著凱蒂鑲寶石的金屬晚宴包，裡面是凱蒂的粉盒、口紅、香菸盒等。發現自己置身暴風圈後，她猶豫了一下。丹罵完後正巧蒂娜進來，於是他搶過晚宴包，丟在地上，又推了蒂娜一把，把她推出門去。）

凱蒂：（轉折完成了。這是她第一次真正的憤怒，接下來她必須更快速地往前，讓她的轉折更往上發展。）你給我撿起來！（丹的回應是用力把包包踢到房間的角落。）手環？（她脫下三吋寬的珠寶手環，丟在地

上，用力踢到房間的對面。）這代表你很懂女人！你以為你給我一副手環——你為什麼給我，因為你完成一樁骯髒的生意，要我戴上去炫耀你多麼厲害！你不是要讓我開心，是為你自己！（她不知道自己的憤怒會帶來什麼結果，純粹在亂槍打鳥。）

派克：沒錯！那這間房子，所有的衣服、貂皮大衣和幾輛車子，你想去哪裡就去哪裡，錢隨便你花！世界上從來沒有哪個太太像你這麼好命！我從貧民窟把你撿回來，這就是我得到的回報。

凱蒂：（像一隻好獵犬一樣，終於聞到氣味。現在她找到方向了。）回報什麼？把我打扮的像匹玩具馬，從白天到晚上孤孤單單扔在家裡！老是跟你的同性朋友玩牌吃晚飯，老是這一套。（她正朝新目標前進，專心看。）

派克：說的真好。（他還沒有嗅到危險，正準備談和。）

凱蒂：你老是進進出出，吹噓你剛剛又多麼了不起。你從來沒有想到過我，或是做些讓女人開心的小事情，你一輩子沒送過我一朵花！我需要戴花時都得出去買！（指向剛剛蒂娜拿著蘭花的門口。）什麼樣的女人需要自己買花！你從來不坐下和我好好聊聊，或是問我最近或現在好不好！你什麼也不問！

派克：自己去找事情做！我又沒阻止你！

凱蒂：我當然有找事做！你以為我整天坐在家裡看手環！哼！你真蠢，你以為你在搞那些髒生意時我在幹嘛！等老爸回家嗎！（現在衝突升高成危機。）

派克：你想說什麼，你這個——

凱蒂：你以為我只認識你這個大嘴巴男人，才怪！我認識的男人讓我知道你多麼自以為了不起！（轉折又完成了，高潮來到！）

派克：（上鉤拳，反擊）你……你……

凱蒂：（火上加油，想要看到他大發雷霆。他們正朝向新的轉折還有更強烈的衝突邁進。）你很不開心吧！國會議員先生。

派克：（頭還是很昏，衝擊所帶來的轉折尚未完成。）你的意思是說，你在偷別的男人！

凱蒂：（她已經殺紅了眼，現在要畢其功於一役。）是的！你打算怎麼做？你
　　　這個吹牛鬼！

派克：（憤怒到不行，深深吸一口氣。）他是誰？

凱蒂：（帶著惡意低聲說。）你很想知道吧！

派克：（抓緊她的手腕，凱蒂尖叫。）告訴我，他是誰！

凱蒂：我不會告訴你的！

派克：你不告訴我，我就把你全身的骨頭打斷！

凱蒂：我不會告訴你！殺了我也不會！

派克：我會找出他來，我會的──（放開她的手腕）蒂娜！蒂娜！

凱蒂：她不知道是誰。（他們兩個安靜下來幾秒鐘，等著蒂娜出現。後者慢
　　　慢地走進門來，站在離門口兩步的地方。她的臉上看起來很搞不清楚狀
　　　況，但是顯然剛剛在偷聽。她往前走兩步，站在兩個沉默的人當中。）

派克：誰最近常到這個屋子來？

蒂娜：蛤？（在下面的對話裡，轉折非常平順地進行。）

凱蒂：你不知道，對不對？蒂娜。

派克：你給我閉嘴，你這個蕩婦！（轉向蒂娜。）你知道，而且你得告訴
　　　我，哪一個男人最近常常來這個屋子？

蒂娜：（拼命地搖頭。）我誰也沒有看到。

派克：（抓住她的肩膀搖她。）你有看到，告訴我誰最近常來這裡？上個禮拜
　　　有誰來？我去華府的時候誰來過這裡？

蒂娜：沒有人來，沒有人，只有醫生來過。

派克：不是，我不是那個意思。哪個男人背著我最近常常來這裡？

蒂娜：我誰也沒看到。

凱蒂：（一石二鳥。他非常嫉妒，但是並沒有懷疑到她所愛的醫生。）哈！我
　　　跟你說吧！

派克：（看著她，好像想要找到方法套出實情，發現沒有辦法之後，把她推向
　　　門口。）滾出去。（凱蒂仍舊站著，等著看接下來會發生什麼。派克在
　　　屋裡踱步，突然轉身。）我要休掉你，我一定要這麼做。我要休掉你，
　　　而且你一分錢也拿不到。法律就是這麼規定。

凱蒂：你沒有證據，你必須先有證據。

派克：我會有證據。我會找偵探來拿到證據。他們會找到他，然後我就要抓住這個傢伙，用手指扣住他的喉嚨，而且我一定要這麼做。我會逮到他，我會殺掉他，然後把你像一隻流浪貓一樣扔出去。

凱蒂：真的嗎？把我扔出去。那麼，扔我出去之前最好想清楚。因為，我不需要找偵探來證明你的底細。

派克：你什麼也不知道。

凱蒂：不知道？你想到華府去，對不對？你想成為大人物，然後告訴總統往東或往西。你想要從政。（她的語氣變得很危險。）我知道，我也知道你吹噓的那些骯髒的交易。老天爺知道我煩死了，你跟湯姆森的交易，占了那個老克拉克的便宜。現在又是這個喬丹的事，想要占他的便宜。等我告訴大家這些事情，你的麻煩就大了。政治！你沒有辦法進入政界，你哪裡都去不了。你連亞斯特旅館的男生廁所都進不去。

派克：你是一條毒蛇，一條毒響尾蛇。我跟你玩完了。我必須要到本克里夫家吃晚飯，但是今天晚上之後我們就玩完了。我不想跟你一道去，但是認識本克里夫比你來得重要。今天晚上我就會搬出去，你聽懂了嗎？明天我會找人來拿我的衣服。你可以繼續住在這裡，等你的靈魂伴侶送花來。我們已經結束了。（派克走進自己的房間，用力摔上門。轉折至此完成。）

這個場景從「厭惡」開始，以「憤怒」結束。在這過程當中有許多步驟，從第一個到最後一個循序漸進。

平庸的作家幾乎有一個共同的錯誤，那就是忽略轉折的重要，但卻相信自己的描繪非常貼近真實的生活。的確，轉折可以在非常短的時間內發生，甚至在角色的思想中發生，而角色自己卻不知道。但是他的確在那裡。作者必須要證明他在那裡。在鬧劇和呆板的角色身上找不到轉折，而轉折是真正的戲劇的生命線。

尤金・歐尼爾發明了許多方法，藉此把他角色的想法告訴觀眾。但是任何的方法都不如易卜生和其他偉大劇作家所使用的簡單轉換法那樣有效。

在「熊」這部契科夫的好獨幕劇中，有一個很細微但卻可以看得到的轉折。波波娃女士同意和施密諾夫拔槍對決，因爲她侮辱了他。

施密諾夫：時候到了，讓我們廢除只有男性需要為侮辱人付出代價的理論。你想要男女權利平等，就這麼做吧！我們現在就來對決！

波 波 娃：用手槍嗎？非常好！

施密諾夫：就是現在。

波 波 娃：就是現在！我先生從前有幾把手槍，我去拿來。（離開，又轉身回來。）能夠把一顆子彈送進你的肥腦袋裡，多麼愉快呀！願魔鬼結束你的生命！（出去）

施密諾夫：我要像殺雞一樣殺了她！我可不是個小男孩或者是隻多愁善感的小狗，我可不在乎她是個女人。（他的立場開始軟化。）

路　　卡：（僕人）上帝呀！（跪下）請你憐憫像我這樣的一個老人，離開吧！你已經把她嚇得要命，現在你還要殺她！

施密諾夫：（沒有聽見）如果她和我對決，就表示男女權利平等，不管法律怎麼説！但是這個女人真是了得！（看得見的轉折開始。）（誇張的模仿她。）「願魔鬼結束你的生命！我要把一顆子彈送進你的肥腦袋裡。」她的臉變得好紅，她的臉頰發光！……她接受我的挑戰！這是我一輩子第一次看到——

路　　卡：你走吧，先生。我會一直為你向上帝禱告！

施密諾夫：她是個女人！我瞭解女人！一個真正的女人！不是一個苦著臉的軟啪啪的人，她像火、像火藥、像火箭一樣！我真的很遺憾必須要殺她！

路　　卡：（哭泣）親愛的——親愛的先生，請你走吧！

施密諾夫：我真的很喜歡她！真的！雖然她的皮膚不太好，我喜歡她！我幾乎可以把這筆債務一筆勾銷，而且我也不怎麼生氣了。很棒的女人！

上面的轉折在結尾的時候過於明顯，缺少那種微妙感。這個微妙的感覺就是轉折在「玩偶之家」成為最重要一環的原因。

沒有轉折就不可能有劇情的發展或是成長。傑克森在他的書《辨證法》（*Dialectics*）中如此寫道：

　　從品質上的觀點來思考，宇宙中從來沒有兩個連續的瞬間是相同的；這一點不辯自明。

　　爲了我們自身的需要，進一步說得淺顯一點，在戲劇中從來沒有兩個連續的瞬間是相同的，這一點不辯自明。

　　一個從一個極端邁向另外一個極端的角色，好比從宗教到美學或是從美學到宗教一樣，必須不停的發展，才能夠在劇院的兩個小時內跨越這巨大的空間。

　　我們身體裡面的每一塊組織、每一條肌肉和骨頭，每七年都會回春一次。我們對生命的態度和異象，我們的希望和夢想也是不停在改變。這種轉變很難察覺到，所以我們通常不會知道它正在我們的身體還有頭腦裡發生。「這就是轉折：我們從來沒有在兩個連續的瞬間內是相同的。」轉折是一種元素，它讓戲劇往前走，中間不會暫停、跳躍或是有間隙。轉折能夠把看起來毫無關聯的元素連接起來，例如：冬天和夏天、愛情和仇恨。

10. 轉折 ── 第二部分

　　一、二、三、四、五、六、七、八、九、十：這是一種完美的逐漸上升的衝突。跳躍式的衝突卻是錯誤的：一、二 ── 五、六 ── 九、十。

　　在現實生活中，跳躍式的衝突不存在。「驟下結論」的意思是人思想過程的加速，而非暫停。

　　下面是彼得斯（Peters）和史柯勒（Sklar）所著的「碼頭工人」（Stevedore）的第一景。這一景很短暫，但是中間卻有一個跳躍。請試著找出來。

芙樂瑞：天啊！比爾，我們是怎麼了？為什麼我們一天到晚吵架？我們從前從來不吵架的。（她把手放在他的手臂上。）

比　　爾：（甩開她的手。）走開！走開！

芙樂瑞：你這隻豬！（她開始哭泣。）

比　　爾：你們這些結過婚的蕩婦都是一個樣子，你們從來不懂得見好就收。

芙樂瑞：（她賞他一巴掌。）你不准這樣子跟我說話。

比　　爾：好吧！好吧！我活該。但是我們現在已經結束了，你可不要忘記。我
　　　　　不想要再看到你，我也不想要你再到我的辦公室來。回到你那個老公
　　　　　身邊去，試著愛他一下，換個口味，因為他真的很需要。（他轉身準
　　　　　備離開。）

芙樂瑞：你等一下，比爾・藍金。

比　　爾：噢，閉嘴！你再也不要用這種方法叫住我，又說有重要的事！

芙樂瑞：我現在就有重要的事情要告訴你。我寫了一些信給海倫，讓你知道一
　　　　　下。還有更多的事，我會好好修理你，你等著瞧吧！我要告訴海倫她
　　　　　要嫁的是一個大爛人。你不可以這樣對我，然後就撇的一乾二淨。也
　　　　　許在別的女人身上這一招行得通，但是親愛的，這一次你挑錯人了。
　　　　　你跟我之間還沒有了結，是的，還沒有了結，還差的遠呢！

比　　爾：你這個天殺的——（在憤怒中，他伸手掐住她的喉嚨。她打他的
　　　　　臉，開始尖叫。他在盲目的憤怒中出手搥她。她尖叫的更大聲，倒在
　　　　　地上。門碰的一聲打開，外面傳來許多聲響。比爾逃走。）

弗來迪：（從臺下）芙樂瑞，是你嗎？芙樂瑞！你在哪裡？

現在我們回到剛剛比爾說「噢，閉嘴！」的那一刻，然後來讀一下芙樂瑞
的話；她宣布自己已經寫了幾封信給比爾想要娶的女孩，我們預期他聽了會
非常憤怒。但是她卻接著長篇大論，而他卻什麼也沒做；這是一種靜止的狀
態。長篇大論中唯一重要一句話是開頭的那一句，卻沒有帶來任何反應。挑起
他憤怒的反而是一件非常細微的小事，因此他的反應是一種跳躍式的衝突。

作家們通常在下意識中覺得轉折是必要的，但是因為不瞭解應有的原則，
就把過程顛倒了，創造出一種靜止狀態的衝突，隨之而來的是跳躍式的衝
突，這代表角色有狀況。從他的警告「噢，閉嘴！」一直到芙樂瑞的長篇大論
結束，比爾的思想過程是空白一片，至少在觀眾的眼中看來是如此。如果她一

開始就說：「你不能夠這樣對我，然後就撤的一乾二淨！」比爾會有機會用威脅向她反擊，然後她會接下來這麼說：「也許這一招你用在其他的女人身上行得通，但是親愛的，這一次你挑錯人了。」比爾的不耐煩加上愈來愈火爆的脾氣可能會讓她緊接著這麼說：「我要去找海倫，告訴她，她要嫁的是一個大爛人！」比爾可以藉此機會威脅她說，如果她敢去找海倫，他就會揍她一頓，這種攻擊會讓他說出下面這一句重要的對白：「我寫了幾封信給海倫，讓你知道一下。」他當然聽了會火冒三丈，然後就出手揍人。

　　藉由這樣的方式，我們可以親眼目睹從「厭煩」到「憤怒」之間的轉折。在目前的這個場景中，我們看到最強而有力的一句對白只帶來一篇囉哩囉嗦的長篇大論。比爾不得不站在那裡，瞪著她──靜止狀態──然後突然伸手勒住她的喉嚨──跳躍狀態。這些全發生在一句既不重要又無力的對白之後。

　　現在我們來讀馬茲（Maltz）的「黑洞」（Black Pit）中的一景，試著去尋找另一個跳躍式的衝突，轉折在這裡不存在。這個缺陷比剛剛才討論過的嚴重許多，因為在此處，這個基礎是為角色未來的行為而建立。

普萊斯卡：　（他希望喬願意做線民）……我只是知道如果你想要喝肉湯，最好跟廚子打好關係。沒錯，當然也許你不在乎，但是我要告訴你，我的女人不會餓肚子，我的兒子也不用到礦坑裡去工作。你想想看吧！孩子。（他站起來。）我知道這對你來說有一些困難，艾歐拉，但是──（他聳聳肩，走向門邊。）你生孩子的時候，告訴我一聲。孩子，如果你要改變主意，我想在明天以前都還來得及。（他走出去。沉默。）

艾歐拉：　喬──（喬不回答。她站起來走向他，把手放在他手臂上。）喬，我不在乎。不要難過，我不需要看醫生，我也不害怕。（她開始哭泣。）我將來也不會害怕，喬──（她哭得全身抖動。）

　　喬：　（試著控制自己。）不要哭，艾歐拉，不要哭！我不想要你哭！──

艾歐拉：　（哭得上氣不接下氣。）我不需要，喬──我不需要。（她緊握雙拳坐著，整個身體都在顫抖。喬在房間內走來走去，停下來看著她，接著又開始走來走去。）

喬：（突然轉身大叫說道）你想要我做線民嗎？

艾歐拉：不，我不想要，我不想要。

喬：你認為我不想要工作，不想要吃飯，也不想要找醫生嗎？你認為我想要你冒著生命危險去生產，也許死掉嗎？

艾歐拉：不，喬，不——

喬：耶穌啊！我要怎麼辦！（沉默。他走來走去，坐下來，開始緊握雙拳捶桌子，愈來愈用力。最後他用盡全力一擊，安靜下來。）男人必須像一個男人。男人必須活得像個男人。男人必須有得吃，必須養得活女人，必須有房子住——（他跳起來。）男人不能夠像動物一樣住在洞裡……

瑪　麗：（從另一個房間開門進來，睡眼惺忪。）怎麼一回事？我聽到有人在叫。

喬：（控制自己）不要叫，瑪麗。請你出去，我們在談話。

瑪　麗：去睡覺吧。

喬：我們要去睡覺。

瑪　麗：不要擔心。一切都會沒問題的。（她猶豫了一下。）我會為你們禱告。（她出去。沉默。）

喬：（輕笑）她會為我們禱告。（停頓）好像個公司老闆，艾歐拉，男人要自助，對不對？艾歐拉，不能讓你沒地方可住。（耳語）不能夠讓你懷著這個小傢伙，也許——你老是圍著大圍巾，艾歐拉。（他走向她。）你想遮住肚子嗎？你為這個小傢伙感到羞恥嗎？我不覺得羞恥。我喜歡這個小傢伙。你想他現在是不是醒著？（他用耳朵貼著她的肚子。）不，他在睡覺。他很早就上床，口哨響的時候他就睡著了。（他輕輕的笑著，然後伸出兩隻手撫摸她的臉。）你喜歡我嗎？艾歐拉。

艾歐拉：喬，你可不可以騙他？普萊斯卡先生？你可不可以接受這份工作，但是什麼事也不要告訴他？（停頓）喬的雙手離開她的臉。

喬：（慢慢地，安靜的，好像要說一件他們兩個人都知道的事情。）是啊！當然，當然，艾歐拉，我可以騙他們，接受這份工作，告訴他們

一些對任何人都無關緊要的小事情。當然可以。

艾歐拉：（很熱情的）沒有人會知道。我們不需要告訴別人，而且只要做一下下就好。我們不需要告訴東尼。

喬：（用同樣緩慢的語氣）當然！當然！我可以騙他們，接受這份工作，去找醫生看，也許賺一點點錢。不多久之後就可以說再見，走人。當然可以。（停頓，他的頭埋在她的胸前，然後用害怕的語氣，好像試著要說服她。）男人必須要活得像個男人，艾歐拉。（他抬起頭，聲音裡的痛苦和決心愈來愈清楚。）人不能夠像動物一樣住在洞裡面。

幕落

現在回到喬最後說的話，你喜歡我嗎？艾歐拉。她的答案是建議他去騙普萊斯卡先生。她可能一直都在想這件事，但是觀眾並不曉得。普萊斯卡離開的時候，她告訴喬自己不希望他為她犧牲。但是在兩頁之後，她改變想法，改變得很有道理，但是我們要知道為什麼。

這是一個明顯的跳躍，然而喬的跳躍更加明顯：他立刻認同她的看法。這個決定來得如此突然，讓人無法接受。難道喬不知道這一步代表什麼嗎？難道他不知道自己會被眾人唾棄而且可能會丟掉性命嗎？還是他覺得可以騙倒公司還有他的朋友？我們不知道他在想什麼。

如果我們可以看到喬的腦袋裡在想什麼——看到他想到老闆、守衛、黑名單、被同儕排斥等這些事情的時候的想法，那麼他的沉淪對我們來說會更有悲劇感。

因為這個跳躍式的衝突，不存在的轉折，這齣戲劇的命運就註定了。喬向來就不是一個具備三面向的角色。作者沒有給他一個為生存奮鬥的機會，他不讓喬想清楚自己該怎麼辦就決定了他的命運。

喬的決定應該在許多深思熟慮之後、在許多喬和艾歐拉之間的意見不合之後、在許多的拖延之後才塵埃落定，如此才能帶來一個逐漸上升的衝突。

來看一下諾拉。從絕望到決定離開時間的轉折很短暫，但是符合邏輯。馬茲曾一次或兩次嘗試使用轉折，但是他的手法很拙劣。當喬說到男人應該要自

助，我們就瞭解他可能會同意做線民。但是幾行之後，他又說如果艾歐拉不用圍巾來蓋著肚子，他也不會羞恥。艾歐拉和觀眾在此時已經瞭解他不會願意接這份工作，要不然她為什麼要建議他接受這份工作，同時卻去騙老闆呢？

在負面和正面之間舉棋不定影響喬的發展，也混淆戲劇要傳達的訊息。難怪喬是一個軟弱的角色，他從來不知道自己要什麼。如果作者說這就是他為什麼變成線民的原因，我們就要請他去參考「角色的意志力」這一節。

問題：你在前面教導過我，劇情有所發展是最重要的。但是當我們看到一輛車子經過時，能夠看到輪胎的每一個轉動嗎？不行，因為只要車子往前走，這種轉動並不重要。我們知道輪胎正在轉動，因為我們感覺到車子的移動。

回答：車子可以跳躍、停止、跳躍、停止，一直不停的進行。這是一種動力沒錯。但是這只要半小時就可以抖掉半條命。車子的換檔可以比喻成劇本的轉折，因為同樣是兩種速度之間的轉換。如同一輛衝撞過來的車子會震動你的全身一樣，一連串的跳躍式的衝突，也會使你的情感深受撼動。你的問題很有趣：我們必須觀察輪胎的每一個轉動嗎？我們必須記錄轉折的每一個變化嗎？不，沒有必要。如果你認為劇情的發展要有轉折，而這種想法也讓角色的想法更容易被理解，我們認為這樣就足夠了。一切都要視劇作家的功力而定，他能夠如何成功地把材料壓縮在轉折之內，會讓劇情的整體發展大大不同。

11. 危機、高潮、結果

生產的時候伴隨著產痛，這是危機；生產的本身就是高潮。最後發生的不論是死亡或是生命，就是結果。

在「羅密歐與茱麗葉」這齣戲劇中，羅密歐帶著面具假扮成他人，去到他的世仇凱普萊特家族，希望能夠看一眼他所愛的羅莎琳。在那裡他遇見另外一位非常美麗的年輕女孩。對方是如此的迷人，以致於他立刻瘋狂的愛上她（危機）。接下來他很難過的發現茱麗葉是凱普萊特家族的女繼承人（高潮），也是他家族不共戴天的世仇。凱普萊特夫人的姪子臺博發現羅密歐，想

要殺他（結果）。

　　同時茱麗葉也發現羅密歐的眞實身分，她向月亮和星星訴說自己的難過。羅密歐陷在愛情中無法自拔，冒險回到茱麗葉的家，正好聽到她所說的話（危機）。他們兩個決定結婚（高潮）。第二天，在羅密歐的好友勞倫斯教士的小房間裡，他們結婚了（結果）。

　　在每一幕當中，危機、高潮和結果接踵而來，如同夜晚之後必有白天一樣。我們用另一齣戲劇來更加詳細地研究這個課題。

　　「玩偶之家」中，克羅史坦對諾拉的威脅是危機：

　　「我告訴你，如果我再一次失去我的身分，你也會跟我一樣。」

　　他的意思是要揭發她僞造文書，如果她不願意說服罕姆讓他保留他的工作的話。

　　這個威脅，不論結果是什麼，在諾拉的生命中都會是一個轉捩點，也就是危機。如果她能夠影響罕姆做出讓克羅史坦留在銀行的決定，這會是前面所有劇情的巓峰，也就是高潮。但是如果罕姆拒絕讓他留下來，這也會是這一景的高潮。

　　「我向你保證，跟他共事是不可能的。有這種人在我的身邊，我眞的覺得自己會生病。」

　　罕姆這樣子說，他的發言代表我們已經抵達這一個場景的最高點：高潮。他很堅決，克羅史坦會揭發她，而且罕姆曾經說過一個僞造簽名的人不配做母親。除了這個醜聞以外，她也會失去她所愛的罕姆，加上孩子們。結果：極度的恐懼。

　　在下一景中她又試一次，但是罕姆仍舊不動搖。她指控他心胸狹窄，他立刻覺得受傷：危機。現在罕姆似乎已經下定決心。他說：

　　「很好，我必須做個了結。」

他把傭人叫來，給她一封信叫她立刻去寄，她去了。

諾拉：（喘不過氣）托瓦，信裡面寫什麼？

罕姆：那是克羅史坦的撤職信。

諾拉：叫他回來，托瓦，現在還來得及。噢！托瓦，叫他回來。為了我也為了你，也為了孩子們的緣故，請你這麼做吧！你聽到了嗎？托瓦，叫他回來！你不知道這封信會帶給我們什麼樣的厄運！

罕姆：太遲了。

高潮來臨，而決定是諾拉不得不接受事實。這個危機以及高潮和前面相比，乃是站在更高的制高點上。從前罕姆只是口出威脅，但是他現在真的做到了。克羅史坦已經被撤職。

現在是下一個場景，高潮和決定出現在一個更高的制高點上。請注意前面的危機跟即將來臨的危機之間，有一個很完美的轉折。

克羅史坦偷偷地從廚房進來。他已經收到撤職信。罕姆在另外一個房間，諾拉非常害怕他會發現這個男人在這裡。她把門閂上，然後要求克羅史坦「小聲的說話，我先生在家」。

克羅史坦：沒有關係。

諾　　拉：你要對我怎麼樣？

克羅史坦：要你解釋一樣東西。

諾　　拉：快一點。是什麼？

克羅史坦：我想你知道我已經被撤職了。

諾　　拉：我沒有辦法避免它發生，克羅史坦先生。我盡了全力想幫忙，但是沒有用。

克羅史坦：那麼，你的先生一點都不愛你嗎？他知道我可以揭發你，但是他還是冒險去——

諾　　拉：你怎麼會認為他知道這些事呢？

克羅史坦：我原來並不這樣認為。這一點也不像我們親愛的托瓦·罕姆，他居

然有這麼大的勇氣——

諾　　拉：克羅史坦先生，請你尊敬我的先生。

克羅史坦：當然，他值得一切的尊敬。但是這件事情既然你這麼小心地保守祕
　　　　　密，我就大膽假設你比昨天稍微瞭解一些你究竟做了什麼？

諾　　拉：是的，比你知道的還要清楚。

克羅史坦：我真的是一個很糟糕的律師。

諾　　拉：你想要我怎麼樣？

克羅史坦：只是要看看你好不好，罕姆太太。我一整天腦袋裡都在想著你。我
　　　　　只是一個小小的收銀員，甚至一個像我這樣坐辦公桌的小角色也有
　　　　　所謂的感覺，你要知道。

諾　　拉：那麼請你表達你的感覺，為我的孩子們想想。

克羅史坦：你和你的先生曾經為我想過嗎？但是這不重要，我只是要來告訴你
　　　　　不要把這件事情看得太嚴重。首先，我不會做出任何的指控。

諾　　拉：當然不會，我本來就很肯定。

克羅史坦：這整件事情可以很友好地解決，其他人不需要知道。這會是我們三
　　　　　個人之間的祕密。

諾　　拉：絕對不可以讓我先生知道這件事。

克羅史坦：你要怎麼樣不讓他知道呢？你是要告訴我，你可以付清債務嗎？

諾　　拉：不能，現在我做不到。

克羅史坦：或者是你有一些很快能籌到錢的權宜之計？

諾　　拉：我無計可施。

克羅史坦：其實就算你有，現在也沒有用了。如果你現在手上有這麼多的
　　　　　錢，我就不會帶著你的借據離開。

諾　　拉：告訴我，你要把借據拿去做什麼。

克羅史坦：我就是要把它留著，好好的保存起來。跟這件事情沒有關係的
　　　　　人，永遠也不會知道它的存在。所以，如果你曾經有過任何激烈的
　　　　　解決事情的想法——

諾　　拉：我有過。

克羅史坦：如果你曾經有過要離家出走的念頭——

諾　　拉：我曾經有過。

克羅史坦：或者是更糟糕的念頭——

諾　　拉：你怎麼會知道？

克羅史坦：放棄那個念頭。

諾　　拉：你怎麼會知道我曾經「這樣子」想過？

克羅史坦：大部分的人首先會有這種想法。我也是如此，但是我不夠勇敢。

諾　　拉：（小小聲）我也不夠勇敢。

克羅史坦：（鬆了一口氣）你也不敢，對不對？你也不夠勇敢？

諾　　拉：我不夠勇敢。

克羅史坦：這樣做其實非常愚蠢。你家裡的頭一個風暴一旦結束之後，我的口
　　　　　袋裡有一封給你先生的信。（危機開始）

諾　　拉：你要全盤告訴他？

克羅史坦：我的語氣盡可能地寬容。

諾　　拉：（很快的）他不可以收到這封信。把它撕掉，我會想辦法籌錢。

克羅史坦：抱歉，罕姆太太，我剛剛不是告訴過你——

諾　　拉：我說的不是我欠你的錢。告訴我，你跟我先生要多少錢，我會去把
　　　　　錢籌到手。

克羅史坦：我一分錢也不會跟你的先生討。

諾　　拉：那你要什麼？

克羅史坦：我現在告訴你，我要恢復我的名譽，罕姆太太。我要往前走，而且
　　　　　你的先生必須要幫助我。過去一年半以來，我沒有牽涉進任何不名
　　　　　譽的事情，而且我一直在很有限的資源內非常努力。我心甘情願慢
　　　　　慢地往上爬。現在發生了這件事情，僅僅讓我回去工作不能夠滿足
　　　　　我。我要繼續往上爬，我告訴你，我要再回到銀行工作，而且要做
　　　　　到更高的階層。你的先生會為我留一個位子——

諾　　拉：他絕對不會這麼做！

克羅史坦：他會的，我瞭解他，他不敢拒絕。而且一旦我跟他平起平坐，一年
　　　　　之內，我就會成為經理的左右手。管理銀行的將會是尼爾·克羅史
　　　　　坦，而不是托瓦·罕姆。（危機。現在他們往高潮邁進。）

諾　　拉：這種事情絕對不會發生！

克羅史坦：你的意思是說你會——？

諾　　拉：我現在夠勇敢了。

克羅史坦：噢，你騙不了我。像你這樣一個又漂亮又被寵壞的女人——

諾　　拉：你會看到的，你會看到的。

克羅史坦：也許躺在冰塊底下？進到又黑又冷的水裡面？然後在春天的時候浮
　　　　　上來，淒慘無比，沒有人認得出來，你的頭髮飄散在——

諾　　拉：你嚇不了我。

克羅史坦：你也嚇不了我。你做不出這種事情來，罕姆太太。還有，這樣做有
　　　　　什麼好處呢？我還是會讓他乖乖就範。

諾　　拉：我不在之後，你還會——？

卡羅史坦：你忘記我才是掌握你名譽的人嗎？（諾拉站著，無言的看著
　　　　　他。）好了，我已經警告過你，不要做笨事。等到罕姆拿到我的
　　　　　信，我想他會給我一個回覆。你最好記得，是你的先生逼得我再
　　　　　一次這樣做，我絕對不會原諒他。再見，罕姆太太。（從走廊出
　　　　　去。）

諾　　拉：（走到走廊門口，輕輕開一條縫，聆聽。）他走了，他沒有把信
　　　　　放進信箱。噢，不，不！不可能！（把門開大一些。）這是怎麼回
　　　　　事？他站在外面，不下樓去。他在猶豫嗎？他可能會——？（一封
　　　　　信掉入信箱，克羅史坦的腳步聲出現，隨著他走下樓去逐漸消失。
　　　　　諾拉悶叫一聲，跑過房間到沙發旁的桌旁。短暫的停頓。）

（高潮）

諾　　拉：在信箱裡。（偷偷走到走廊門口。）它就躺在信箱裡。托瓦，托
　　　　　瓦，我們沒有未來了！（「結果：接受現實。然而只要生命仍然存
　　　　　在，就沒有絕對的接受現實可言，她會再度一搏。」）

　　高潮在克羅史坦把信丟進信箱的那一剎那發生。

　　死亡是一種高潮。死亡尚未來臨之前，希望仍然存在之時，是危機，不論
希望是多麼渺茫。在這兩個極端之間是轉折，中間的空白則由病情惡化或是改

善來補滿。

假如你要描繪一個人躺在床上不小心把自己燒死的過程，首先你要表現出他正在抽菸，然後睡著，香菸點著了窗簾。在這個時刻，你就已經展現出危機。為什麼？因為這個不小心的人可能會醒來，然後把火撲滅，或者是另外有人可能會聞到有東西在燒，然後如果這兩樣都沒有發生，他就會被燒死。在什麼時候發生什麼事攸關整個劇情的發展，但是危機可能會更長。

危機：事情的一種狀態，在其中往某個方向發展的決定性改變即將來臨。

現在我們來檢驗一下，造成危機和高潮的因素。我們用「玩偶之家」來做例子，讀者現在對它已經非常熟悉。其高潮蘊藏在前提之中：「不平等的婚姻關係不會幸福」。在戲劇的一開始，作者就已經知道結尾會如何，所以他可以很清楚地選擇對的角色來實現這個前提。在這一章中我們談過「情節」：「為自己刻劃情節的角色」。我們向讀者展現諾拉迫於現實，必須要偽造她父親的簽名來向克羅史坦借錢，才能挽救罕姆的生命。如果克羅史坦只是一個單純的放債者，這齣戲劇就沒有衝擊性。但是在劇情中，克羅史坦是一個受打壓的人；之前為了挽救家庭也偽造過簽名，就像諾拉一樣。因為某種原因，這件事沒有被掀開，然而他已經被汙名化。他變成一個不誠實的角色，為了家人的緣故，他必須用盡全力來洗刷名譽。他非常努力地打拼，終於可以重新在社會中立足。對他來說，能夠在銀行工作代表他再度贏得尊敬。

諾拉去向他借錢的時候，情況就是如此。他借錢給很多人，所以也沒有理由不借給諾拉。除此之外，罕姆和他從前是同學，雖然他們兩個之間原本沒有交情。罕姆瞧不起克羅史坦，而且覺得認識他很丟臉，大部分是因為有謠言說他偽造過簽名。看到這位一絲不苟、受人尊敬的男人的妻子陷入他從前的困境，對克羅史坦來說是一種甜蜜的復仇。罕姆升到銀行的經理後開除克羅史坦，最主要的原因是原則問題，但也是因為諾拉居然敢認為自己或是其他任何人可以影響他做判斷。克羅史坦受到刺激，憤怒地起來反擊。現在他要的不再是錢，他要羞辱或是毀掉罕姆，好讓自己再往上爬。現在他手上握著武器，他也會好好利用。

你已經注意到，在這個劇本裡對立的融合很完美。現在諾拉已經瞭解自己的行為會帶來何等的後果，但是她過於害怕，所以不敢告訴罕姆，因為她現在

清楚知道罕姆對這種不道德的行為有什麼想法。在另一方面，克羅史坦除了被羞辱之外，也看到自己孩子的名譽再度陷入危險，所以他預備要奮力一搏，就算結果是某個人可能會死掉，他也不在乎。

妥協無法解決這個衝突。無論克羅史坦向她要多少錢，諾拉都願意付。但是克羅史坦現在憤怒無比，金錢已經沒有辦法擺平，他必須要復仇。罕姆要摧毀他，所以他也要摧毀罕姆。

「這些角色之間牢不可破的關聯，確保逐漸上升的衝突、危機和高潮一定會出現。」危機從戲劇的開頭就隱藏在那裡，這些特定角色的選擇，也預示危機的到來。但是如果任何角色為了某種原因軟化了，高潮仍舊會被破壞。如果罕姆對妻子的愛大於他的責任感，他會聽從諾拉的懇求，讓克羅史坦保住他在銀行的工作。但是罕姆就是罕姆，非常忠於他的本性。

我們看到危機與高潮如影隨形，後面發生的一定比前面的站在更高的制高點上。

單一的場景要能清楚闡釋那一景的前提、角色、衝突、轉折、危機、高潮和結論。這種模式要在你戲劇的每一場景中重複出現，但規模愈來愈大。我們來研究「群鬼」的一景，看看它是否做到這一點。

幕啟後，英格斯站在花園門邊，蕾琪娜擋住他，不讓他進來。

蕾琪娜：（壓低聲音）你要幹什麼？站在那裡別動。你身上有雨滴下來。
英格斯：這是上帝賜的好雨，我的女孩。
蕾琪娜：這是魔鬼的雨，這絕對是。

一開頭的三行臺詞，清楚表達出這兩個人之間的對立。之後的每一句話都讓觀眾瞭解他們之間的關係，還有他們的生理、心理以及與群體之間關係的構成。我們學到蕾琪娜是一個健康美麗的女孩，英格斯跛腿，喜歡誇大其詞，很愛喝酒。我們也學到他用過許多方法想要讓自己更往上爬，但是都失敗了。我們也學到他現在想要開一家給水手住宿的小旅館，還要蕾琪娜去勾搭那些不三不四的客人，好讓他們從口袋裡多掏出些錢來。我們發現英格斯差一點在暴怒中殺了他的太太。我們後來也知道蕾琪娜因為在艾爾文家服務，因此受到較好

的教育。她和奧茲華互相喜歡，還有她打算去英格斯工作的孤兒院去教書。

在頭五頁當中，讀者可以看到前面提及的各樣元素有完美的協調。英格斯的前提是不論結果如何，他要把蕾琪娜帶回家。蕾琪娜的前提是留下來。他的動機是利用她來幫助他招攬生意，她的動機則是嫁給奧茲華。藉著衝突，這些角色讓觀眾很瞭解（闡釋）他們是什麼樣的人。每一句對白凸顯他們的特質和關係。第一句對白就開啓了「衝突」，而且在蕾琪娜贏的時刻到達高峰。

在蕾琪娜想要留下來和英格斯堅持她應該離開的小衝突中，「轉折」是完美的。仔細觀察從一開始到他洩露自己想要帶她回家之間的對白，從那裡追溯劇情的發展，一直到她開始憤怒，想起來他從前如何用難聽的話稱呼她；再到他告訴她他想開一間「高檔旅館」，接下來他建議她跟她母親一樣收水手的錢。他說完忠告之後，「危機」立刻開啓，「高潮」迅速來到。

蕾琪娜：（衝向他）滾出去！

英格斯：（退後）幹什麼！幹什麼！你該不會是要打我吧？

蕾琪娜：我就是！如果你再這樣子説我母親，我就會打你。滾出去！我叫你滾出去！（把他推向花園的門。）

高潮很自然的來臨，在英格斯離開之前，結果也明顯的出現。他提醒説根據戶政資料，她是他的女兒，暗示説他可以強逼她跟他回家。這裡全都是我們前面討論過的各種元素。

第一景之後，曼德斯和蕾琪娜的下一景同樣包含一切必要的元素。當她向他獻身時，高潮來到。可憐又膽小的曼德斯驚慌地説：「可以麻煩你告訴艾爾文太太，我來了嗎？」

在「群鬼」一劇從頭到尾，你可以找到一些定義很清楚的高潮。

大自然一向循序漸進，從來不跳躍。在大自然中，所有的戲劇人物刻劃地極為良好。對立的結合牢不可破，危機和高潮如浪濤般一波又一波湧現。

人體內充斥著細菌，白血球防禦它們不出來作亂。健康的身體是許多危機和高潮上演的場景。但是一旦身體的防禦力下降，白血球的數字減少，細菌就會以驚人的速度增生，讓身體有所感覺。在細菌和防禦的白血球之間不停地上

演逐漸上升的衝突。當防禦的力量全面撤退時，危機就來臨，身體似乎註定要毀滅。就好像在戲劇中一樣，到底主角（身體）會不會被毀滅就是大家最想要知道的問題。白血球就算變弱，也會進入防禦狀態，身體同時預備好打一場決定性的最終戰役。最致命的細菌此時加入戰役，造成身體的發燒。最後的危機帶來高潮，身體在這個危機中奮力作戰，不惜一死。如果身體眞的死了，我們就有了結論：葬禮。假使身體復原了，我們也同樣有結論：復原。

一個男人偷竊：衝突。他被追捕：逐漸上升的衝突。他被逮捕：危機。他被法庭定罪：高潮。他被送到監牢裡去關起來：結論。

「一個男人偷竊」本身就是高潮，就好像「追求異性」或「受孕」一樣，這點很有趣。一個小小的高潮能夠導致戲劇或生命中主要高潮的發生。

「沒有起頭也沒有結束。自然界中的每一件事物總是綿延不絕。因爲如此，在戲劇中，起頭不是衝突的開始，而是衝突的頂峰。角色一旦做出決定，他的內心就經歷高潮。他的決定帶來後續的行爲，開啓一個逐漸上升的衝突，在過程中不斷變化，成爲危機及高潮。」

我們非常肯定宇宙的構成具有同質性。星星、太陽甚至幾百萬英里之外的其他的太陽，跟我們的地球的構成元素是一樣的。在我們這個無足輕重的地球上能夠找到的九十二種元素，同樣可以在歷經三千光年才抵達地球的光線當中找到。人體內同樣具有這些元素，原生動物還有自然界中的一切東西也不例外。

星球和星球之間的差異與人和人之間的差異是一樣的：年紀、光的大小、熱能等，這些不同元素的比例決定差異。對一個星球的瞭解，讓我們對其他星球也更瞭解。從海洋撈起一滴水，你就會發現它的成分與構成其他海洋的元素相同。

同樣的原則也適用於人類以及戲劇。最短的場景和三幕劇具備同樣的元素；前者亦擁有自己的前提，經過角色之間的衝突呈現給觀眾。藉著危機和高潮的轉折，衝突得以發展。危機和高潮在戲劇中不定期地出現，跟劇情的呈現一樣常見。

我們再來問一次這個問題：什麼是危機？我們如此回答：它是轉捩點，同時也是事情的一種狀態，在這當中朝某個方向的決定性改變即將來臨。

「玩偶之家」的主要危機在罕姆發現克羅史坦的信，從而知道眞相時發生。他會怎麼做？幫助諾拉走出困境嗎？他會認同她行爲背後的動機嗎？或者是忠於他的本性而譴責她嗎？我們不知道，雖然我們知道罕姆對這種事情一貫的態度，我們也知道他非常愛諾拉。因此，這種不確定性就是危機。

　　高潮來到：戲劇到達巔峰。此時罕姆不但不能諒解，而且無法控制自己，大發雷霆。結論是諾拉決定離開罕姆。

　　在「哈姆雷特」、「馬克白」和「奧塞羅」這些戲劇，結果出現的時間都很短暫。幾乎是在高潮之後，觀眾立刻知道懲罰和公正的未來一定會來臨，然後就是幕落。「玩偶之家」的結果卻占據最後一幕的一大部分。哪種方式比較好？關於這一點並沒有一定的規則，只要劇作家能夠像易卜生在「玩偶之家」一樣維持危機的進展即可。

一般性問題

1. 強制性場景

　　一位科學家前幾天死了，他對這個世界的貢獻很大。我要告訴你他一生的故事，然後我要你告訴我，他生命歷程中哪個階段最重要。

　　他在母親肚子裡受孕，健康地生下來。4歲的時候得了傷寒，造成他的心臟受損。7歲的時候父親過世，母親逼不得已必須去工廠上班。鄰居們負責照顧他，但是他營養不良。

　　他獨自在街上漫遊，有一天被車子撞上，兩條腿都斷了，他不得不臥床休養，首先在醫院，接下來在家裡。他藉著讀書來打發時間，所付出的時間遠遠超過這個年齡層的一般男孩。10歲的時候他讀哲學，14歲的時候他決定要成為化學家。他的母親工作很辛苦，但是沒有能力送他去讀書。

　　他的身體恢復健康之後，就幫別人跑腿，晚上去讀夜校。17歲的時候他寫了一篇生化的研究報告，得到25美元的獎賞。18歲的時候他遇到一個伯樂，送他去讀大學。

　　他進步的非常快速，但是有一天他愛上一個女孩，兩人很快就結婚。他的贊助者非常生氣，不再給他金錢上的幫

助，這個男孩只好在化學工廠裡找一份工作賺錢養家。20歲的時候他成為父親，薪水太少無法維持家計。他做好幾份兼差，最後崩潰。他的太太帶著孩子離開他，回到娘家。他非常憤怒，一度考慮要自殺。但是在25歲的時候，他又回到夜校完成學業。這時他的太太已經和他離婚了，他的心臟不太好，讓他很擔憂。

30歲的時候他再婚。太太比他大5歲，是一個瞭解他雄心壯志的老師。他在家裡設立一個小實驗室來研究他的理論，成功立刻就來報到。一家大公司鼓勵他繼續研發，60歲他過世的時候，已經被公認為當代最多產的發明家。

現在，哪一個是他生命中最重要的階段？

年輕的女士：當然是遇見這個學校的老師了。這樣他就有機會去實驗，而且成功。

我：他摔斷腿的那個階段呢？他那個時候很有可能死掉。

年輕的女士：沒錯，如果他那時候就死掉，就不會有後面成功的故事。這也是一個很重要的階段。

我：那他前妻跟他離婚呢？

年輕的女士：我懂了，如果她沒有跟他離婚，他不可能再婚。

我：記得他崩潰過一次。如果他沒有崩潰，他前妻可能不會想要離婚。如果他的心臟沒有被傷寒影響，他可能會同時做好幾份工作。然後他的太太也不會離開他。他可能會有更多的孩子，一輩子做個工人。現在，哪一個生命階段是最重要的？

年輕的女士：他出生的時候。

我：那他在母親肚子裡受孕的時候呢？

年輕的女士：我懂了，當然那也是一個非常重要的階段。

我：等一下，要是他的母親懷著他的時候就死掉了呢？

年輕的女士：你是要表達什麼呢？

我：我在試著找出這個男人生命中最重要的階段。

年輕的女士：對我來說，好像沒有最重要的階段這件事，因為每一個階段都是從前面那個階段而來的，每一個階段都同等的重要。

我：那麼每一個階段都是一個特定的時候許多事情發生的結果，對嗎？

年輕的女士：是的。

我：那麼，每一個階段都是依據前面的那個階段來下定論嗎？

年輕的女士：似乎是如此。

我：那麼我們可以很安全的說，沒有一個階段比另一個階段更重要囉？

年輕的女士：是的，但是你為什麼用如此迂迴曲折的方式來討論強制性場景呢？

我：因為所有的教科書作者似乎都同意強制性場景絕對必要。觀眾期待它的來臨，戲劇從一開始就暗示這個場景要來到，所以絕對不能夠被省略。換句話說，這齣戲劇一定會走到一個無法避免的場景，比其他所有的場景都重要。在「玩偶之家」中就有這樣的一個場景，是罕姆從信箱拿出信的那一剎那。

年輕的女士：你不認同嗎？

我：我不認同這個觀念，因為戲劇中的每一個場景都是強制性的。你知道原因何在嗎？

年輕的女士：為什麼？

我：因為如果罕姆沒有生病，諾拉就不需要去偽造簽名，克羅史坦也不會有藉口到她家去要求還債。沒有這些複雜的狀況，克羅史坦就不需要去寫這封信，罕姆也不需要去打開它，然後——

年輕的女士：你說的很對，但是我同意羅森所說的：「任何劇本都必須提供一個特別專注的時刻，使觀眾的預期心理發揮到極致。」

我：正確，但是有誤導人之嫌。假使戲劇有前提，只有證明前提有效才能創造出「一個特別專注的時刻，讓觀眾的預期心理發揮到極致」。我們到底對什麼東西感興趣，是強制性的場景還是證明前提有效呢？既然戲劇是從前提發展出來，當然證明前提有效本身就是強制性的場景。許多強制性的場景不能發揮效果，因為前提模糊不清或者根本就不存在，所以觀眾沒有什麼好等待的。

「馬克白」的前提是「殘酷的野心自取滅亡」。「要證明這個前提有效，

需要『一個特別專注的時刻，讓觀眾的預期心理發揮到極致。』」每一個動作都帶出反應；殘酷的本身帶來自取滅亡，我們一定要證明這一點。如果爲了任何原因，這個自然的順序被延遲或是省略，戲劇就會有麻煩。

戲劇中的任何一個時刻都是從前一刻發展而來的。任何一個場景在當下都應該是最卓越的。唯有一個整合好的場景，才能夠讓我們急著看下一個。場景之間的分別，在於每一場景的強度應該超越上一個。如果只考慮強制性場景，我們可能會專注在戲劇中的某個時態的場景，而忘記在它之前的場景也需要相同的注意力。構成單一場景和整體戲劇其實是同樣的元素。

戲劇的整體張力會不斷持續上升，一直到它達到整個戲劇的巔峰爲止。這個場景會比其他任何場景都來得強烈，但是不會因此損及前面發生過的任何場景，否則戲劇會有麻煩。

我們正在談的這位科學家，他的成功來自前面一切經過的歷程。任何一個階段都可能是最後一個，帶來失敗或是失望。羅森寫道：「強制性場景是戲劇必須達到的立即目標。」不對，立即的目標是證明前提有效，其他都不對。類似羅森的這種論調，會讓這個議題含糊不清。

這位科學家想要成功，如同戲劇必須證明它的前提一樣，但是手邊有一些議題必須先來好好地處理。強制性場景不能被當作是一個獨立的議題。角色和它的決定因素也要列入考慮。羅森說：「高潮的根本來自於群體關係的概念。強制性場景的根本在於行動，它是衝突的具體外展。」

所有的行動，無論是肢體的或其他的，它的根本都在群體關係的概念中。花朵長在泥土上方，並非埋在泥土裡。但是如果它不是從一條根在泥土中的莖上面長出來的話，它就無法存在。許多，而不僅是一個，強制性場景創造出最後的衝撞，也就是主要的危機，亦即對前提的證明。對此，羅森和其他人卻錯誤地稱之爲強制性場景。

2. 闡述

一般人認爲闡述是戲劇開頭的另一個名稱，這是錯誤的。教科書作者告訴我們必須建立情緒、氣氛、背景，戲劇才能開始。他們說角色應該要如此進

場，應該要說些什麼，要如何表現才能夠讓觀眾印象深刻、聚精會神。這些東西剛開始似乎很有用，但是卻會帶來混淆。

《韋氏大辭典》如此說：

闡述：將特別用來傳遞資訊之作品的意義或目的呈現出來。

馬區（March）的《同義詞詞典》（Thesaurus）：

闡述：使顯露，使曝光。

現在我們想要顯露些什麼？前提嗎？氛圍嗎？角色的背景嗎？情節嗎？風景嗎？情緒嗎？答案是我們必須同時顯露所有這一切。

如果我們只選擇氣氛，立刻問題就來了：誰住在這種氣氛裡面？如果我們回答是一位紐約來的律師，就立刻朝建立這種氛圍靠近了一步。

如果我們再進一步問：這個律師是哪一種人？我們就會知道他很正直，不輕易妥協，而且一事無成。我們也會知道他的父親是一個貧窮的裁縫師，一心想栽培兒子成為專業人士。一次都不需要提到「氛圍」二字，只要用我們所提出的問題和答案就已經朝著建立氛圍的目標前進。如果我們還要更加瞭解這位律師，就要找出有關他的所有細節：他的朋友、野心、目前生活的狀況、立即的前提，還有當時的情緒。

對這個男人瞭解愈多，也許我們就愈能夠知道他的情緒、所在地、氛圍、背景，還有情節。

看起來好像我們要顯露的，正是我們在描繪的角色。我們想要觀眾知道「他的目標」為何，因為一旦知道他要什麼，觀眾也就能多方瞭解他是什麼樣的人。我們不需要顯露出他的情緒，或是其他家族方面的問題。它們都是整個劇本當中非常重要的一部分，角色試著要證明它的前提有效時，這些都會建立起來。

闡述本身是整個劇本的一部分，並非只是一個固定用在開頭的東西，用了就丟。但是有關寫作的教科書，把闡述當成是戲劇架構中一個獨立的元素。

再者，闡述應該不停地進行，中間不要被打斷，一直到劇本的結尾為止。

「玩偶之家」一開始，諾拉經由衝突顯示她是個幼稚、被寵壞的孩子，不

知人間疾苦。易卜生不用找個僕人來告訴新管家他們的老闆是誰，也不用教導他怎麼做事，就做成這個效果。他也不需用一通電話對話來告訴觀眾X先生脾氣火爆，天知道如果他聽到發生了什麼事會如何反應。

大聲唸一封信來告訴觀眾角色的背景，也是一種差勁的做法。所有這些湊和出來的把戲，不但糟糕而且毫無必要。

克羅史坦進來向諾拉要錢的時候，他表現出的威脅加上她對威脅的反應立刻就告訴我們，克羅史坦和諾拉是何等人物。他們經由衝突來顯露本性，而且會在戲劇中從頭到尾不停地如此表現。

喬治‧貝克（George Pierce Baker）說：

「首先我們僅僅藉著肢體動作，在觀眾身上挑起情緒的反應。藉著肢體的動作，故事開始發展或是角色開始顯現，抑或兩者兼具。」

好劇本的肢體動作必須能夠做到這兩者，加上許多別的。

普西華‧王爾德（Percival Wilde）在《技巧》（Craftsmanship）一書中寫到「闡述」：

「與呈現情緒極為相似的是營造氣氛。」

把這個忠告具體化就得到下面的結果：「在你所寫的有關挨餓佃農的劇本中，千萬不要讓他們穿成套的衣服，最好讓他們穿得破破爛爛並且住在快要倒塌的房子裡，才能營造出氛圍。你要堅持服裝設計師不可用到鑽石，否則會讓觀眾以為角色很有錢，這樣會把他們搞糊塗。」

王爾德先生接下來寫出這個最卓越的忠告：

「如果闡述和動作同等重要或是更加重要，動作隨時可以中斷。」

然而在閱讀任何好的劇本時，你會注意到闡述從來不間斷，一直進行到幕落為止。另外，動作在此處等同衝突。

一個角色不論做什麼或不做什麼，說什麼或不說什麼，都顯露出他的特質。如果他決定要隱藏自己，如果他說謊或是說實話，如果他偷東西或是不偷，他也一直在顯露本性。在戲劇中的任何部分，一旦你停止闡述，角色就停止成長，戲劇也跟著如此。

　　闡述通常的用法是錯誤的。如果我們偉大的作家跟隨權威人士的忠告，將闡述放在劇本一開頭，或是放在動作和動作之間某些奇怪的地方，偉大的角色就會胎死腹中。罕姆在劇本的最後一景最完整地呈現自己，這不可能在任何其他地方出現。艾爾文太太在「群鬼」的結尾時殺害兒子，因為我們從不間斷的闡述中觀察到她的成長，闡述不會就此結束；艾爾文太太仍然會不間斷地在餘生中呈現自我，無人能例外。

　　大部分老師稱之為「闡述」，我們卻喜歡稱之為「行動的時刻」。

問題　我贊成你的說法。但是我認為用「氛圍、情緒和情節背景」等名詞並不會造成損害，只要這些名詞能夠為初學者釐清一些事情就好。

回答　但是它什麼也沒有釐清，反而造成混淆。假使你擔憂情緒，就會忽略角色研究。威廉・亞契在《編劇的技巧手冊》中說：

　　「闡述是一種藝術，將戲劇的過去展現出來，使這種漸進式的呈現不僅是正在進行之戲劇的序幕或開場白，而是其動作中最主要的一部分。」

　　假如你遵循這個忠告，就不能在這裡、那裡或是任何地方停下來，因為你的角色永遠牽涉在重要的動作中。而且動作 —— 任何型態的動作（衝突）——就是角色的闡述。假如因為任何原因，角色不在衝突之中，闡述以及戲劇中所有其他的一切就會在那個當下、那個所在停下來。換句話說，其實衝突等同於「闡述」。

3. 對白

　　上我編劇課程的學生，交上來一些主題是「對白」的報告。珍妮・麥可小姐的報告很棒，非常簡潔明確，在這裡我們一定要引述其中的一部分。

在劇本裡，對話是一種最主要的方式：讓前提得到證明、角色得以呈現、衝突能夠執行。對白要夠好，這一點極端重要；因為在劇本當中，對白對觀眾來說是最明顯的一部分。

然而儘管編劇瞭解如果對話不夠好，戲劇就不會好；他也必須要瞭解：除非對白清楚且有效地忠於說這些話的角色，除非對白能夠自然又不費力地呈現發生在角色身上，同時對劇本的動作很重要的事件，否則真正優質的對白不可能存在。

只有緩慢上升的衝突能夠帶出健康的對白。我們都經歷過角色坐在臺上不停的說話，為的是要填滿一個衝突跟下一個之間的空檔，這是多麼漫長又無聊的橋段。如果作者能夠提供必要的轉折，就不需要這種漫無目的之閒聊。再者，不論這種連接性的對白有多麼聰明，它還是站不住腳，因為根基不夠穩固。

從另外一方面來說，還有一種從靜止性衝突而來的淺薄對白。其中任何一方都不打算打贏這場溫吞吞的戰役，兩者之間的對白毫無目標。一句風趣的臺詞立刻就被另一句蓋過，沒完沒了。縱使這是一個少見的有活生生角色的「風趣」劇本，其中的角色卻也被塑造成毫無成長空間的樣板。在高雅的喜劇中，角色和對話通常都是這個類型，這也是很少有關社會現狀的戲劇能夠歷久彌新的原因。

對白必須顯露角色的本性。每一句話應該是說話者三面向的產品：告訴我們他是什麼樣的人，他將來會變成什麼樣。莎士比亞的角色是從頭到尾都在成長，但是他們不會讓我們嚇一跳，因為從他們最先的幾句話就可看出他們最後說出的話會是同樣的性質。所以，夏洛克（譯者註：「威尼斯商人」中放高利貸的猶太人）第一次露面便顯現他的貪婪，我們因此預期他的貪婪因為和周圍其他勢力的衝突，結尾時他一定自食惡果。這種預期心理很合常理。

莎士比亞和索福克里斯沒有留下描述主角的筆記，我們也沒有丹麥王子或是臺伯斯國王留下的日記。但是我們許多頁充滿活力的對白，清楚表達出哈姆雷特的想法以及伊底帕斯的問題何在。

對白必須呈現出背景。索福克里斯的「安蒂岡妮」最前面幾行的對白如下：

「妹妹啊！我的親妹妹啊！艾斯曼妮！
所有伊底帕斯卡留下來的詛咒中，
還有什麼是宙斯在我們活著時
沒有實現的？」

　　短短數行立刻傳達出角色之間的關係、血統來源、宗教信仰、當時的情緒狀態。

　　克利夫・歐戴斯（Clifford Odets）在「醒起歡唱」（Awake and Sing）開頭的第一景，用很專業的手法處理對白的功能。羅夫說：「我一輩子都想要一雙黑白相間的鞋子，就是沒辦法弄到手。真差勁！」你馬上就瞭解他的經驗背景和一部分的人格特質。對白必須能夠傳達出這些，而且必須開始從幕啓的那一刻就開始。

　　對白必須預告將來要發生的事件。在謀殺劇中必須要有動機和真實罪行的預備性資訊。舉例來說：

　　年輕甜美的女孩用檔案夾殺死壞蛋。夠簡單吧？並非如此，除非你能夠用邏輯推理證明這個女孩因為某種原因知道檔案夾的存在，也知道它夠銳利，否則不會想到用它來作為武器。另外，她最早發現這個檔案夾的存在及可能的用途必須在辯證法上是有效的，不是碰巧。用它來當武器必須合乎她的性格，而且不會改變想法。觀眾想要知道發生了什麼事，而對白就是一種很棒的傳遞資訊的方式。

　　因此，對白乃是從角色和衝突發展出來。因為如此，它呈現角色並且執行衝突。這些只是對白的基本功能，僅僅是為這個主題開頭而已。另外，還有許多東西都是劇作家必須要知道的，否則他的對話就會流於呆板。

　　要精簡字句。藝術要精挑細選，不是像照相一樣照單全收。你的論點如果能夠不被非必要的文字阻礙，就更具說服力。一個囉囉唆唆的劇本代表它有問題，問題來自於原先的預備工作很差勁。你的劇本很囉唆，因為角色停止成長，衝突停止前進。結果是對白只能夠原地打轉，把觀眾搞得厭倦無比。導演不得已只好為演員發明一些事來做，希望轉移這些倒楣觀眾的注意力，卻一點用也沒有。

如有必要，寧可不要讓角色說些聰明話，且不要爲了聰明話犧牲角色。對白必須從角色本身而來，沒有任何的俏皮對白值得讓你創造出的角色死掉。不犧牲一個單一的正在成長的角色，同時也呈現活潑聰明又流暢的對白，這是做得到的。

　　讓角色用他自己生活圈的語言來說話，讓技工用機器的術語來說話，讓賽馬選手用賭博和馬匹有關的術語表現自己。別把這些跟職業有關的意象弄得又臭又長，但是也不要故意不用它們，要不然任何你完成的對白都會既淺薄又毫無意義。在滑稽劇中，混合各種意象可能會成功。叫一絲不苟的瑪蓮那阿姨在諷刺滑稽劇中用下流社會的術語說話可以讓人捧腹大笑，但是在嚴肅的戲劇中就會讓人非常痛苦。

　　不要賣弄學問，絕對不要把你的戲劇當作是臨時的演講臺。一定要傳達一些訊息，但是要自然而且含蓄地做，不要讓你的主角脫離本性去發表演說。觀眾會在尷尬的同情中發抖，又在笑聲中尋找庇護。

　　從伊麗莎白女王一世的時代到今天，一直有要求改變社會不公義與階級暴政的呼聲，而且傳達的很清楚。這種吶喊必須要符合發出吶喊之角色的本性以及當時社會的氛圍。在「埋葬死者」之中，反戰的吶喊乃是從一個因貧窮而成爲悍婦的瑪莎・韋布斯特（Martha Webster）而來。她從內心深處發出吶喊，令人聽了心碎。

　　在保羅・格林（Paul Green）的「頌讚日出」（Hymn to the Rising Sun）中，我們看到卓越的闡述使演說完全沒有必要。格林先生簡單又深刻的對白針對角色和情況做出最好的挖苦和諷刺。

　　這個故事發生在7月4日日出前的那個小時。地點是一個犯人幫派的牢房。其中一個罪犯剛剛來到，他因爲另外一個被關在單人房的討厭鬼小個子囚犯的命運而擔心害怕，沒辦法工作或睡覺。小個子已經在單人房裡待了十一天，只有少量的麵包與水可以餬口，罪名是他手淫。這個故事的高潮和諷刺之處是新的囚犯聽了領班的命令，將他的聲音從犯人受鞭打——好讓他堅強一點——發出的尖叫轉變成「美國」帶來的壓力。小個子從牢房中被帶出來，已經死了。驗屍報告這樣寫：自然原因死亡。犯人幫派匆匆忙忙的趕去工作，而冷漠的老廚師用低沉沙啞的聲音說到「美國」，故事到此結束。結尾時沒有一個

字譴責這種不人性待遇的法律，取而代之的是領班的演說，用他有話直說的方式，解釋這個獄中幫派的嚴厲苛刻。但是這齣戲劇本身就是對於美國刑法最嚴厲的指控。

「要提出抗議，並不需要長篇大論的演說。」

要把聰明的字句真正當作劇本的一部分，記得你的戲劇不是雜耍特技。純粹為開玩笑而說的玩笑會使劇本失去連貫性，笑話唯有完全符合說話的人之個性才能讓笑話有其意義。除此之外，除了讓大家大笑之外，笑話仍應有另外的功能。在莎士比亞的「錯誤的喜劇」中，羅密歐一直用很糟糕的雙關語說話，對劇本絲毫沒有幫助。但是在「奧塞羅」中，他已經學會將文字遊戲當作整體演出，這是很重要的一部分。「熄滅光，然後熄滅光。」奧塞羅在謀殺之前如此說，同時表達出他要做的事，還有他對這件事的看法。

「孩子學得快」（Kids Learn Fast）從頭到尾有很多適切的幽默。喜福瑞先生藉用孩子的口說出他要說的話。「警長總是在動用私刑後的那一天來到。」「密西西比、田納西、喬治亞、佛羅里達，沒有什麼不一樣，黑人老是被人家追來趕去。」這些都不是他描繪出來的孩子的自然口吻。

到現在為止，我們討論過辯證法中的對白必須是從角色和衝突延伸而來，而且必須要合乎邏輯才能存在。但是對白本身也必須合乎邏輯，在一個小範圍內，對白必須要能夠跟其他的元素分開來談：它本身必須合乎緩慢上升衝突的原則。你在說好幾樣事情的時候，會把最重要的放到最後。你說市長來過這裡，州長也來過，然後連總統都來過！甚至你的聲音都可以聽出來衝突的上升：一、二……三，我們是這樣講的，而不是一……二、三。有一種跟傳統相反的經典說法這樣說：人不可以謀殺，因為可能會導致酗酒，然後也可能會導致抽菸，最後可能會讓你不遵守安息日等。這是很有趣的幽默，但是是很糟糕的劇本。

在一個很平庸的劇本「白癡的喜樂」中的第二幕第二景，你可以找到一個對白合乎辯證法成長的好例子。

艾琳：（對軍火大亨說）……我必須不被自己的恐懼影響，所以我藉著研究周遭人的臉孔來開心，就是一般的普通又無聊的人。（她用一種很甜美但

是又帶著虐待狂意味的語氣說話。）譬如說那一對年輕的英國夫妻，我吃晚飯的時候一直在觀察他們，他們坐在那裡，身體靠的很近，又牽著手，在桌子底下用膝蓋彼此摩擦。然後我看到他穿著又帥又挺的英國制服，拿著一把小手槍對著一輛巨大的坦克，坦克就壓過他，他好看強壯的身體，充滿經歷狂喜能力的身體，變成一堆爛糊糊的血肉骨頭，流著紫色的血，就像一隻被踩爛的蝸牛一樣。但是就在他死亡之前，他在腦中安慰自己說：「感謝上帝她很安全！她正懷著我的孩子，將來他會活著，看到一個更好的世界……」但是我知道她在哪裡，她正躺在一個被空襲打爛的地下室裡，她堅挺年輕的乳房和一個被截肢的警察的內臟一起被打爛。她子宮內的胚胎貼在一個死去的主教的臉上。這就是我用來讓我自己開心的想法，艾其利。這個想法讓我覺很驕傲，因為我可以跟你如此接近，是你讓這一切成為可能。

薛伍先生從一種既甜美又帶著虐待狂的語氣開始塑造一個悲劇，藉著男人的希望帶來的諷刺，他讓這個故事顯得更加悲慘。這種諷刺性的描寫比原本的故事更加可怕。最後的高潮是自我憎恨、自省的退化、自覺地參與恐怖行動，其他任何的安排都不會這樣有效果。反高潮如果存在，也會變成無可避免的災難。

前面說過，衝突必須從角色而來，對白必須從角色和衝突而來，因此說話的聲音必須從其他所有的元素而來。句子必須在戲劇逐漸發展的時候也往上發展，用聲音和意義來傳達每一個場景的節奏和涵義。莎士比亞是一個最好的範例：在他富有哲學意義的段落中，句子是沉重的、經過仔細思量的。在他的愛情戲中，對白是抒情流暢的。然後，隨著動作愈來愈深沉，句子也變得愈來愈短、越簡單。因此不但是句子的內容隨著劇本的發展而改變，文字和音節的內容也是如此。

辯證法並不會剝奪劇作家創造的權利。一旦你的角色開始啟動，他們的道路和臺詞在一個大範圍內都已決定好，但是角色的選擇全在於你。因此，要思考你的角色會使用的詞句，還有他們的聲音以及傳遞的方法。想想看他們的人格特質和背景，還有這些對他們的臺詞的影響。刻劃好你的角色，他們

的對白就會水到渠成。「熊」（The Bear）讓你發笑的時候，記得契科夫是藉著一位誇大的角色和另一位荒謬、故作尊嚴的角色對戲而達到這種誇大又荒謬的效果。在「海上騎士」（Riders to the Sea）中，約翰·米列頓·辛格（John Millington Synge）運用悲傷但迷人的節奏讓我們隨之搖擺。不同的人卻合奏出和諧的曲調：慕雅、諾拉、凱薩琳、巴特利均有阿倫群島居民的口音，然而巴特利愛炫耀、凱薩琳有耐心、諾拉年輕反應快、慕雅年紀大反應慢，這種組合在英文中極其美麗。

還有一件事：不要過度強調對白。記住它只是戲劇的媒介，並不比整體更偉大，它必須要完全和諧地融入戲劇之中。諾曼·吉地斯（Norman Bel Geddes）製作「鐵人」（Iron Men）的時候被批評說他的布景太好，因為他把真正的大廈建造過程重現在舞臺上。布景太精美會搶走觀眾對角色的注意。對白通常會有這種效果，因為不像是角色該說的話而讓觀眾只注意到對白本身。舉例來說，「失樂園」因為對白過多，讓許多奧黛特的仰慕者失望。它從頭到尾有許多不必要的臺詞，脫離角色真正該說的話。它們存在的目的只是讓別人特別注意到對白本身，因此角色和對白都受傷害。

總結來說，好的對白是經過仔細挑選的角色，用符合邏輯的方法成長而帶出的產物，一直到緩慢上升的衝突證明了前提有效為止。

4. 實驗

問題　你的規則這麼嚴格，我不認為任何人可以做實驗。根據你所給的警告，如果一個不幸的劇作家漏掉任何你說戲劇必須包含的成分，結果會很嚴重。難道你不知道人設定規則，就是為了要打破規則嗎？而且打破規則的人常常都不會被抓到。

回答　是的，我們知道。你幾乎可以用這種方式做任何你想做的事，實驗到你心滿意足為止。就好像人可以潛水、飛行、住在冰河地或熱帶，但是他沒有辦法沒有心臟或肺而存活。就好像你不能夠不用基本的元素寫出一個好的劇本一樣。莎士比亞是他那個時代最敢實驗的人之一。打破任何亞里斯多德的三個整體之一都是很嚴重的事，然而莎士比亞

三個都打破了：整體的時間、地點和動作。每一個偉大的作家、畫家、音樂家都曾經打破過某些牢不可破，被視爲神聖的規則。

問題 你好像正在強化我的論點。

回答 那麼研究一下這些人的作品，你就會發現角色是經過衝突才有發展。除了最基本的以外，他們打破了其餘所有的規則，一個三面向的角色是所有好戲劇的基礎。你會在這種劇本裡，看到持續進行的轉折。尤其重要的，你會找到方向，亦即一個清楚明確的前提。再者，如果你知道找到的是什麼東西，你也會發現很鮮明的角色刻劃，非常符合邏輯，完全不做作。

沒有兩個人說話的方式一樣，思想模式和交談的方式也一樣。同樣的，也沒有兩個人寫作的方式一樣。如果你認爲辯證法只是試圖強迫把每個戲劇塑造成同樣的模式，你就大錯特錯了。相反的，我們希望你不要把原創精神與耍把戲混爲一談。「在不瞭解角色的特殊效果、驚喜、氛圍、情緒和其他特質之前，不要刻意去尋找這些東西。」沒錯，你大可以去實驗，但是要侷限在自然的法則之下。在這些法則之下，任何東西都可以被創造出來。有一件事很有意思：星星誕生的方式和人類一樣，兩種對立的力量彼此吸引，發展出一種在有利條件下便會進化的星雲型態。轉折在這裡也很普遍。每一個星雲、星星和太陽都不一樣，但是構成它們的元素是相同的。星星就像人類一樣互相依存。如果它們的軌道不固定，幾乎就會立刻相撞，毀掉彼此。星星之中也有流浪者，也就是慧星，它們也被同樣的法則所控制。現在，既然每一樣東西和其他的每樣東西都是互相依存的，角色之間也是如此，必須有一些共同的基本要素：三種面向。你可以強調其中的一個，你可以放大細節，可以處理潛意識，你可以嘗試各種不同型式的效果。你可以做任何你想到的事情，只要你能夠呈現出角色。

問題 你會如何看待威廉‧薩若揚（William Saroyan）的「我的心呀在高原」（My Heart's in the Highlands）？

回答 當然是一種實驗。

問題	你認為它是一個好劇本嗎？
回答	不是。它跟真實的生活脫節，角色活在一種真空狀態裡。

問題	那你不認同它？
回答	絕對不認同。所以每一個實驗，不論結果如何，從長遠來看一切的努力都是值得的。大自然同樣也是不停地在進行實驗。如果實驗出來的新創造胎死腹中，就會被丟棄在一旁，但是在它發生之前，大自然會全力地把各種可能的修正方法都運用上。如果你對於大自然的歷史有一些瞭解，你就會對於大自然用盡各種可以想到的方法來表達自我而驚嘆不已。

馬蒂斯、高更、畢卡索在畫作上實驗時，並沒有拋棄構圖的基本原則，反而更加以肯定。其中一個強調顏色，另一個強調型態，第三個強調設計，但是每一個都在構圖的最根本基礎上往前邁進，而這個基礎跟他們的線條和顏色並不一致。

在一個糟糕的劇本中，人好像是自給自足的活著，跟別人沒有關係。慧星並不是自給自足的，流浪者也不是，他必須哀求、偷竊或是借東西才能存活。自然界中和社會上的每一件事物都必須依靠其他事物才能存在，不論是演員、太陽或是昆蟲。

下面是一個大自然在一棵樹上所進行的實驗。你瞭解樹不論有多少障礙存在，都會朝著太陽生長。有一天榛果掉到一個垂直岩石的裂縫裡，種子發出芽來，變成一棵樹苗。它很正常地長大，只是並不朝向太陽，岩石層讓它沒有辦法長直。過了一會兒它想辦法往上長。由於它的根部在岩石的頂部，它的頂端變得太沉重，似乎一定會垮下來。後來卻發生了一件奇蹟。頂部的一根樹枝往後長，朝向山邊，深深地進入另一個裂縫之中，然後就抓到一塊立足之地，另外一根樹枝也有樣學樣，接著第三根也如此，一直到整棵樹都得到很好的支撐為止。「這個所謂的大自然的實驗事實上完全不是實驗，它之所以發生是因為樹必須存活下去。必要性讓角色做出一些在正常環境下，絕對不會想到要做的事。」

藝術家和作家做實驗，因為他們覺得如果要完全表現出自己的角色，就必

須如此。就算我們不願意接受他們的實驗，但是實驗就是好的，因為我們可以從它們身上學習。

我們要一次又一次的重複大自然在自我表現上符合辯證法的要求。就算是剛剛談到的那一棵樹，也有自己的前提。在樹和地心引力之間有角色的刻劃；在地心引力和樹存活下來的意志力之間有衝突的存在；在樹的生長和樹枝的活動上面也有轉折。在樹的勝利上你看到危機、高潮和結果。大自然在一棵樹上所做的一切，劇作家也可以拿來應用在他的角色身上。倘若他遵循辯證學的原則，他可以去實驗。

5. 符合時代潮流的劇本

問題 我同意大部分你對編劇的看法，但是要如何選擇一個符合時代潮流的主題？我們也許找得到一個清楚明確又合理的前提，蘊含著許多衝突。但是經理人可能會予以否決，因為它不符合時代潮流。

回答 一旦你開始擔憂經理人對你劇本的看法，你就會迷失。假使你擁有一個根深蒂固的信念，把它寫出來，不要管大眾和經理人怎麼想。如果你在意別人的想法，乾脆別寫。只要你的劇本夠好，大家就會喜歡。

問題 有些主題符合時代潮流，有些則否，對吧？

回答 只要寫的好，所有劇本都符合時代潮流。人性的價值若是從其周遭的各種勢力中自然成長而來，就是恆久不變的。生命一直都很寶貴，這點不會改變。在亞里斯多德的時代，一個在他的景況中被真實描繪的人可以像今天的任何人一樣生動有趣。現在我們有機會對比他的時代和現代，可以看到許多進步，並且預測我們未來的道路。難道你從來沒有看過一個現代劇本，無聊到像兩個母親在頌揚她們小孩的了不起嗎？但是薛伍（Robert E. Sherwood）的「伊利諾州的林肯」（Abe Lincoln in Illinois）在現代仍然重要。海爾曼（Lillian Hellman）的「小狐狸」（The Little Foxes）敘述十九世紀初期的故事，但它比出版那年的任何作品都優異，因為其角色一直在成長。「家庭繪本」（Family Portrait）講的是耶穌的家庭，並非剛剛發生的新聞，仍然很有意思。

在另一方面，考夫曼（Kaufman）和哈特（Hart）的「美國方式」（The American Way）與柏爾曼（S. N. Berhman）的「沒時間看喜劇」（No Time for Comedy）兩者處理的均為現今最實際和迫切的議題，既不新穎也缺乏活力。像「玩偶之家」這樣實際又文筆精湛的劇本，永遠能夠反映出它的年代。

問題 我還是覺得某些題材比較符合時代潮流。舉例來說，諾爾·寇威爾的劇本寫的是一些對進步主流既不加分，也不減分的人物。描寫這種人有必要嗎？

回答 有的，但是當然在比較好的劇本中才有必要。寇威爾的劇本中，一個真實的角色都沒有。倘若他曾經創造出三面向的角色，解析他們的背景、動機、與群體的關係、前提、失望，這些劇情才會值得一看。

雖然幾百年來，文學一直在處理人的問題，但是我們從十九世紀開始才瞭解角色是什麼。莎士比亞、莫里哀、萊辛，甚至易卜生，皆是憑著本能而非科學方法來演繹角色。亞里斯多德宣稱角色沒有動作重要。亞契說作者一定要能夠看穿角色。其他某些權威承認角色仍是一個謎團。很高興知道科學為我們和亞里斯多德與其跟隨者的歧見提供了一個先例。偉大的美國科學家兼諾貝爾獎得主米利肯（Millikan）幾年前說原子能不可能被轉換成其他能量，這是一個無法實現的夢想，因為我們被迫要用更多的能量來分解原子，比能夠從原子身上得到的還要多。但是另一位諾貝爾獎得主亞瑟·康普敦（Arthur H. Compton）宣稱，如果錒鈾（actino-uranium）完全被轉換成能量，每一個原子就會製造出兩億三千五百萬的伏特。被僅僅帶有四分之一伏特能量的中子撞擊時，錒鈾分解成兩個巨大的原子彈，每一個帶有一億伏特，因此釋放出原先放入的八十億倍能量。角色也擁有無限的能量，但是許多劇作家要學習怎麼釋放它，怎麼為他們的目的來使用這些能量。只要有人的存在，不論是在過去、現在或是未來，都可以有重要的劇本存在，只要這個角色是用三種面向來呈現。

問題 所以我的劇本描繪的是哪一個時代，都沒有分別囉？只要我懂得三面

向的角色。

|回答| 當你說三面向的時候，我希望你瞭解環境也包含在內，而且這表示說你對於那個時代的風俗習慣、道德觀、哲學、藝術和語言都有澈底的瞭解。舉例來說，如果你描寫的是西元前第五世紀，你必須要像自己的時代那樣瞭解那個時代。從我個人的觀點來說，我們建議你留在現代的二十世紀，也許就在你的家鄉或城市，然後描寫你所知道的人。這樣一來，你的任務會輕鬆很多。如果你瞭解自己的角色在生理、心理和與群體關係上面的三個面向，你的劇本不但會符合時代的潮流，而且永遠不會退流行。

6. 進場與退場

|問題| 我有一個編劇家朋友，他對於進場和退場覺得非常困難。你可不可以給他一些指點？

|回答| 告訴他，把他的角色整合得更澈底一些。

|問題| 你怎麼知道他沒有整合呢？

|回答| 你發現靠近窗戶的地板在陣雨後溼了，自然會推論下大雨的時候窗戶是開的。對於進場和退場覺得有困難，代表這個劇作家對他的角色認識不清楚。「群鬼」的幕啓時，我們看到英格斯和他在艾爾文家工作的女兒站在臺上。女兒立刻警告他不要大聲說話，免得吵醒奧茲華，因爲他昨天剛剛從巴黎回來，很疲倦。另外，當老英格斯發表意見時，女兒認爲他沒有權利管奧茲華要睡多久。他狡猾的暗示也許她對奧茲華有興趣。蕾琪娜非常憤怒，正好讓人看出來這是真的。這段對話有許多很棒的地方，也讓觀眾期待奧茲華的入場。我們從英格斯那裡知道曼德斯在城內，從蕾琪娜那裡知道他隨時會來。曼德斯的入場有充分的準備，但它並非僅只是一種巧妙的方式。在劇本中，曼德斯在這個時候出現完全符合邏輯。蕾琪娜把英格斯推出去，然後曼德斯就進來了。她有許多話要對他說，不是隨便開聊而已。這一段談話整合的非常深入，而且是從前一景發展而來。曼德斯被迫要打電話給艾爾文太太，才能夠逃離蕾琪娜的諂媚求寵。在他進來之前的空檔，他

拿起一本書，代表一個重要的場景即將來到：艾爾文太太應曼德斯的要求進場。到目前為止我們有兩個進場、兩個退場，每一個在劇本中都是必要的。奧茲華真正進場之前已經有許多對他的談論，所以我們很期待他的進場。

問題 我懂了。但是，不是每個人都是易卜生。我們今天寫作的方式不一樣，節奏要快許多。我們沒有時間做這麼冗長的準備。

回答 在易卜生的時代，劇作家跟現在一樣多。你能叫出幾個名字？那些寫出當時很受歡迎但實際很糟糕的劇作家到哪裡去了？他們已經被遺忘，其他那些跟你有同樣想法的人也將會被遺忘。是的，時代改變了，風俗習慣改變了，但是人仍舊有心臟和肺。你的節奏也許改變，「也應該改變，但是動機必須維持不變。」跟一世紀前相比，原因和結果也許不同，但是它們必須清楚且合乎邏輯地存在。舉例來說，環境從前有重要的影響力，現在仍舊如此。叫一個角色去房間外面喝杯水，僅僅是讓其他兩位角色可以私下談話；等他回來時，談話正好結束。這種作法毫無道理可言。

角色不能像「白癡的喜樂」那樣漫無節奏或理由地進進出出。進場和退場是戲劇架構的一部分，好比窗戶和門是房子的一部分。每一個人進來或出去必須出於「必要」。「他的動作必須要幫助衝突發展，並且是角色呈現自我過程中的一部分。」

7. 為何某些糟糕的劇本卻很成功？

未來的劇作家常常納悶：花大錢去讀書、為寫出一個好劇本而拼命是否值得，尤其是在某些價值低於所用紙張的劇本卻大賣數百萬美元之時。這些「成功」背後的原因為何？

我們來研究一下這些讓人嘆為觀止的成功故事。「艾比的愛爾蘭玫瑰」（Abie's Irish Rose）儘管有某些明顯的缺失，但仍然有前提、衝突和角色刻劃。作者描繪的是觀眾從現實生活和綜藝節目中看到的那些熟悉人物。雖然角色刻劃薄弱，但是因為觀眾對他們熟悉，所以可以取得平衡。觀眾認為這些

角色是真實的，雖然他們僅只是感覺熟悉而已。接下來，觀眾對於牽涉到的宗教問題也很熟悉；因為有這方面的瞭解，所以他們覺得頗有優越感。劇中的高潮更加強化這一點。觀眾對於哪一個宗教會宣稱孩子是屬於他們的這個問題很著迷，在心裡頭他們已經選邊站。當高潮以及這一對雙胞胎來到時，雙方都覺得滿意，每一個人都開心，包括父母、祖父母和觀眾。我們認為這個戲劇很成功，因為觀眾的主動參與，角色更加顯得生動。

「菸草路」是一個完全不一樣的案例。當然它是一個很糟糕的劇本，但是仍然有其角色。我們不但可以看見他們，也嗅得到他們。他們在性上面的腐敗和像動物一樣的生活完全擄獲我們的想像力。如果在舞臺上呈現，觀眾看他們就好像在看居住月亮上的人一樣。最貧窮的紐約觀眾覺得他們的命運也要比萊斯特家族好些，又是一次優越感的展現。劇本中過於強調扭曲的角色，遮蓋了真正重要的議題：重新適應社會。這個劇本有角色，但是沒有成長，所以它是靜止的，最重要的目的是展現這些野蠻兼完全沒有道德觀的人。觀眾像被催眠了一般，一群一群的湧入劇院來觀看這些像是人類的動物。

諾爾‧寇威爾的成功來自於他所描繪的恐怖比較起來要讓人開心許多：誰會和誰上床？他會擄獲她嗎？還是她會擄獲他？請記得寇威爾在世界大戰後崛起，和一群有英國血統、富裕又世故的朋友急著要嘗遍人生的百味。而觀眾已經被戰爭弄得非常疲憊，受夠了流血和死亡，於是張開雙臂擁抱他的諷刺劇。他的對白似乎很風趣，能夠幫助觀眾忘記這個世界所承受的衝擊。霍華德與許多像他的人出現了，將這些受夠驚嚇的觀眾帶入麻醉般的放鬆。若是今天，大家對他的反應應該頗為冷淡。

考夫曼（Kaufman）和哈特（Hart）的「浮生若夢」（You Can't Take It with You）並不太差，其實它根本不能算是戲劇，只是一個聰明的綜藝節目的再次呈現，其中也有一個前提存在。角色們是很有趣的諷刺人物，彼此之間毫無關聯。每一個都有自己的興趣、需求和奇怪的特質。作者們的任務就是將他們全部放在同一個架構之下。他們成功了，因為他們呈現出一種道德教訓，讓每一個人都贊同，卻不會去遵循。另外，他們也讓觀眾開懷大笑，這也就是他們的目的。

不要忘記大部分成功的劇本，都「不會」太糟糕。薛伍的「伊利諾州的

林肯」、金士利的「死路」、郝斯曼（Housman）的「維多利亞‧蕾琪娜」
（Victoria Regina）、貝恩（Bein）的「讓自由的鐘聲敲響」（Let Freedom
Ring）、凱洛（Carroll）的「陰影與實質」（Shadow and Substance）、「白
馬」（The White Steed），還有莉莉安‧海爾曼（Lillian Hellman）的「看守
萊因河」（Watch on the Rhine）。雖然他們有明顯的缺點，但是也值得大家嚴
肅的來看待。他們乃是架構在角色之上。真正糟糕的劇本有很奇怪的地方，是
一些異乎尋常的特質，因此儘管缺點很多，卻容易被人接受。但是若加上三面
向的角色，它們會更容易成功。

　　如果你對於寫好的劇本沒有興趣，但是想要快速致富，那麼你完全沒有希
望。你不但寫不出好的劇本，也不會賺到什麼錢。我們看過幾百個年輕的編劇
非常認真的工作，拼命想要完成只能讓人消化一半的劇本，心裡認為製作人
正排著隊，等著要搶他們的手稿。我也看過他們的手稿完成後卻被輪番拒絕
時，他們如何傷心難過。甚至在企業界中，那些願意給顧客超過他們要求結果
的人都會出人頭地。如果劇本的寫作只是為了要賺錢，就會缺乏真誠。真誠沒
有辦法假造。若是沒有這種感覺，你無法把它放到劇本之中。

　　我們建議你寫自己真正相信的東西，而且千萬不要操之過急。慢慢來，做
一些實驗。好好享受這個過程，觀看你的角色逐漸成長。描繪那些在社會中
生存的角色，他們的行動全迫於必要，然後你就會發現劇本比較容易賣得出
去。不要為製作人或是為一般大眾寫作，只要為你自己寫作。

8. 鬧劇

　　現在要來大略談一下戲劇和鬧劇的分別。在鬧劇中，轉折不是完全不存
在，就是錯誤的。衝突過於被強調。角色只有單一面向，因此用閃電般的速度
從一個情感高潮向另一個移動。被警方追捕的冷血殺手突然停下來幫助一位盲
人過街，這是一種偽裝出來的虛假。一個逃命的人不但看不到盲人，更不可能
幫助他。而且，冷血殺手有可能因為盲人擋路而射殺他，不可能出手幫助。要
讓三面向的角色看起來可信，轉折必須存在。鬧劇之所以存在，就是因為缺乏
轉折。

9. 談天才

我們來考察天才的定義：

「天才是一種超能力，最先把麻煩惹上身。」
——托瑪斯·卡萊爾（Thomas Carlyle）的「腓特烈二世」（Frederick the Great）

我們同意這個看法。

「一個天分高的人會從最多的觀察裡做出最精簡的結論，而天才卻能從最精簡的觀察中做出最多的結論。」
——歐席阿斯·史華茲（Osias L. Schwarz）的「優異人士的一般類型」（General Types of Superior Men）

這點我們也同意。

「天才是許多環境條件結合之後，帶來的快樂結果。」
——海文洛·艾利斯（Havelock Ellis）的「英國天才研究」（The Study of British Genius）

我們等一下再來討論這一個定義。

「天才：個人特別擁有的天賦；心智的特質或傾向讓一個個體能夠做出某種特定行為，或是在某種特定的追求上特別成功；在心智上極端優越；不尋常的發明能力，或是任何類型的原創力。」

——《韋氏大辭典》

天才比一般人學習的速度快許多。天才有創造發明能力，能做出一般人做

不到的事。他在心智上特別優異，但是這些都不代表他不需要認眞學習就可以成爲一個眞正的天才。我們常常看到平庸的人成就大大超過那懶惰學習和工作的天才。這些懶惰的人天分只有天才的一半，但是世界上充滿這樣的人。爲什麼我們常常看不到這些心智的巨人？爲什麼許多這樣的人結局很悲慘？看看他們的背景和生理層面，你就會找到答案。許多人因爲貧窮，從來沒有機會去上學。其他人結交了壞朋友，所以他們超乎尋常的天分就浪費在無用或是邪惡的用途，這是環境的影響。也有一些人有讀書，但是對於所讀的東西有錯誤的看法，這是教育的影響。你可能會說，眞正的天才永遠會去找成功的方法，但是卻不是如此。每一個成功的人，儘管碰到困難，都曾經有過獲得成功的機會。

天才超乎常人的聰明，並不能夠絕對保證他會成功。第一，人必須有一個開始，一個在選擇的職業中增進知識的機會。天才有能力在一件事情上工作更久、更有耐心，強過所有人。

這代表著天才並不罕見。《韋氏大辭典》說天才的心智特質或傾向，能夠讓他做出某種特定行爲。許多有這種心智特質的人，卻做不到這種特定的行爲。如果一個這樣類型的人被環境所逼，必須要做與他本來有能力做到的特定行爲完全相反的事，他該怎麼辦？在這個案例中，「特定」這個字眼擁有無比的重要性。天才是在某件事情上面是天才，那就是特定的行爲。當然還有許多的例外，達文西、歌德，也許在人類歷史上還有十幾個很少見的人，可以在不只一個領域上面發光發熱。但是我們在這裡談到的是其他的人，例如：莎士比亞、達爾文、蘇格拉底、耶穌。他們全部是在某一領域的天才。莎士比亞運氣好可以跟劇院扯上關聯，雖然剛開始的時候這個關聯也很薄弱。達爾文出生於一個富裕的家庭，雖然擁有大學學歷，家人卻認爲他不成材。然後有一天，有人帶他去熱帶探險，這顆有潛能做出某種特定行爲的頭腦突然有機會展現它的心智特質。其他人的情況，也大多是如此。

沒有一個人生下來樣樣都行。我們都會比較喜歡某一個學科。如果手上有增廣知識所需要的工具，我們就比較容易大幅度的進步。如果被強迫去做其他的事情，我們就會心生不滿、消沉，最後失敗。

在蘋果樹結果之前，我們就叫它蘋果樹。但是天才跟蘋果樹不一樣。難道

天才不是一個在某件事上有所成就的人嗎？天才是一個幾乎有所成就的人？或者是某個想要有所成就，但是卻受到某方面阻礙的人嗎？

如果前面這些定義說得通，上述幾個問題的答案就是否定的。它們並沒有提及成就，僅只是分析什麼樣的人是天才。成功是各種環境條件的快樂結合，幫助天才擴張他的境界，使他能用無限的能力製造出成果。這是海文洛・艾利斯（Havelock Ellis）定義的真意。史華茲（Osias L. Schwarz）的看法「天才能從最精簡的看法中做出最多的結論」也絲毫沒有錯誤。但是這個看法只有在天才碰巧成功時成立嗎？一顆蘋果籽如果被帶到城市的中心，放在堅硬的柏油上讓又大又重的輪胎壓碎，它就不再是蘋果籽嗎？不論在哪裡，它仍舊是一顆蘋果籽，儘管它失去完成使命的機會。

一條魚生出幾百萬顆卵，但是一千顆裡頭只有一顆能夠孵化成魚。在所有那些孵化的魚當中，只有少數能成長。然而每顆魚卵都是貨真價實的卵，擁有所有成長為魚的必要條件。別的魚也會吃掉牠們，能夠存活下來的魚並非因為牠們的頭腦比較聰明。艾利斯是對的：「天才是『許多』環境條件結合的快樂結果。」存活是其中之一，遺傳也是，免於貧困是第三個；雖然人類所知的天才當中，百分之九十九來自社會底層，胼手胝足一寸一寸奮力往上爬。貧窮無力阻止這些少數人成功，但是也的確阻擋了幾千個其他的人。假使他們曾經受惠於「許多環境條件結合的快樂結果」，他們也同樣會成功。

至於那些喜歡吹牛的人，拍著他們的胸膛四處奔走，宣稱自己是天才，我們沒有辦法摒除他們，因為他們很容易被激怒。不過當中的確有一些人，可能具有天才的潛能。

眾所周知，所有的謀殺犯都說自己是無辜的，堅持自己是被陷害的。罪犯的歷史研究認為其中有一些人的確是無辜的，然而許多人大肆嘲弄，完全不以為然。

但是我們不要忘記天才的另一個重要的條件：在他有興趣之處無休無止、不懼困難地努力。

我們要盡可能地強調，雖然天才在特定的領域擁有不尋常的心智能力，大部分的人卻從來沒有機會去研究他們有興趣的東西。請記得大部分的天才只在某一方面特別優異，你會發現，在非他擅長的領域他不會有機會發揮。

沒有水的魚是一隻死魚，一個不能發揮所長的天才通常與傻瓜無異。

10. 藝術是什麼？對話錄

問題 你認為一個個體裡面同時會有好的和壞的、高貴的和淫蕩的思想嗎？
每一個角色是不是都可以成為烈士或叛徒？

回答 是的。人不只代表他自己和他的種族，也代表人類整體。他生理結
構的發展屬於小規模，但是跟人類整體的發展並無二致。從在母親的
子宮裡開始，他經歷的所有蛻變就是人類從原生質開始的長久旅程。
同樣的法則適用於人類和國家。人類在迷霧中摸索，經過荒野，如同
遠古的部落、團體跟種族所經歷的過程一樣。在他的童年、青少年時
期、成人期，他經歷高低起伏，一如國家為追求幸福所經歷的戰役。
一個個體是群體的複製。他的弱點就是我們的弱點，他的強項也就是
我們的強項。

問題 我又不負責管理我兄弟，我不想要為他的行動負責。我是一個個體。

回答 一隻貓、老鼠、獅子或是昆蟲，也都是個體。以白蟻為例，白蟻當
中有的女性唯一的責任就是產卵。牠們有工蟻、守衛、兵士，還有一
隻主要功能是負責胃這個器官的白蟻。牠咀嚼充滿纖維的生食，消化
完成之後才拿來作為大家的食物。這個昆蟲社會裡所有的成員都群集
在牠之前，也就是這個活生生的胃前面，然後吸吮著牠準備好的食物
來維持自己生命的延續。每一隻白蟻都有牠特殊的功能，每一隻都不
可或缺。摧毀這個組織嚴密的社會中任何一個分支，所有的一切都會
毀滅。牠們分開就沒有辦法生存，就好像神經、肺或是肝臟不能夠沒
有身體的其他部分而生存一樣。你的身體也是一樣，每一個部分有不
同的功能，把這些協調起來就成為一個個體。一個人也是整體人類的
一部分。在白蟻家族中每一個個體有自己的人格，結合起來就是白蟻
社會。就好像每一隻腿、手臂、或是肺有自己的特色一樣，但是他們
仍是整體的一部分。也就是因為這樣的緣故，你最好是你兄弟的看守
者。他和你都是整體的一部分。他的不幸絕對與你習習相關。

| 問題 | 如果一個人擁有所有這些人類的屬性，那我怎麼可能整體的描繪他呢？ |

| 回答 | 這絕對不是一件簡單的工作，但是你一定要針對整體，角色刻劃才可能做好。只有在追求完美的情況下，你的藝術才能成功，就算你從來沒有達到過你的目標。 |

| 問題 | 到底什麼是藝術？ |

| 回答 | 藝術在最微小的型態下來說，不但是人類的完美狀況，也是整個宇宙的完美狀況。 |

| 問題 | 宇宙？你會不會說得有點過頭了？ |

| 回答 | 原生動物跟人類身體的細胞一樣，由同樣的元素構成。身體內含有幾百萬個這些細胞。這個大型個體包含的元素跟每一個單獨細胞是一樣的。每一個細胞在身體裡所有細胞族群內具備自己獨特的功能，如同每一個人在他自己的社會裡有他自己的功能一樣。而他的社會就是這個世界。就好像細胞代表人，人代表社會，所以社會也代表整個宇宙。宇宙和人類的社會被同樣的一般法則來統理；其構造與機制、行為與反應是相同的。

一個劇作家創造出一個完美的人的當下，他所創造的不但是這個人，還有他所隸屬的社會。在宇宙當中，此一社會只相當於一個原子。因此，創造出這個人的藝術足以反映出這個宇宙。 |

| 問題 | 你所說的完美一詞，可能會變成一種對大自然亦步亦趨的模仿，或者是人類存在內涵的一種列舉。 |

| 回答 | 你害怕知識嗎？一個工程師知道數學這門學科、重力的法則，還有他正在研究的物質的張力等，對他會有傷害嗎？他必須知道與他的行業相關的事情，因為我們會問他是否擁有建造一座橋的天分，這座橋必須要看起來悅目，而且也必須是一個有用的建築。「他對於精確科學的知識在實際運用上，也不會排除到想像力、品味、優雅等元素。」同樣的原則也適用於劇作家。有些人也許會遵守技巧的規則，但是他們的作品卻缺乏生命力。為數不少的其他人利用手上的資料，遵守他 |

們認為有用的規則，把這些資訊融合到他們的情感裡。他們用想像力的翅膀承載知識，創造出大師級的傑作。

11. 編寫劇本

一定要先想出「前提」。

你的下一步是選擇一個能帶出衝突的「關鍵角色」。假使你的前提恰巧是「嫉妒害人害己」，那麼那位嫉妒的男人或女人應該隱藏在你的前提裡面。關鍵角色必須是一個為所受到的傷害復仇而全力以赴的人，不論是在真實的生活裡或僅僅是在他的想像裡。

下一步是把其他的角色排列出來。但是這些角色一定要有「良好的刻劃」。

「對立的結合」必須要有約束力。

選擇「行動的時刻」要很小心，不要出錯。這個時刻必須是一個或一個以上角色生命中的轉捩點。

每一個行動的時刻都是從「衝突」開始。但是不要忘記有四種衝突的類型：靜止的、跳躍的、伏筆式的、緩慢上升的。你需要的只有緩慢上升的和伏筆式的衝突。

缺少「持續不斷的闡述」，也就是「轉折」，衝突就不會發生。

逐漸上升的衝突是闡述和轉折的結果，確保劇情一定會「成長」。

在衝突當中的角色會從一個極端邁向另一個極端，譬如說從「仇恨」到「愛情」，「危機」因此就被創造出來。

若是成長持續穩定地向前走，高潮就會在危機之後來臨。

緊接在高潮之後，就是「結論」。

要確認對立的結合必須強烈到角色，不會在戲劇的中間變弱或是退場。每一個角色都必須要有一樣他們非常在意會失去的東西，譬如說，財產、健康、未來、榮譽、生命。對立的結合愈強烈，你愈能夠肯定自己的角色可以證明前提有效。

「對話」與戲劇的任何其他部分同等重要，每一個字都應該是從相關的角色的嘴巴裡說出來。

布蘭德・馬修和他的學生克雷頓・漢彌爾頓（Clayton Hamilton）〔在他的著作《戲劇理論》（*The Theory of the Theatre*）〕，強調一齣戲劇只能夠在劇院的觀眾之前被評論。

　　原因何在？我們認為活生生的演員比在書面上的角色，更容易展現生命。但是為什麼這會是「唯一的」一種評論方式呢？倘若建築師用同樣的評價方法來蓋房子，材料會多麼的浪費呀！在未來的屋主還未決定他們要蓋哪一種房子之前，房子就已經被藉著真實的尺寸和材料蓋好。在政府還沒有告訴工程師他的藍圖是否被接受之前，橋梁已經跨越在河流之上了。

　　一齣戲劇在真正被製作出來之前，就可以被評論。首先，前提必須從一開始就容易看出來。我們有權利知道作者要往哪個方向帶領我們。從前提發展出來的角色必須能夠認同劇本的目標，他們會經由衝突證明前提是有效的。戲劇必須從衝突開始，穩定地發展，一直到它抵達高潮為止。角色要刻劃得很好，不論作者是否描述出他們個別的背景，我們能夠清楚知道每一個角色過去的歷史。

　　假使我們知道角色和衝突的構成，我們就應該知道可以從任何一個讀過的劇本中期待些什麼。

　　在進攻和反擊之間、在衝突和衝突之間，是轉折把它們緊緊連在一塊的，好比灰泥將磚塊連結起來一樣。我們會像尋找角色一般尋找轉折，如果找不到，就會知道為何這齣戲劇是跳躍式地前進，而非自然地成長。此外，如果我們發現闡述占據太多篇幅，也會瞭解戲劇會陷入靜止狀態。

　　假使某位作者一直用瑣碎的細節來描述角色，卻不展開衝突，他一定對戲劇技巧的基本原則完全無知。如果角色含糊不清，對話冗長又無重點，我們就不需要看到它上演，再來決定它是好是壞，因為它一定很糟糕。

　　戲劇應該在其中一位角色生命中的轉捩點開頭。讀過最前面的幾頁之後，我們就可以知道這齣戲劇是否合乎此一標準。同樣地，閱讀劇本幾分鐘之後，我們也能瞭解角色是否經過良好的刻劃。這些事情根本不需要在實際上演後才懂得。

　　對話必須源於角色，而非作者。從對話中要看得出角色的背景、人格和職業。

  的藝術

倘若一個劇本充斥著無所事事的角色，對最終的目標毫無貢獻。他們存在的目的只是為了多樣性或帶出喜劇效果，我們知道這齣劇絕對很糟糕。

如果有人認為戲劇一定要上演之後才能加以評論，其實這種說法是論證丐題（譯註：亦即前提中暗藏結論）。這意味著他對編寫劇本的基本原則無知，需要外在的刺激才能做出重要的決定。

的確，許多好劇本被錯誤的角色或是不適切的製作過程摧毀。同樣地，許多好演員也因為一個壞劇本而顯得非常不稱職。送一把廉價的小提琴給偉大的小提琴家弗瑞茲・克瑞斯勒（Fritz Kreisler）演奏，看看他的藝術造詣會變成如何。或是反過來，將一把名琴送給一位對音樂一竅不通的人，結果絕對是場災難。

我們對於可能會得到的答案並非完全不清楚。有些人曾經說過，將來也還會有人這樣說：「藝術不是一門精確的科學，不像造橋或是建築。『藝術』是被情緒、感情和個人方向來左右，很主觀。創造者受到啟發時，你看不出來他用的是什麼公式。常常是靈光一閃給他新的念頭，並沒有既定的規則。」

當然每個人隨自己的喜好寫作，但是並沒有他一定必須遵循的特定規則。舉例來說，他不得不使用一個寫作的工具和可以在上面書寫的東西。不論是古老的或是新奇的，你總是需要一樣。文法是有規則的，就算是那些運用意識流技巧的作家也遵守某些創作的規則。事實上，像喬哀思（James Joyce）這樣的作家設定的規則非常嚴格，一般作家無法跟上。所以，在劇本編寫上，個人風格和基本規則之間並沒有衝突。倘若你知道這些原則，就會是個更好的工匠兼藝術家。

學會寫英文字母並不容易。你還記得「B」看起來很像「D」嗎？「W」看起來像一個喝醉的「M」？假使你一直專注在字母身上，要弄清楚你閱讀的東西就很困難。小時候的你曾經想像過自己能夠在寫作時不停下來，想「A」或「W」這樣的事嗎？

12. 找尋靈感

只要你的腦海中有一個非常想要某件東西的成熟角色，你的劇本就已成形

了，不需要去想到各種情況。這個好鬥的角色會親自創造跟他有關的各種情況。

在《編劇的藝術》的第109頁有一系列的抽象名詞，請閱讀。

首先，你必須記得「藝術並非反映人生，而是人生的本質」。如果你選擇了某個基本的情感，就好好地強調這個情感或是特質。

倘若你要描述「愛情」，就應該描述「偉大的愛情」；描述「野心」，就該是「殘酷無情的野心」。如果選擇「情感」，就該是「占有欲強的情感」，因為它們會產生衝突。

我們用簡單的名詞「感情」為例，它是「銀色繩索」（The Silver Cord）中的動機，並非一般的感情或愛情，而是一個母親對兒子們自私占有的愛。

當然，知道某人有強烈的占有欲並不夠，你必須知道「為什麼」。通常來說，「不安全感」和想要成為「重要」的人是所有誇大特質的基本原因。母親想要成為注意力的焦點，不允許兒子們帶回家的女人有影響力。

感情是基本的人類需求，但是需求過度時會壓垮人。從過度的情感逃離幾乎是不可能的事。畢竟，對於一個愛你的人你能做什麼？如果你是個君子，自然會被愛你的人捆手綁腳，儘管你也許希望身在萬里之外。

戲劇不能只娛樂人，也要有教育意義。劇作家向人類介紹人性。在舞臺上看到某個角色帶來不快樂時，你可能會在他的身上認出自己。

我們回到第109頁，來看看「施虐」這個字詞。

「施虐」：一個施虐的角色是一個不知道自己缺點的人。他短視、心胸狹窄、缺乏想像力。他試圖要做對的事，但是做不到，也不知道怎麼做。這個人一定會強力把你帶入衝突之中。

「精確」：你能想像一天二十四小時與一個凡事講求精確的人住在一起嗎？一定很嚇人，因為他的完美主義要求每個人都要完美。你必須知道一個人不可能百分百精確，但是當然這個完美主義者不瞭解他只是一介凡人，也有錯失和弱點。因為如此，這個個體「必須與他周圍的人產生衝突」。

「自大」：一個自大的人（不是一般的虛榮，而是驕傲自大）一定也高度敏

感。不論遭受到真正的批評或純粹只是想像，他都立刻進入防禦狀態。他強烈的不安全感使他必須不斷地膨脹自己，來確認自己的重要性。他一定要事情依照他的方法處理，別人要跟他合作任何事情都需小心翼翼。周遭的人絕對不可能對他有愛、感情和尊敬。你的劇本可從此出發。

「尊嚴」：一個認為自己的尊嚴大過一切的人（記得我們一定要強調這個特質）很適合演喜劇。你的角色是個驕傲、自命不凡的人，非常害怕不遵守規則。找一個和他完全相反的人與他對戲，製造衝突，但是一定要在兩者之間製造出「對立的結合」，讓他們離不開彼此，這樣一來，觀眾絕對會捧腹大笑。

「智慧」：任何一樣事情，就算是好事，太多了也會讓人厭煩。一個從不出錯的智者，會讓他周圍的凡夫俗子覺得自己又笨又無足輕重。儘管他們對他既仰慕又尊重，但在他面前他們覺得自卑，無法如智者所願的愛他，反而生出背叛、厭惡和憤怒的感受。

有些人喜歡替事情開頭，卻從不收尾。他們凡事拖延，永遠都等待「明天」。他們很衝動，先做才去想後果。事實上，數千個人類的特質、情感和能力可以為戲劇、小說或故事創造出各種角色。

你可以用一個真實的人為例，誇大他的某項特質。無數多的角色可以用在你的劇本或小說中，用盡一生也寫不完其中的一半。

在第109頁的每個詞句，代表一個角色。我們再來看一次：「笨拙」。你不需要找一個呆板的笨蛋，反而要去找一個美麗聰明但手腳笨拙的女人。

任何一個在某件事上做過頭的人，都是故事的好材料。記住：你的角色必須好鬥，他絕對會在衝突中呈現自我。快樂的祕訣是瞭解沒有人是完美的。我們必須永遠記得所有人都有改進的空間。

你必須對你筆下的故事有強烈的感覺，事實上它應該就是你的信念。寫作時絕對不要害怕衝突，因為如果你害怕，不論你的寫作形式為何，結果都是枯燥和停滯不前。

一個好靈感再好，也只是一個靈感。靈感到底是什麼？它是一顆種子，

不多也不少。由你自己來決定要如何對待它。任何靈感若是缺乏三面向的角色，就一文不值。

寓言或是任何想像中的觀念，只有在代表人類的理想時才有意義。

爲任何形式的寫作找尋靈感是件最簡單的事。注意你周遭的世界，觀察入微。你會不得不承認這世界是個取之不盡的甜點店，你可以選擇品嚐對你來說最美味的那幾塊。

接下來是幾個你可以一試的角色。我試著找出角色的特質。下面是幾種類型，你可藉此塑造出活生生的人物。

「什麼是一個殘忍無情的角色？」

（殘忍無情的角色不見得是個壞人。）

可能會失去某件重要的東西

無法回頭

決心堅定

野心

絕望

被逼到牆角──無路可逃

害怕失敗

誠實（好鬥）

情感豐富（愛、恨、貪婪、忌妒等）

一心朝目標前進

自我中心

無法變通

有遠見

決意復仇

機會主義

貪婪

懷恨在心

以上是許多殘忍無情角色的綜合體，你可自行選擇。

「一個得過且過的人」代表：

愛做白日夢

缺乏想法

懶惰

生活沒有目標

什麼都不在乎

「一個聰明人」代表：

機靈

反應快

說服力強

觀察力強

理解力強

具有天賦

是一個好的心理學家

「一個無趣的人」代表：

不夠聰明

自負

自我中心

憂慮或害怕

缺乏眼光、觀察力或聰明

提不起勁

「壞脾氣」代表：

不為人著想

易怒

緊張

無法同理

不耐煩

受挫

仇恨人

生病的

自以爲是

被寵溺的

反應迅速

「反社會人格」代表：

殘忍

貪婪

壓抑

缺少人性

無情

任何會傷害人類的事

大頭症

一意孤行

「喜愛奢侈品」代表：

寵溺自己

愛感官刺激

愛炫耀

極端愛美

墮落

過度享受

「自以為是」代表：

偽善

大頭症

懼怕

不安全感

自卑感

獨斷獨行

自大

自私

愛說閒話

鬥士

「不信任人」代表：

缺乏安全感

內疚情結

懷疑論者

偷偷摸摸

虛榮心

懦弱

不快樂

沒有評價別人的權利

自卑感

「偏執」代表：

狹隘，用單一系統來評斷別人

墨守成規、自以為是、缺乏想像力

冷漠的怒氣

規矩

缺乏彈性

保守

正式

有禮貌

謙恭有禮

狂熱分子（狂熱分子是偏執的，但是偏執者不見得是狂熱分子）

內疚情結

「無賴」代表：

自大狂

不道德的

自私

忌妒

沒安全感

虛榮

善變

孤單

自卑感

缺乏創意

「野心」代表：

對現況不滿

期待受肯定

期待自己的存在有意義

不滿足

渴望改變

渴望出名

想逃避挫折

渴望權力

忌妒

控制欲

渴望得到他人的喜歡

自我滿足

殘酷無情

渴望有安全感

你可以從這些開始，尋找無窮盡新的、讓人興奮的靈感。唯有年紀老邁或是缺乏想像力才能阻止你前進。

問題 我認為所有這些例子都能幫助我找到靈感，但是……我不瞭解為什麼人和角色必須是他們類型的縮影。真實生活中的人不見得如你所說，像我們該尋找的角色那樣瘋狂或是極端。如果採取你的建議，我擔心自己的作品或劇本將會比正常狀態更誇大。

回答 你曾經生氣到一個程度讓別人以為你發瘋了嗎？沒有過。其他人有過。你曾經忌妒到一個程度讓你認為再也無法忍受嗎？如果你的答案正好是「不」，你算是稀有動物，而且你永遠無法理解一個平常人的動機。

有很多時候連最正常的人，都覺得他必須做出最可怕的報復手段。作者應該要捕捉到正陷入危機的人。很不幸地，在危機中沒有人會正常地表現。假如你曾經經歷過一場大災難，你必能瞭解危機中角色的心神狀態、動機和他們抵達悲苦或勝利終點前所走過的痛苦路程。

我們在故事中或舞臺上看到殘酷、暴力、虐待和所有那些將人類變成禽獸的強烈感情時，其實真正看到的或許是我們生命中片段的自己。

一點也不用質疑，歷史中充斥著殘忍無情的角色。他們使人類的命運變得更好或更壞。

容我在這裡再次強調：只有在人抵達生命中的轉捩點時，才是值得你動筆描繪他們的時刻。他們的範例將成為對我們的警告或啟示。

13. 結論

假使你無法區分香氛，就不能製作香水。如果你沒有腿，就不能跑。如果你是音癡，就不能做音樂家。

要成為劇作家，首先你應該要有想像力和常識，也要具備觀察力。永遠不要以膚淺的知識自滿，必須要有耐心來尋找使命感。你必須要懂得平衡、有好品味，要懂經濟、心理學、生理學、社會學。憑著耐心和努力工作，你會學會這一切。如果你不去學，沒有任何方法會幫助你成為一個好劇作家。對於大家很順理成章地決定做作家或劇作家，我們常常感到很驚訝。要成為一個好的製鞋匠、木匠或任何其他工匠，大約要花上三年來學習。那麼編劇這個極其困難的職業，怎麼可能不經過嚴謹的學習就立刻上手呢？辯證學的方法能夠幫助那些準備踏入這一行的人，對於那些入門者，也能夠讓他們看清楚前面的阻礙，還有為了達成目標必須歷經的道路。

附錄　劇本分析

1.「僞君子」：莫里哀的三幕劇

摘要

　　塔爾圖夫是個身無分文的混混，僞裝成一位極端虔敬的人，獲得了富有的國王侍衛奧爾貢的信任。

　　一旦在奧爾貢家中站穩腳，他立刻開始重整計畫，打算把他們從耽於宴樂改造成清教徒，其實他眞正垂涎的目標則是奧爾貢年輕美麗的妻子。他說服奧爾貢退掉女兒瑪麗安與親愛的未婚夫凡勒瑞的婚約，因爲她需要一位虔敬的男人帶領她過純潔的生活。奧爾貢的兒子達密斯非常生氣，因爲他與凡勒瑞的妹妹相戀。

　　達密斯逮到塔爾圖夫向他的繼母示愛，他當著塔爾圖夫的面告訴父親，後者卻不採信，反倒堅持要兒子向塔爾圖夫道歉。兒子堅持拒絕，憤怒的父親便與他脫離關係。

　　在這場家庭混亂中，奧爾貢把一位被放逐的朋友給他的盒子信託給塔爾圖夫，裡面有很重要的資訊。一旦曝光，奧爾貢可能會犯下叛國罪，他的朋友也可能會被處死。

　　因爲全然信任塔爾圖夫的誠實和虔敬，他也將所有的產業託他管理。爲了要與他更親密，他甚至希望對方娶自己的女兒爲妻。

　　奧爾貢的妻子艾咪兒受不了這個狀況，先叫丈夫躲在能聽見的地方，然後引誘塔爾圖夫與她上床。大夢初醒、憤怒不已的奧爾貢將對方趕出家門，完全忘記他已把產業交給對方管理。

　　第二天，塔爾圖夫運用合法的權利強迫奧爾貢一家離開，打算侵占他的產業，同時他將裝有朋友祕密的盒子上交給國王。國王卻認出他曾在另一個城市犯過刑，於是將他監禁。因爲奧爾貢從前在軍隊的忠貞表現，國王將盒子原封不動地歸還。

分析

前提

　　害人者反害己。

關鍵角色

　　衝突因塔爾圖夫的強勢而產生。

角色

　　「奧爾貢」是個富有的前軍官，跋扈、愚蠢、盲目信任他人，卻很虔敬，原因何在？我們從來沒有得到解答。

　　「塔爾圖夫」是個刻劃良好的角色，老成世故、言語溫和，善於分析人的心理。但是我們只看到他的兩個面向：生理和心理。他的背景是空白的，我們想知道他為何靠花言巧語而生存，同時擁有許多本領。我們不知道他的背景，只看到結果，卻不明白原因為何。

　　「艾咪兒」是個好繼母和妻子，比丈夫年輕許多。原先是為了愛情、金錢或兩者兼有，才嫁給他呢？奧爾貢的心思被塔爾圖夫占據時，她如何還能維持自己模範妻子的角色呢？

　　兒子「達密斯」既活潑又固執。我們盼望他能讓情況改善些，但他卻觸怒父親後被趕出家門。他離開家，清楚知道塔爾圖夫會帶來浩劫。父親後來叫他回家，前嫌盡釋。他完全沒有成長。

　　女兒「瑪麗安」年輕柔弱，沒骨氣為自己所愛的男人挺身而出。儘管在那個年代，沒有人敢違背父母的命令，但是她至少可以為愛情提出嚴正的抗議。跟父親的想法相左時，她還是傻傻的，只敢小聲地表示異議。她的女僕還催促她先去跟愛人和好，再去默默地反抗父親。我們對她沒有信心。她完全是個靜態的角色，一切聽從女僕。

　　艾咪兒的哥哥「克來昂」對劇本毫無貢獻，像每個人一樣，試圖勸奧爾貢不要盲目地相信他人。在第一幕，他什麼也沒做到之後，就退場了。後來又回來勸塔爾圖夫說服奧爾貢原諒兒子，他失敗了。在第三幕他又再度出現，講了幾句話。他對衝突絲毫沒有貢獻。

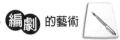

奥爾貢的母親「貝夫人」在一開場時負責闡述。結尾時又回來製造一些喜劇效果，同樣什麼貢獻也沒有。

瑪麗安的愛人「凡勒瑞」至少決心堅定，一定要把瑪麗安娶到手。如果瑪麗安是個有勇氣爲愛情奮鬥的角色，凡勒瑞就不需要存在。但她不是，所以凡勒瑞必須爲她奮鬥。他是個眞誠的朋友，願意主動幫忙奧爾貢躲避警察的追捕，這一點再次證明奧爾貢的信任多麼盲目。到此時，奧爾貢已經完全瞭解自己的錯誤，凡勒瑞伸出的援手讓他完全弄清楚情勢。

「朵琳」這個莽撞、有話直說又尖銳的女僕是個重要的角色，因爲若是沒有她，其他某些角色根本不會行動。然而儘管她很聰明，卻仍舊是老套的角色。我們希望看到角色主動行動。如果他們具備三個面向，又身處適當的衝突之中，就能做到。

角色刻劃

奧爾貢和塔爾圖夫是最佳拍檔。一個心思單純，很容易信任人，另一個狡猾不已。配不上自己先生的艾咪兒，卻能夠拆穿塔爾圖夫的詭計。達密斯和凡勒瑞很相似，無法與關鍵角色相抗衡。瑪麗安毫無特色可言，一陣風來就可以吹倒。女僕朵琳是唯一一位頭腦精明又有勇氣的角色，可說是塔爾圖夫最可敬的對手。我們很想看到兩者置身於雙重衝突之中。

對立的結合

對立的結合是這齣戲劇的強力融合劑。瑪麗安和達密斯各自的戀情對他們極爲重要。全家人希望能夠繼續過著不被塔爾圖夫干擾的生活，因此他們一直留在場景內。當然艾咪兒可以選擇離開丈夫，我們不知道她爲何不這麼做，因爲對她的背景瞭解太少，也許是愛情或金錢使她決定留下，或者兩者皆是原因。

行動的時刻

第一幕到一半時，奧爾貢決定取消女兒與凡勒瑞的婚約，讓她嫁給塔爾圖夫。第一幕的前半部純屬闡述，因此適合的行動時刻應該是奧爾貢所做的這個決定，這時某樣東西正處在危險之中。

衝突

第一幕前半段是靜止的，之後則往危機和高潮邁進，如海浪般一波接著一波。但是這些衝突的力道不夠，因為家人對奧爾貢只是抗議，而非反抗。

轉折

在奧爾貢和塔爾圖夫身上的轉折很好。在第二幕，塔爾圖夫靈巧地從敬虔進展到公開向艾咪兒示愛，試圖用一種與信仰有關的感情來詮釋自己的表達。

奧爾貢愈來愈盲目地信任塔爾圖夫。

除了一些少數的例外，整個劇本內的轉折處理得極好。

成長

塔爾圖夫善於欺騙，終至被羞辱。奧爾貢則是從信任開始，最後大夢初醒。

其他的家人沒有成長。一開始他們就討厭塔爾圖夫，結尾時仍然如此。唯一有成長的是年輕的妻子艾咪兒。她從被動進展到採取行動來陷害塔爾圖夫，但是在情感上她並沒有改變。我們希望她的丈夫會因此更尊敬她，或是她會從順服變為獨立的妻子，她並沒有如此改變。

危機

艾咪兒計畫掀開塔爾圖夫的真面目時，說服奧爾貢先去躲起來。

高潮

塔爾圖夫被揭穿真面目，他命令奧爾貢全家搬出去。

結果

結尾時，塔爾圖夫正要大獲全勝，國王卻認出他是個冒用假名的騙子，曾經在里昂犯下一系列罪行，於是將他逮捕。

前提是：「害人者反害己。」用國王的介入來證明前提並不高明。

對白

對白很好，在塔爾圖夫和奧爾貢身上尤其如此。臺詞非常適合這兩個角色。

2.「群鬼」

作者：亨利‧易卜生（Henrik Ibsen）

摘要

艾爾文太太新近創立一所孤兒院，來紀念她過世的先生。曼德斯神父來與她討論是否要為孤兒院買保險。如果買好像暗示他們對上帝沒信心，如果不買又太冒險。艾爾文太太同意不買，但是又說如果房子燒毀了，她沒有辦法彌補損失。

艾爾文太太的兒子奧茲華剛從國外回來兩天。他是個藝術家，從7歲開始就不和父母住在一起。因為自身的經驗，他有一些想法，和他的母親從書本上得來的一樣。曼德斯覺得這些想法很可怕，因為它們觸及到事實，而非責任。

英格斯這個聲名狼藉的老頭子是蕾琪娜的父親。蕾琪娜在艾爾文家做女僕，從小受教於艾爾文太太。英格斯想要開一家專門服務水手的小旅館，要求蕾琪娜去那裡工作。但是她因為奧茲華的緣故而不願意。英格斯要求神父強迫他女兒盡義務。艾爾文太太拒絕讓蕾琪娜離開。

曼德斯覺得有必要和艾爾文太太談一談她的行為。他提醒她，她從前是個不盡職的妻子，結婚不過一年就離開先生，跑來向他示愛，要求被保護。他很驕傲當時拒絕了她，要她回家。現在，他說，她居然同意兒子的邪惡想法，認為在教會的管轄之外可以有另外一套規範。她告知他婚姻的真相：自己的丈夫從來沒有改邪歸正，他的好名聲全來自她的捏造。他們結婚時他已身染梅毒，婚後多年也持續性出軌，到最後他居然勾搭上家裡的女僕——蕾琪娜的母親。艾爾文上尉才是她的生父，不是英格斯。敘述快要結束時，他們聽到奧茲華和蕾琪娜在餐廳發出的聲響，正如同當年他們父母親行為的翻版。

奧茲華告訴母親他生病了。他看的醫生告訴他，他生的是什麼病，並且說「父親造孽，貽害子孫」。奧茲華一直相信母親信中捏造的父親英雄形象，因此對醫生的說法非常憤怒。他認為生病是自己尋歡作樂的結果，所以自作自受。他要娶蕾琪娜，讓自己的餘生快樂度過。

艾爾文太太決定告訴這兩位年輕人真相，但此時有人來告知孤兒院失火，已經夷為廢墟。當時曼德斯和英格斯正好在附近的木匠工坊禱告。英格斯堅持是神父把一根燃燒的燭芯掉入木屑裡造成火災。曼德斯很害怕這件事會影響他在當地的地位。英格斯趁機勒索他：如果曼德斯幫忙把上尉遺產中所剩下的錢拿來蓋他的小旅館，他就承認是自己的錯。曼德斯開心地同意。

艾爾文太太透露真相。蕾琪娜很憤怒，認為自己應該以女兒的身分在艾爾文家長大和受教育。她很高興自己沒有嫁給生病的奧茲華，決定在英格斯身上試試運氣。奧茲華單獨與母親在一起時，向她透露悲慘的實情。他不只是生病而已，他的腦部會逐漸軟化，過不了多久他就會愈來愈無力。他知道真的到這個地步時，蕾琪娜會幫忙結束他的生命。他也希望母親保證會如此做。他拿出嗎啡錠，她非常害怕，拒絕他的請求。但是黎明來到時，他又發作了，看不見東西，呆坐著要求看到陽光。她瞭解死亡對他是解脫，於是伸出手去拿嗎啡錠。

分析

前提

父親作孽，貽害子孫。

關鍵角色

曼德斯

角色

艾爾文太太是個發展得很平均的角色。我們能夠清楚追溯她的生活：從盡責的女兒到害怕的新婚妻子。儘管生活極度悲慘，她仍然放棄自由，恪守「責任」。從那時開始，她生命的目標就是為了保護兒子而要挽救先生的名譽。這些年來她的心思變得極為警覺，以致於能夠完全放棄她原本的信念。

「曼德斯」被描繪成一個虔誠的人，拒絕知道事情的真相。他一輩子最看重良心，但是當自己的名譽受威脅時，這位真相的捍衛者竟然容忍自己被權宜之計腐化。

「奧茲華」聰明，有藝術天分，願意面對現實；認為適當的，他就去做。

一切都眼見爲憑，不道聽塗說。

「蕾琪娜」是個強悍、粗線條又狡猾的女孩。

「英格斯」擅於撒謊，天生奸詐，但是他並非十惡不赦。事實上，他有某種特殊的魅力。

所有角色都具備完整的三個面向。

角色刻劃

角色刻劃地極好：艾爾文太太的頭腦清楚對比曼德斯盲目的敬虔。英格斯的詭計多端對比曼德斯的全然信任。蕾琪娜的獨立和狡猾與英格斯的狡猾相抗衡。奧茲華聰明，意志堅定。

對立的結合

艾爾文太太和曼德斯聯手，用盡方法讓人們相信艾爾文上尉的品格高貴，同時也傾全力不讓蕾琪娜和奧茲華結婚，因爲他們是同父異母的兄妹。

行動的時刻

第一幕是個極佳的範例，經由衝突闡述故事的起源，強度穩定地增加。

衝突

剛開始衝突很小，但是穩定的向上發展。在曼德斯和英格斯的場景中，最重要的議題暫時以伏筆的方式出現，然後在第二幕結尾升高到極其強烈。第三幕一開始也是衝突很小，但是張力仍然存在，然後傾全力向上升高，一直到結果出現爲止。

轉折

從一開始，衝突之間就有很棒的轉折。首先是艾爾文太太透露她的先生從來沒有改邪歸正，蕾琪娜是他的私生女。再來是曼德斯和英格斯之間的場景，然後是奧茲華打算娶蕾琪娜。到最後曼德斯被說服讓英格斯承認孤兒院火災是他的錯，這種行爲通常以他的標準來說絕對會讓他作嘔。第三幕的轉折穩定的逐漸上升，最後到達高潮。

成長

「艾爾文太太」瞭解這麼多年來掩蓋她先生的眞實本性，是件非常愚蠢的

行為。

「曼德斯先生」從嚴格的道德標準，改變成用謊言挽救自己的名譽。

「奧茲華」從正常變成瘋狂。

「蕾琪娜」從一個負責任、尊敬艾爾文太太和奧茲華的女孩，轉為遺棄他們。

「英格斯」成功地拿到錢，來蓋他的水手旅館。

危機

奧茲華決定娶蕾琪娜。

高潮

奧茲華精神崩潰。

結果

艾爾文太太伸手去拿嗎啡錠。

對白

好，所有臺詞都恰當，適合角色的人格特質。

3. 腳鐐（Brass Ankle），三幕劇

作者：海華德（Du Bose Hayward）

摘要

第一幕

河流鎮（Rivertown）是美國非常南方的一個蓬勃小鎮，賴瑞是當地的領導人物。

劇本一開始，賴瑞和他的妻子露絲以及一位鄰居正在討論傑克森家，一個有黑人血統的白人家庭。賴瑞是帶頭的反對人物。他相信任何人只要有一滴黑人的血就是黑人，不適合跟白人來往。

露絲即將生產，賴瑞在掙扎是否要出席那天晚上的學校董事會，討論傑克森家的議題。最後他去了。

之後，在等待孩子出生時，一些朋友和鄰居來陪伴他，一邊喝酒一邊談傑克森家。他們和鎮上的牧師決定趕走這家人，又談到喝酒和其他話題。賴瑞決定他的女兒瓊要受好教育，長大後變成一位淑女，如同她的母親。最後醫生出來找賴瑞談話，男人們先行離開。

醫生告訴他「腳鐐」的故事，也就是流著黑人血液的白人，還有隔離他們是多大的悲劇。大部分有黑人血液的人自己不知道，以為自己是白人。當他們偶爾生出黑人嬰孩時，父母親總會驚嚇不已。

他透露露絲的母親是黑白混血。露絲完全不知情，一直以為自己是白人。現在她卻生出一個流著黑人血液的孩子。

第二幕

露絲生產完在房內休息時，賴瑞一度拒絕進來。她非常害怕。

醫生試圖讓賴瑞清醒過來，強迫他計畫把太太和嬰兒送到大城市或是偏遠的鄉下，不讓別人知道真相。

賴瑞反應強烈，說他不打算留下孩子。後來他清醒過來，解釋他打算立刻和家人離開，但是如此一來，鄰居會起疑。最大的悲劇是他的女兒瓊，她會被認定是黑人。賴瑞一籌莫展。

醫生離開，露絲進來。一開始賴瑞退縮，接下來是絕望地互擁。他們開始想方法。賴瑞要靜悄悄地離開，把嬰兒交給某人照顧，然後回來，告訴鎮民孩子生病死了。

露絲不願放棄孩子，她愛他，孩子比瓊和賴瑞更需要她。

她計畫回娘家，賴瑞和瓊留在這裡，她進房間收拾東西。

他的兩位朋友喝醉了，進到屋內。緊張慌亂的賴瑞試著用槍趕走他們。這時牧師和一位鄰居進來，賴瑞起了疑心。

他們又談到傑克森家。北方的一個黑人幫傭社團注意到這個案子，請一位調查員南下查案。賴瑞感到絕望。這代表律師和警察都會來，他的祕密將人盡皆知。

他想辦法說服他們收手。

傑克森先生進來，懇求賴瑞放他一馬。賴瑞勸其他人投票同意，他們堅持

一定要把社區裡的混血人種全部趕出去不可。

　　因為賴瑞為傑克森求情，其他人對他起了疑心，嘲諷他。憤怒不已的賴瑞把孩子抱出來給他們看，他們立刻離開。

第三幕

　　穿好衣服準備遠行的露絲，把宿醉的賴瑞叫醒。她正要離開，將來賴瑞可以和她離婚。

　　這時賴瑞第一次告訴她，她在興奮中忘記了，瓊現在也是黑人。

　　露絲不願意讓她的女兒在恥辱中長大。她召集鄰居，告訴他們醫生撒謊。她事實上是白人，只是跟一個不久前過世的黑人僕役出軌。

　　在瘋狂中，賴瑞殺掉她和孩子，正如她生前所計畫的。

4. 哀悼（Mourning Becomes Electra）

「歸鄉」（Home-coming）三部曲中的第一部
作者：尤金・歐尼爾（Eugene O'Neill）

摘要

　　一群人在新英格蘭邊聊天邊觀看曼能（Mannon）家的住宅，從他們的談話中我們知道曼能家是個大戶人家，父親和兒子離家去參加內戰，母親和女兒留在家中。鎮上的居民不喜歡母親克莉絲汀，因為她說話有外國口音。我們也聽到家醜，艾斯拉・曼能的叔叔大衛娶了一位法裔加拿大的護士，因為他「搞大了她的肚子」。

　　這件事透露出女兒拉芬妮雅恨她母親的程度，就像愛她父親和弟弟一樣多。她偷偷跟蹤母親到紐約，確定她和亞當・布萊特是愛人。布萊特是個船長，常到家裡來，表面上是來追求拉芬妮雅。拉芬妮雅也進一步懷疑布萊特是那個被拋棄的護士的兒子。她使計讓他承認自己的真實身分，他們爭吵起來。然後她對母親說，除非她放棄布萊特，對父親忠貞，不然她就會告訴父親，讓布萊特登上所有航行船隻的黑名單。克莉絲汀同意了，但是她對女兒說她痛恨她的父親。

克莉絲汀強迫布萊特和她一起毒殺艾斯拉。他去買毒藥，她負責下毒。

艾斯拉回到家，女兒歡喜迎接他。她不想讓父母單獨在一起，但是沒辦法。艾斯拉告訴太太他愛她，想和她展開全新的生活。她否認自己冷漠，也不承認兩人之間有問題，要他別再說了。

當晚他們在房間裡談話。克莉絲汀對丈夫的態度只是盡義務，但是冷漠。他很受傷。她故意表現得很殘忍，透露自己與布萊特的婚外情。艾斯拉心臟病發作，克莉絲汀強灌他毒藥。他呼喊女兒，後者飛奔進來。艾斯拉說：「是她下毒，不是藥的問題！」然後死在女兒懷中。

拉芬妮雅質問母親，後者崩潰。女兒在地上發現毒藥丸，確定是母親做的。她哭著向死去的父親請問自己該怎麼辦，幕落。

5. 八點的晚宴（Dinner at Eight）

三幕劇

作者：喬治‧考夫曼（George S. Kaufman）和艾德娜‧范伯（Edna Ferber）

摘要

愛好社交的米莉‧喬丹為社交界巨頭范克里夫夫婦大宴賓客。她邀請臺伯特醫生夫婦、丹與凱蒂夫婦、卡羅塔‧凡斯與賴瑞‧雷諾，她的女兒寶拉不在名單內。

劇本描述客人各自的悲劇——主人、寶拉，以及喬丹家的傭人們。我們發現奧利佛‧喬丹的生意不穩，他希望能伸手幫他一把的丹‧派克則打算欺騙他。奧利佛患有心臟病，沒有多久可活。

丹‧派克年輕俗氣的太太背著他搞婚外情。他買許多奢侈品給她，但是疏忽她，所以她搭上臺伯特醫生。在一次爭吵中，她讓丹知道她的出軌，卻不肯透露情夫是誰。她威脅要讓大家知道他做的骯髒交易，丹不敢離掉她。凱蒂的女傭蒂娜要她付封口費，否則要公開她的祕密。

臺伯特醫生厭倦了凱蒂，儘管他愛老婆，婚外情卻沒有斷過。妻子露西知道丈夫不忠，但是仍舊盼望他能回心轉意。

過氣的知名女演員卡羅塔有喬丹公司的股票，曾向他保證不會賣掉。但是她還是出售給派克的公司夥伴。

被邀請來做卡羅塔男伴的賴瑞・雷諾是個正往下坡走的電影演員。他和寶拉・喬丹曾經是情侶，不過她的父母或未婚夫都不知道他們相識。他因為傲慢和醉酒與經記人麥克斯・肯恩吵了一架。肯恩一直在為他尋找舞臺角色。肯恩透露他出於憐憫，一直在隱藏一個事實：對許多製作人來說，雷諾是個過氣的笑柄。瞭解自己名利雙失的賴瑞自殺身亡。

喬丹家的司機雷西和門房古斯塔兩人都喜歡女傭朵拉。朵拉對古斯塔也有意，但堅持一定要結婚。他們在晚宴的前一天結婚。雷西知情後便攻擊古斯塔，兩人打了起來，都受了傷。宴會那天下午，卡羅塔・凡斯在門房和女傭面前宣布她認識古斯塔的太太和三個小孩。

僕人打架，害得龍蝦凍也搞砸了。米莉得知整件事的來龍去脈和兩個男僕在晚宴前發生的「意外」。范克里夫夫婦去了佛羅里達，米莉變得歇斯底里。這時寶拉嘗試告訴母親她愛雷諾（她不知道他死了）。奧利佛想要退席，因為他身體不舒服。米莉憤怒不已，總共只有八個人來參加晚宴，每個人居然敢因為自己的小問題來煩她。她改邀自己的妹妹和妹夫來代班。八點整時，大家準時開席。

6. 白癡的喜樂（Idiot's Delight）

作者：羅伯特・薛伍（Robert Sherwood）

摘要

一群人聚集在旅館中，這裡從前位於奧地利的阿爾卑斯山區，現在則是義大利的一部分。空氣中瀰漫著戰爭風雨欲來的感覺，義大利軍官四處可見。這群人中有華德西醫生，一個急著去蘇黎世的德國科學家，他想在那裡持續找到治療癌症解藥的實驗。喬瑞夫婦是來此度蜜月的英國夫妻。昆利是一名法國的激進社會主義者。哈利・凡是個雜耍表演者，還有他旗下六個女孩組成的表演團體「金髮女孩」。艾奇利・韋伯是軍火大亨，加上他的旅伴艾琳。

哈利・凡確定艾琳曾經跟他在奧瑪哈有一腿。她否認。昆利四處叫囂，反對任何國家參與的戰爭，例如：英國、法國、義大利。後來，當法國和義大利開戰時，昆利突然變得瘋狂地愛國，反義大利，因此被射殺。所有的護照早上交到大家手中，每個人都能離開，只有艾琳除外。醫生要回德國去，對自己的人道工作和全世界充滿怨言。喬瑞先生要回國參軍。韋伯打算繼續他用軍火賺大錢的企業。但是因為艾琳終於告訴他自己是如何地瞧不起他的行徑，他蓄意安排讓她留下來。

艾琳向哈利承認她就是那個女孩，其他人都走了之後，他回到旅館。艾琳說：全世界都已經向「小人物開戰」。戰火在他們上空和周遭猛烈延燒時，她和哈利邊唱邊彈奏「基督精兵前進」（Onward, Christian Soldiers）。

7. 黑洞（Black Pit）
作者：艾伯特・馬茲

摘要
喬・柯瓦斯基是個剛出獄的礦工，他被判刑的罪名是炸毀礦場的設備。如今他回到太太艾歐拉的身邊。負責照顧她的是喬的姐姐瑪麗和姐夫湯尼・拉卡維其。湯尼在礦場裡受過傷，拿到的賠償金不足以支付他全家的生活。名列黑名單的喬試著用假名找尋不同的工作，但是總是被抓到並革職。他回到姐姐家後，太太的哥哥，礦場總負責人普萊斯卡要他當線民。因為太太已身懷六甲，害怕的喬只好接受。

喬的好朋友安耐斯基在礦場的「熱房」因為氣爆受傷，喬奉命要散播謠言，說他是在一個無權進入的房間受傷的。礦工正聚集準備討論罷工之時，喬對安耐斯基受傷原因撒謊，大家就延後罷工的決定。

普萊斯卡強迫喬透露組織罷工的帶頭者，威脅要把喬趕出去，並且告訴大家他是線民，喬只好照辦。

嬰兒出生時，喬舉辦宴會，卻被指控他是個線民，因為他與總負責人關係良好，而且也因為帶頭者前一天被揍了一頓之後解僱。

他的姐夫湯尼認為現在喬只有一條路可走。他必須離開礦場，去他處找尋新人生。太太和孩子留下來，等到他養得起他們再說。他正準備離開時，我們聽到礦工們開始罷工的聲音。

索　引

○劃

My Heart's in the Highlands　210

Shadow and Substance　217

The Theory and Technique of Playwriting
　075

二劃

人類的悲劇　156

八點的晚宴　096

三劃

千載難逢　155

小仲馬　002, 077

小狐狸　011

山姆森‧雷佛森　010

四劃

《反杜林論》　077

《天生一對》　049

尤金‧歐尼爾　061

五劃

卡夫曼　174

史柯勒　180

史華茲　220

尼古拉‧特斯拉　022

弗帝南‧布魯耐特　002

弗瑞茲‧克瑞斯勒　225

弗瑞茲‧莫那　124

生活的設計　120

白馬　217

白癡的喜樂　062, 099, 116

六劃

有閒階級論　引001

伊利諾州的林肯　212

伊底帕斯王　080

伍德羅夫　040, 162

《同義詞詞典》　201

好望　123

守衛　156

守衛萊茵河　011

安東尼和克麗歐佩特拉　155

安蒂岡妮　204

托瑪斯‧卡萊爾　218

死亡　155

死路　004, 018

米利肯　213

米蒂亞　030, 080

考夫曼　213

自豪的海軍陸戰隊　023

艾比的愛爾蘭玫瑰　215

艾伯特·馬茲　023

艾都羅斯基　042

艾爾文·蕭爾　067

艾德雅·拉克·藍里　023

艾默森　084

西德尼·金斯利　004

七劃

伽利略　073

佛洛伊德　073

你的一生　010

克利夫·歐戴斯　153, 205

克利福德·奧狄斯　010

克萊的妻子　051

克雷格的太太　076

克雷頓·漢彌爾頓　224

《技巧》　202

李文霍克　073

李爾王　003

沙督　078

貝克　078

貝恩　217

八劃

亞里斯多德　序002, 073

亞瑟·康普敦　213

洛佩·德·維加　序002

夜曲　010

尚·歐凱西　004

彼得斯　180

易卜生　前3, 004

東京上空三十秒　151

法蘭克·紐金　049

波爾扎克　024

玩偶之家　013

《社會主義下人的發展》　049

阿迦門農　080

九劃

派林頓　引001

柯奈　序002

保羅·格林　206

保羅·樊尚·卡羅爾　005

哀悼　061

哈姆雷特　051

哈特　213

契科夫　068

威尼斯商人　051

威廉·亞契　序003, 073

威廉·薩若揚　010, 210

威廉·羅夫海　011

孩子學得快　207

客房服務　155

柏拉圖　041

柏爾曼　213

約翰·米列頓·辛格　209

約翰・葛斯渥　077

約翰・霍華德・羅森　075

美妙人生　052

美國方式　213

美國思想的主流　引001

美國科學發展協會　108

耶穌　212

英國天才研究　218

范伯　174

范伯倫　引001

《韋氏大辭典》　002

十劃

埃斯庫羅斯　080

埋葬死者　152

《埋葬死者》　067

家庭繪本　212

席諾　043

恩格斯（Engels）　077

旅程的終點（Journey's End）　099

浮士德　156

浮士德醫生　156

浮生若夢　216

海上騎士　209

海文洛・艾利斯　218, 220

海華斯　112

海達・嘉布勒　136

海達・蓋伯樂　051

海鷗　169

班・強森　077

班德・馬修　002

索福克里斯　080, 204

茱諾與孔雀　004

郝斯曼　217

馬克白　003, 051

馬金　061

馬門教授　052

馬茲　095

馬區　201

馬蒂斯　211

馬達克　156

馬羅　156

高更　211

十一劃

乾草熱　146

偽君子　019

動物生物學　162

《動物生理學》　040

悉尼・金士利　018

悉尼・霍華德　069

曼巴的女兒們　051

畢卡索　211

莉蓮・海爾曼　011

莎士比亞　前3

《莎士比亞研究》　061

莫里哀　019

莫泊桑　022

十二劃

傑克森　180

傑洛德・薩弗瑞　154

凱洛　217

喬治・貝克　002, 077, 202

喬治和瑪格麗特　154

喬治・凱利　076

喬哀思　225

普西華・王爾德　202

普洛克路斯　080

晴天霹靂　052

智者那坦　051

短程旅行　004, 051

筆記　162

等待左撇子　051, 153

腓特烈二世　218

菲利浦・巴瑞　010

菸草路　068

萊辛　序002, 077

街上的獅子　023

費城故事　010

雲雀　010

黃熱病　128

黑洞　069, 095

十三劃

奧斯卡・王爾德　049

奧塞羅　004, 051

群鬼　004

腳鐐　112

萬塞琳・葛萊姆　023

葛楚・史坦　061

達爾文　219

頌讚日出　206

十四劃

塵世與天堂　023

對話錄　041

榮耀的序幕　052

漢克・馬丁　023

熊　051, 179

福爾頓　073

維多利亞・蕾琪娜　217

維克多・烏弗生　004

銀色繩索　051, 094

十五劃

《劇本寫作的藝術》　006

屬里恩　156

影子和實體　005

德慕瑞博士　108

摩西・馬廉文斯基　006

歐里庇得斯　030, 080

歐席阿斯・史華茲　218

碼頭工人　180

《編劇的技巧手冊》　073

賣花女　098

十六劃

蕭伯納　前3, 098

諾亞・寇華　120

諾曼・吉地斯　209

諾雅・考華德　146

《辨證法》　180

《遺傳期刊》　109

醒起歡唱　205

錦繡山河　092

十七劃

優異人士的一般類型　218

《戲劇理論》　224

薛伍　062

十八劃

魏爾德　序003

韓哲曼（Heijermans）　123

薩若揚　061

雙妹怨　011

十九劃

羅丹　024

羅伯特・薛伍　116

羅勃・凡・吉德　011

羅密歐與茉麗葉　002

羅森　002

二十一劃

櫻桃園　051, 096, 169

《辯證學》　042

鐵人　209

二十四劃

讓自由的鐘聲敲響　217

二十七劃

鑽石項鍊　022

國家圖書館出版品預行編目資料

編劇的藝術：從創意的觀點出發，詮釋人性
之動機／Lajos Egri著；沈若薇譯. ――初
版.――臺北市：五南，2019.01
　　面；　公分
譯自：The art of dramatic writing: its
basis in the creative interpretation of
human motives
　ISBN 978-957-763-169-5 (平裝)
　1.戲劇劇本　2.寫作法
812.31　　　　　　　　　107019979

1ZFP

編劇的藝術
從創意的觀點出發，詮釋人性之動機

作　　　者 — Lajos Egri

譯　　　者 — 沈若薇

發 行 人 — 楊榮川

總 經 理 — 楊士清

副總編輯 — 陳念祖

責任編輯 — 陳俐君、李敏華

封面設計 — 王麗娟

出 版 者 — 五南圖書出版股份有限公司

地　　　址：106台北市大安區和平東路二段339號4樓

電　　　話：(02)2705-5066　　傳　　真：(02)2706-6100

網　　　址：http://www.wunan.com.tw

電子郵件：wunan@wunan.com.tw

劃撥帳號：01068953

戶　　　名：五南圖書出版股份有限公司

法律顧問　林勝安律師事務所　林勝安律師

出版日期　2019年1月初版一刷

定　　　價　新臺幣330元